MARIE NIMIER

HYPNOSE FÜR JEDERMANN

DEUTSCH VON ANDREA SPINGLER

ROMAN · ROWOHLT

Die Originalausgabe erschien 1992 unter dem Titel
«L'hypnotisme à la portée de tous» bei Gallimard, Paris

1. Auflage März 1995

Umschlag- und Einbandgestaltung Walter Hellmann
(Foto: Yuri Dojc / The Image Bank)
Satz Bembo (Linotronic 500)
Gesamtherstellung Clausen & Bosse, Leck
Printed in Germany
ISBN 3 498 04638 1

Hypnose ist ganz einfach die Verschmelzung
von *(fröstelndem)* BRR!... und BZING...,
nichts anderes.

ALFRED GUILLON

Es ist eine absolute Regel, daß der Wille,
den wir so stolz geltend machen,
immer hinter der Einbildungskraft zurücktritt.

ÉMILE COUÉ

I

WARUM HABE ICH DAS BUCH nicht schon nach der ersten Seite, nach dem ersten Wort wieder geschlossen? *Hypnose für jedermann* begann so: «Bei jedem Atemzug wird Ihr Schädel am Scheitel für einige Bruchteile von Sekunden lichtdurchlässig. Unser Gehirn ist ein blutgetränkter Schwamm. Wenn Sie die Augäpfel nach oben drehen, werden Sie seine vielfältigen Windungen erkennen.»

Dinge, die in Provinztoiletten herumliegen, bringen manchmal sonderbare Neigungen ans Licht. Ich hätte mich für Pilze, Akrobatik oder den Kreuzstich begeistern können, aber nein: Ich mußte an ein Hypnoselehrbuch geraten. Ich befolgte wortwörtlich die Empfehlungen des Autors, holte tief Luft und nahm im Innern meines Kopfes etwas wahr, das wie Hammelhirn aussah. Keine schwammige oder blutige Substanz, sondern ganz deutlich einen Haufen Wülste, die in einer gallertartigen Soße schwammen.

Ich war zehn Jahre alt, meine Einbildungskraft war zuverlässig, und ich hatte bereits Ringe unter den Augen. Ermutigt von diesem Ergebnis, wollte ich das Experiment gerade wiederholen, als ich Schritte im Flur hörte. Meine Eltern langweilten sich, gewiß suchten sie mich, ich war ihre einzige Abwechslung. Sie bereuten, dieses Ferienhaus gemietet zu haben. Ich verriegelte die Tür und setzte mich auf die Klobrille. Mit baumelnden Füßen und in der festen Absicht, mich nicht unterbrechen zu lassen, fuhr ich in meiner Lektüre fort.

«Erinnern Sie sich an die dunkelrote Kreide in der Schule, die Farbe dieser vom Schwamm befeuchteten Kreide, die Art, wie sie auf der Tafel zerbrach. Nun, da Sie eine bequemere Haltung eingenommen haben ...»

Ich fuhr hoch. Durch welches Wunder hatte der Autor erraten, daß ich mich gerade hingesetzt hatte? Ich hatte das unangenehme Gefühl, daß die Wörter mich ansahen, sie bewegten sich sogar in einem kaum wahrnehmbaren, aber regelmäßigen Schwanken.

Genau in diesem Augenblick hätte ich das Buch ins Regal stellen sollen, doch ich las weiter.

Noch ein Satz, dachte ich, der letzte, dann noch einer, nicht ohne Furcht ein dritter. «Sie werden bis fünf zählen, ohne mit den Lidern zu zucken» – ich las immer noch –, «und jedesmal, wenn eine Zahl auf dieser Seite erscheint, werden Sie sie im Geist aussprechen. Ihre Augen werden geöffnet bleiben, wo auch immer Sie sind und was auch immer geschieht, und bei der Ziffer fünf werden Sie sie schließen. Ich werde beginnen, alles spielt sich ab, als gäbe es nichts anderes, EINS, und während Ihr Blick auf den vorbeiziehenden Text fixiert bleibt, entspannen sich Ihre Halsmuskeln, ZWEI, allein kraft Ihres Wunsches, und erst bei der Zahl fünf werden Sie sich ausruhen. Stellen Sie sich die lichtdurchlässige Stelle ihres Schädels vor, DREI, den Kontakt der nassen Kreide mit der Tafel. Sie wissen, wenn Sie erwachen, wird eine unwiderstehliche Kraft Sie dazu bringen, dieses Buch mitzunehmen. Sobald Sie wieder darin zu lesen beginnen, werden Sie erneut in einen Zustand tiefen Wohlbehagens versetzt. Nichts kann Ihre ruhige, gemächliche Atmung unterbrechen. Bei jedem Ausatmen treten die Buchstaben hervor, Sie unterscheiden jeden Konsonanten, jeden Vokal, Sie folgen jedem Komma bis zum letzten Punkt, ohne zu blinzeln, bis zum Schlußpunkt. Sie spüren ein leichtes Stechen auf der Netzhaut, so etwas wie ein Reiben, aber Sie lesen weiter, voller Vertrauen, es wird jedoch immer schwieriger voranzukommen, denn Sie werden sich der unregelmäßigen Abstände zwischen den Wörtern bewußt. Sie sprechen innerlich die Zahl VIER, Sie bemerken das Korn des Papiers, all die Leerstellen, die Zwischenräume zwischen den Zeilen, Ihre Lider sind schwer und warm, sie beginnen sich zu senken, so schwer, daß kein Wille sie hindern kann, sich zu schließen, langsam löst sich Ihr Blick, es gibt nichts mehr zu tun, nichts mehr zu sehen, kein Bedürfnis mehr zu widerstehen, FÜNF, Sie atmen, Sie sind ruhig, Sie schlafen.»

II

HÄTTE ICH NUR, ANSTATT DIE Augen zu schließen, den Mut gefunden, das Buch wieder zu schließen. Doch bei der schicksalhaften Zahl glitt mir *Hypnose für jedermann* aus den Händen. Ich machte keinen Versuch, es festzuhalten, es war so gut, sich von dieser süßen Betäubung erfassen zu lassen, ich sah in roten Buchstaben die Zahl FÜNF sich abzeichnen, ich erinnere mich, bis sieben gezählt zu haben, eine Provokation, um mir zu beweisen, daß ich hätte widerstehen können, wenn ich gewollt hätte, aber ich wollte nicht, es war zwecklos, es lohnte sich nicht.

Meine Mutter rief mich, «Cora, Cora!», mein Vater trommelte an die Tür. Ich kam wieder zu mir. Das Buch lag auf dem Boden, zu meinen Füßen. Ich hob es auf und klemmte es mir unter den elastischen Rockbund, bevor ich die Spülung zog.

«Cora, mein Liebling, was ist los? Bist du krank, geht's dir nicht gut?»

Ich hielt mir den Bauch beim Hinausgehen, damit das Buch nicht rutschte. Mit zusammengepreßten Schenkeln und heruntergerutschten Söckchen wartete ich auf den Urteilsspruch der Familie. Meine Mutter seufzte, mit einem jener tiefen Seufzer, auf die sie sich so gut verstand.

«Durchfall», meinte sie schließlich, «darauf mußte man gefaßt sein, zuviel Obst, das war von vornherein klar, Sommer, Ferien, zuviel Rohkost.»

Wie lange war ich eingeschlossen geblieben? Mein Vater fragte mich, ob ich mich besser fühle. Ich antwortete nicht, ich glaube, ich schlief wieder. Vielleicht bin ich aus diesem

Schlaf im Grunde nie erwacht. Dieses Gefühl, von den Wörtern gelesen zu werden, nur durch den Blick des Buches zu existieren...

Meine Mutter begann mir die Wange zu tätscheln. Sie trug ein Stirnband, das ihr Haar zurückhielt, gebleichte Strähnen ergossen sich über den geblümten Stoff, sie glich einem großen Hund. Ich stellte mir ihr Gehirn vor. Es hätte genügt, auf einen Hocker zu steigen und das Haar beiseite zu schieben, um durch die Luke ihre gallertartigen Wülste zu sehen, die Wülste meiner Mutter.

Das Hypnoselehrbuch blieb bis zum Ende der Ferien unter dem Schrank in meinem Zimmer. Angst, Aufregung und eine Art Scham hielten mich davon ab, meine Lektüre fortzusetzen. Manchmal zog ich es aus dem Versteck hervor. Auf dem Umschlag war eine Spirale abgebildet. Mein Zeigefinger fuhr die Windungen entlang, in der Mitte blieb er stehen. Klopfenden Herzens schob ich es zurück, mit dem Gefühl, ein Gesetz übertreten zu haben, dessen Wortlaut wiederzugeben mir einige Schwierigkeiten gemacht hätte. So wurde beinahe gegen meinen Willen der Entschluß gefaßt, ohne daß ich erklären könnte, wie und warum er sich aufgedrängt hatte: Ich würde diese Seiten tröpfchenweise lesen, damit das Buch mich bis zum Tag meiner Volljährigkeit begleite – dann erst würde ich mir das Recht zugestehen, es zu beenden. Mit achtzehn Jahren, dachte ich, nicht vorher, und das erschien mir in weiter Ferne.

Zunächst setzte ich, bereichert durch das erste Kapitel, meine nagelneuen Kenntnisse auf dem Gebiet der Hypnose in die Praxis um. Ich beschwor das Bild der Spirale und richtete meine Aufmerksamkeit auf irgend etwas Gedrucktes, vorzugsweise etwas Unbekanntes, ohne Rücksicht auf Sprache oder Thema. Eine kindliche Anhänglichkeit trieb mich dazu, in diesen Texten nur ein Hilfsmittel zu sehen, einen Vorwand gewissermaßen, eine Folge von Schriftzeichen, die mir der Zufall zur Verfügung stellte. Für mich existierte nur noch ein einziges Buch, das aus dem Ferienhaus, das, durch das alle anderen geoffenbart, wenn nicht ausgelöscht würden – was auf dasselbe hinauslief. Mit zehn Jahren waren mir derlei Überlegungen vertraut. Meine Eltern verstanden nicht, von wem ich diese Denkweise hatte. Sie betrachteten mich schon als Fremde.

Scheinbar schlief ich viel in jenem Sommer. Scheinbar, doch in Wirklichkeit schlief ich noch mehr, denn es kam sogar vor, daß ich im Stehen döste – obwohl es sich nicht um Schlafen oder Dösen handelte, benutzte ich diese Begriffe und ihre Abwandlungen, weil ich keinen anderen, richtigeren fand, der diesen Zwischenzustand des Bewußtseins, diesen subtilen Zustand bezeichnet hätte, ohne ihn zu erschlagen. Über Hynose oder Hypnotismus zu sprechen flößte mir noch Furcht ein. Diese Sprache gehörte dem Verfasser der Abhandlung, ich fühlte mich nicht berechtigt, sie zu benutzen. Trance, Erstarrung, Scheintod? Ich dachte an Dornröschen, ihre zarten Hände, die auf den Laken ruhten – aber wer schnitt ihr bloß die Fingernägel? –, jenes unerschütterliche Vertrauen: Apathisch und kältestarr wie sie war, wußte sie, daß der Prinz kommen und sie suchen würde. Das genügte ihr.

Ich wartete auf niemanden. Ich wollte nicht aufwachen noch es irgendwem überlassen, den Bann zu brechen. Die Zeit blieb nicht stehen. Auch wenn die Zahlen mich einlullten, war ich nicht gleichgültig: Ich sah im Gegenteil alles sehr genau, aber von weiter weg, mit einem Blick, der aus dem Innern meines eigenen Körpers kam. Die Welt bot sich dann widerstandslos meinen Beobachtungen dar. Die Bilder zogen vorüber, drollig, üppig. Ich zählte richtig und verkehrt herum, ich zählte die Streifen auf der Tapete oder die verschiedenen Farben, aus denen sich die mütterliche Frisur zusammensetzte. Da gab es fünf Sorten Gelb, Beige, ein wenig Orange, ein paar bläuliche Reflexe. Und die Wurzeln (ach, die Wurzeln!), widerspenstig, von kräftigem Braun, das zunächst nur zu ahnen war, dann allmählich Boden gewann, bis es die ganze Kopfhaut eroberte. Ich hätte gern jede Woche sein unvermeidliches Fortschreiten gemessen, aber ich hielt mich zurück, meine Mutter hätte es nicht verstanden.

So widmete ich mich dank des Buches und mit zunehmendem Glücksgefühl bis zum Ende der Ferien den kleinen familiären Pflichten. Was mich gestern vor Langeweile noch umkommen ließ, diente mir heute als Grundlage für mein tägliches Training. Mein äußeres Verhalten veränderte sich kaum, aber innen, unter der Haut, träumte ich in aller Ruhe. Die lästigen Dominopartien mit meinen Eltern zeigten sich mir in einem neuen Licht. Alles schien so einfach. Sie spielten, um mir eine Freude zu machen, ich spielte, um ihnen eine Freude zu machen, indem ich ihnen die Illusion gab, daß sie mir eine Freude machten. Weder sie noch ich hatten Spaß daran: Wir befriedigten unsere beiderseitigen Bedürfnisse, uns nützlich zu machen. Hätten wir uns obendrein gegenseitig bestrafen sollen, indem wir es uns schwermachten? Ich fixierte das von den Dominosteinen gebildete Labyrinth, wählte einen der dunklen Punkte und tauchte hinein wie in ein heißes Bad.

Manchmal, ohne daß es sich vorhersehen ließ, verursachte meine Mutter einigen Wirbel. Sie stand plötzlich auf und schaltete das Radio an. Sie konnte sich den sommerlichen Zwängen nicht so gut widersetzen wie mein Vater. Seit dem 15. August und dem Beginn der Gewitter litt sie unter Migräne. Ihre Klagen rührten mich mäßig: Ich wußte, daß ihre Kopfschmerzen verfliegen würden, sobald es wieder an die Arbeit ginge.

Meine Mutter führte ein Modegeschäft in der Hauptstraße

von Sagny. Sie hatte den früheren Namen beibehalten, Crinoline, im Singular. Wir wohnten zwei Schritte vom Laden entfernt, gegenüber dem Hotel, neben der Apotheke. Ein Traum, meinen Eltern zufolge.

Am Tag unserer Abreise machten die Besitzer des Ferienhauses nicht die geringste Anspielung auf das verschwundene Buch. Dabei hatten sie mit Listen in der Hand nacheinander alle Schränke sowie das Regal in der Toilette inspiziert, bevor sie uns die Kaution zurückgaben. Mein Vater war wütend. Wofür hielten sie uns? Für Diebe, vielleicht, für gemeines Gesindel! Unmittelbar vor unserer Abfahrt entwendete er noch einen Gemüseschnitzler, den er nach ein paar Kilometern in einen Graben neben der Nationalstraße warf.

«Das wird ihnen eine Lehre sein», sagte er in einem festen Ton.

Er schien von der erzieherischen Wirkung seiner Geste überzeugt zu sein.

Wider Erwarten ging die Rückreise recht schnell. In Sagny angekommen, schloß ich mich in mein Zimmer ein, um das Buch auszupacken. Genau in dem Augenblick, als ich es unter den Schrank schob, ließ mich ein Geschrei aus der Küche zusammenfahren. «Mein Thunfisch», schrie die mütterliche Stimme, «mein Thunfisch, mein ganzer Thunfisch!»

Wenn man sie hörte, konnte man glauben, der Fisch sei wiederauferstanden. Ich stellte mir vor, wie er meine Mutter aus seinen meergrünen Augen anstarrte, nicht feindselig, nur ein bißchen erstaunt, dieses Ding vor sich herumfuchteln zu sehen.

Ich eilte hinzu. Das Schauspiel, das mich erwartete, überstieg alle meine Hoffnungen. Ich begriff, daß ich recht gehabt hatte, mich nicht in die Lektüre des Hypnoselehrbuchs zu stürzen. Früher oder später, so schwante mir, würde irgendeine unpassende Erscheinung meine Zurückhaltung erschüttern. Dann würde das Buch sich von selbst wieder öffnen.

Das prophetische Zeichen, in diesem Fall die breiten Blutspuren auf der Gefrierschranktür, hatte bei meiner Mutter einen Weinkrampf ausgelöst, und wir hatten alle Mühe, die Tränenflut einzudämmen. Zugegeben, der Anblick war erschreckend. Eine rote Lache breitete sich zu ihren Füßen auf dem Fliesenboden aus.

«Ich habe es nicht absichtlich getan», stammelte sie, «nicht absichtlich...»

Mein Blick heftete sich auf ihre Schuhe, dann wanderte er ihre Beine hinauf. Makellose Beine – keine verdächtige Spur, nein, nichts Ungewöhnliches. Da faßte mein Vater in das Heiligtum hinein, diesen nagelneuen Gefrierschrank, den er meiner Mutter geschenkt hatte, um einen blutigen Plastikbeutel herauszuziehen, in dem ein dicker Klumpen weicher Fleischmasse zusammensackte.

«Wir haben davon vierundzwanzig», knurrte er.

Mir war nie aufgefallen, daß mein Vater sich für Zahlen interessierte. Das Zeug platzte auf dem Spülstein.

«Mein Thunfisch», schluchzte meine Mutter.

Sie setzte sich. Ich holte tief Luft: Niemand war verletzt, nur ein unvorhergesehenes Auftauen schien für den Blutsturz verantwortlich. Doch meine Mutter weinte noch immer. Mein Vater konnte noch so oft wiederholen, daß es nicht ihre Schuld sei, daß sie geglaubt habe, umsichtig zu handeln, als sie den Strom abstellte, ein lobenswerter Impuls im Augenblick der Abreise, so wie man den Gashahn zudreht, zur Sicherheit, aus Sparsamkeit, einfach aus Gewissenhaftigkeit, nur hatte sie vergessen, daß der Gefrierschrank bis obenhin voll war von diesem Thunfisch, den er mit eigenen Händen zerlegt und in Plastik verpackt hatte, Scheibe für Scheibe – von diesem Thunfisch zu diesem Preis, ganz frisch gefangen, ein Glücksfall, vierundzwanzig Stück, die vierundzwanzig Stunden eines Tages und wie viele Mahlzeiten, der Fischhändler hatte recht: das läuft einem nicht zweimal im Leben über den Weg.

«Und was hindert uns, Thunfisch in Dosen zu kaufen», schloß er, «und ihn ‹amerikanisch› zu essen, auf Toastbrot, mit Mayonnaise und Ketchup? Es ist wirklich nicht nötig, eine Geschichte daraus zu machen.»

Mein Vater hegte einen grimmigen Haß gegen die Amerikaner.

«Wir pfeifen auf frischen Thunfisch», fügte ich ohne große Überzeugung hinzu.

Meine Mutter folgte diesem Wortschwall, wie man einem Blinden zusieht, der die Straße überquert. Ich fühlte, daß sie etwas ganz anderes beklagte als den Verlust des Thunfischs. Ich blieb neben ihr stehen, mit einer mechanischen Gebärde strich ich ihr über die Haarsträhnen.

Ab und zu zog ich ein bißchen daran.

Mein Vater schwieg. Ich schloß die Augen. Als ich klein war, fragte ich mich, an welcher Stelle des Körpers das Wasser für die Tränen aufbewahrt wird. Ich hatte mir ein Netz von Leitungen und Pumpen vorgestellt, die beim ersten Anzeichen einer Gefühlsentzündung zu arbeiten begannen. Es gab ein totes Meer irgendwo hinter dem Gaumensegel, zwischen Nacken und Nase. Winzige Fische verbrachten dort friedliche Tage, ohne die Befürchtung, als gefrorene oder aufgetaute Scheiben zu enden; ihre einzige Sorge war, jene Orkane zu überstehen, die manchmal über ihr Revier fegten.

Ein Geruch von Putzmittel rief mich zur Ordnung. Mein Vater versuchte, die Schäden zu beheben. Die rosaroten Gummihandschuhe mit dem Schwamm, der sich voll Blut sog... Ich dachte an die ersten Seiten des Lehrbuchs, jene Aussicht auf das Gehirn, die mich mein ganzes Leben verfolgen sollte. In diesem Augenblick begriff ich, daß ich nicht als einzige von der Entdeckung des Buches betroffen war, meine Eltern antworteten genauso wie ich auf seine Forderungen, die Gegenstände selbst handelten nach seinen Befehlen, ja, sogar die Wohnung, der Laden, die Mode und die mißtrauischen Eigentümer des Ferienhauses. Spiralförmig ordnete sich die Welt, indem jedes Ereignis von einem Kreis zum anderen widerhallte; die Tränen, die aus dem mütterlichen Körper quollen, riefen im Fallen winzige Beben auf der Fläche des Universums hervor.

«Ich mache es schon», brachte meine Mutter hervor.

Die rosaroten Handschuhe wechselten die Hände. Nacheinander leerte sie die Beutel in den Abfalleimer, dann machte sie sich mit einer Wurzelbürste über die Dichtungen des Gefrierschranks her. Mein Vater zog sich hinter seine Brille zurück. Er arbeitete in einer Fabrik, die chemische Produkte herstellte. Die Gleichgültigkeit, die wir uns gegenseitig einflößten, war grauenerregend. Selbst seine Freundlichkeit erreichte mich nicht direkt. Sie prallte ab.

Das zweite Kapitel von *Hypnose für jedermann* schnitt ein Thema an, das mich sprachlos machte. Es ging darum zu lernen, einen Kanarienvogel in Schlaf zu versetzen, ein Versuch, auf den ich gern verzichtet hätte, nur bestand der Verfasser darauf, daß es notwendig sei, systematisch vorzugehen und keine Stufe zu überspringen, wenn man nicht immer wieder Niederlagen einstecken wollte, die ihrerseits zu einem dem Fortgang der Operationen sehr abträglichen Vertrauensverlust führen würden. Der Kanarienvogel also sollte einzig durch die Macht meines magnetischen Fluidums in einen Zustand der Muskelstarre verfallen.

Der Kanarienvogel, aber welcher Kanarienvogel? Beim Umblättern der Seite las ich, daß es auch möglich sei, mit

Amseln, Pfauen – eine Kleinigkeit – oder Hühnervögeln zu üben. Zur Illustration folgte eine Aussage, die meine junge Phantasie verwirrte: In einem im letzten Jahrhundert in Regensburg erschienenen Werk behaupteten zwei Adlige, daß die Bauern im Süden Ungarns ihre Hähne hypnotisierten, um sie zum Brüten zu zwingen. So produzierten sie künstliche Hühner. «Wenn die Küken ausschlüpften», berichteten diese Herren, «verweiblichten die Hähne in ihrem ganzen Wesen.» Ähnliche Experimente waren mit Menschen versucht worden. Man erfuhr nicht, ob die Autoren sich freiwillig zur Verfügung gestellt hatten.

Ich erhielt von meinen Eltern die Erlaubnis, von meinem Taschengeld einen Vogel zu kaufen. Einen Kanarienvogel, einen Käfig und ein paar Körner: Wenn ich gleich am Anfang des Schuljahrs zu sparen begann, konnte ich hoffen, noch vor Weihnachten die nötige Summe zusammenzubringen. Inzwischen versagte ich es mir nicht, das berühmte magnetische Fluidum auf alles loszulassen, was sich um mich herum bewegte, und sogar auf das, was sich nicht bewegte; ohne großen Erfolg, aber mit beispielloser Entschlossenheit.

Diese neue Begeisterung fand ihren Höhepunkt in der Schule während der unterrichtsfreien Zeit. In einem Raum mit geschlossenen Fenstern warteten wir, über unsere Hefte gebeugt, auf die nächste Unterrichtsstunde, indem wir so taten, als arbeiteten wir. Diese Bewegungslosigkeit – dieses Warten eben – schien mir günstig für die Ausbreitung jener Wellen, die jedes Individuum, wenn man dem Buch glauben konnte, potentiell besaß. Aufrecht zwischen all den gebeugten Rücken, die Hände flach auf den Tisch gelegt, bestimmte ich mein Ziel. Beispielsweise sagte ich mir: Wenn die Aufsichtsperson aufsteht, wird sie sich an der Wange kratzen. Oder die Karte von Europa wird sich von der Wandtafel lösen, ohne daß man begreift warum, plötzlich wird sie herabfallen – ich riß die Augen auf, konzentriert auf die Haken, vergaß zu atmen, die Flüsse begannen auf dem kunststoffbeschichteten Papier zu fließen, sie durchzogen unbekannte Landschaften, verirrte mich, und Europa blieb brav an der Wand hängen. So war ich mehr als einmal eingeschlafen, hypnotisiert von meinem eigenen Blick auf die Karte oder die Tafel. Die Aufsichtspersonen betrachteten gutmütig diese somnambulen Ausrutscher. Wenn sie gewußt hätten, wie demütigend ihre Nachsicht für mich war! Sie schickten mich auf den Schulhof zum Luftschnappen. Ich kam atemlos zurück, denn zur Strafe zwang ich mich, um die Bäume zu laufen. Ich trauerte den friedlichen Stunden nach, die ich unter dem Einfluß des ersten Kapitels verbracht hatte, dem Vergnügen der Zahlen, dem Wunder der geraden Ränder und der unregelmäßigen Zwischenräume, die die Wörter trennten. Nichts hinderte mich, wieder mit dem Zählen anzufangen, doch ich fühlte mich nicht mehr dazu berechtigt, als handelte es sich da um irgendeine kindische Angewohnheit, eine Manie, die man ablegen mußte wie Daumenlutschen oder Nasebohren.

Einige Tage vor Weihnachten nahm der Kanarienvogel des zweiten Kapitels die Gestalt eines smaragdgrünen Wellensittichs an. Ich taufte ihn Bib, nach jenem Klebstoff in den grellbunten Töpfen, einem cremigen Papierkleber, der nach Mandeln roch. Der Vogel war zu lange im Schaufenster ausgestellt gewesen inmitten junger Hunde und Meerschweinchen, er brauchte Ruhe, daher wurde er mir zu einem Spottpreis überlassen. Der Tierhändler schaffte es, mir einen Luxuskäfig zu verkaufen mit viel Zubehör, das allzu menschlich war, um für dieses kleine gefangene Wesen von Nutzen zu sein. «Das Wellensittichparadies», deklamierte er, während er Münzen und Scheine zählte. Er steckte alles ein, und ich schuldete ihm immer noch Geld. Ich wagte nicht zu protestieren. Mein neuer Schützling würde mir vor dem Wochenende geliefert. Bib kam am Samstag um die Mittagszeit zu uns. Er fraß viel und flatterte unruhig hin und her bis in die Nacht. Mein Vater schloß daraus, daß ich an einen Hysteriker geraten war. Meine Mutter bewunderte das Grün seiner Federn und wollte einen Stoff in derselben Farbe zu finden, um ihre Schränke damit auszuschlagen. Bib sollte in meinem Zimmer wohnen.

Der Wellensittich riß mich bei Tagesanbruch aus dem Schlaf. Das Buch empfahl, den Vogel in ein Gurkenglas zu setzen, wobei man darauf achten sollte, den Deckel nicht ganz zuzumachen, was ich mich zu tun beeilte, bevor meine Eltern erwachten. Ich sollte Bib anschauen, ohne zu zwinkern, und dabei regelmäßig weiteratmen. «Wenn das Tier sich widersetzt», hieß es im Buch, «beharren Sie nicht darauf, Sie hätten schreckliche Unannehmlichkeiten zu gewärtigen.»

Bib drehte sich ein dutzendmal um sich selbst, bevor er, den Schnabel an die Wand des Glases geheftet, regungslos stehen blieb. Er sah mich stumm an. Da er sich nach einiger Zeit, die mir endlos schien, immer noch nicht rührte, beschloß ich, die Sitzung zu unterbrechen. Ich war in Schweiß gebadet, ich fror. Mit zitternder Hand holte ich ihn aus dem Behältnis. Etwas Warmes floß über mein Handgelenk. Eine Spur von demselben Grün wie die Federn des Wellensittichs. Bib färbte ab.

Am nächsten Tag kehrte der Vogel unter den zornigen Worten meiner Mutter, die keinen angemalten Wellensittich in ihrem Haus wollte, in das Schaufenster des Händlers zurück. Der Mann musterte sie mit einem komischen Ausdruck, vielleicht wegen ihrer gebleichten Haare. Er gab mir nur einen Teil des Geldes zurück.

Nach dieser Erfahrung wartete ich über ein Jahr, bevor ich mich entschloß, das dritte Kapitel von *Hypnose für jedermann* in Angriff zu nehmen.

III

DIE TANNE VERLOR IHRE NADELN, der Weihnachtsschmuck wurde sorgfältig abgenommen und wieder auf den Speicher geräumt, große Plakate, die auf Sonderangebote hinwiesen, bedeckten das Schaufenster des Ladens. Das dritte Kapitel enthielt einen anderthalb Seiten langen Text, den man auswendig lernen sollte. Am späten Nachmittag, nach der Schule, prägte ich mir die einschläfernde Formelsammlung ein. Ich ging vollkommen stumpfsinnig aus diesen Übungsstunden hervor. Noch ein paar Wochen, und ich war imstande, die Formeln Wort für Wort, der Reihe nach, aufzusagen, ohne mich zu irren. Blieb die Person zu finden, die bereit wäre, sich in Schlaf versetzen zu lassen – wo und wie man an sie herankam, darüber sagte das Werk nichts.

In Ermangelung eines Partners zeichnete ich mit dem Bleistift zwei winzige schwarze Kreise über meinen Schreibtisch, die ich mit geöffneten Handflächen und unbeweglichen Lidern anstarrte, während ich meine Lektion herleierte. Oft dachte ich an Bib zurück, an das Schimmern seiner Federn, an seinen an die Wand des Glases gehefteten Schnabel. Ich sah mein Gehirn, einen grünen Fleck auf granatrotem Grund, mein Gehirn, das sich den Vogel vorstellte. Man glaubte, ich würde meine Schulaufgaben machen.

Mein Vater war schockiert, als er mich entdeckte, wie ich mitten im Zimmer stand, versunken in die Betrachtung von etwas, das er für die weiße Wand hielt. Es wurde dunkel. Ich hatte kein Licht angemacht. Wie lange hatte er auf der Türschwelle gewartet, bevor er mich zu unterbrechen wagte? Er fragte mich, was ich spielte. Ich erklärte in gleichmütigem Ton, daß ich mit meiner toten Freundin spräche.

Eine Kraft, die stärker war als ich, verwehrte mir, mich zu rühren, als mein Vater näher kam. Ich spürte, wie seine kühle Hand sich auf meinen Nacken legte. Ich war so ruhig, ich zuckte nicht einmal zusammen.

«Deine tote Freundin? Aber wer ist das denn, warum hast du uns nichts davon erzählt», stammelte er, «warum erzählst du uns nie etwas?»

Er schüttelte mich so heftig, daß ich mich genötigt fühlte zu schreien. Es tat mir nicht weh, aber ich sah nicht ein, mit welchem Recht er meinen Körper so attackierte. Er ließ mich los. Ich schwieg.

Zum Abendessen gab es Schweinekoteletts. In unserem natürlichen Milieu betrachtet – eingezogene Zwischendecke und Wachstuch, rustikales Büfett, Puppensammlung –, entsprachen meine Eltern und ich selbst den von den Gesetzen der Art und der Region vorgegebenen Normen. Wir aßen zubereitete Speisen, indem wir geschickt mit Messer, Gabel und Löffel hantierten und die Finger nur gebrauchten, um die Knochen abzunagen, und das auch nur, wenn wir unter uns waren.

Doch an jenem Abend war diese tote Freundin unter uns. Ihr Eindringen brachte die familiären Gewohnheiten durcheinander. Meine Mutter vergaß ihr Püree auf dem Feuer, mein sonst wenig neugieriger Vater bedrängte mich mit Fragen. Unglücklicherweise erfand ich, daß sie Amerikanerin war. Ich hatte sie im letzten Sommer kennengelernt. Sie hieß Pearl, Perle auf französisch, und kannte die Besitzer des Ferienhauses.

Pearl war in Wirklichkeit der Name des Verfassers des Hypnoselehrbuchs – M. A. Pearl genaugenommen, ohne daß diese Initialen auf männliche oder weibliche Vornamen hätten schließen lassen.

Auf dem Waldweg, erzählte ich meinen Eltern, waren wir

uns zum erstenmal begegnet. Dann im Dorf. Schließlich hatte ich sie in ihrem Atelier besucht. Perle malte. Ich hatte für sie gesessen, auf einer Treppe.

Mein Vater glaubte mir nicht. «Und wie sieht sie aus, diese seltene Perle?» spöttelte er.

Seine Skepsis empörte mich. Meine Mutter unterdrückte ein Lächeln, die karierte Serviette an den Lippen.

«Perle», antwortete ich, «war brünett. Sie wäre im November zweiunddreißig geworden, und ihre Bilder werden in New York ausgestellt, wenn ihr es wissen wollt.»

Mein Vater schob die Salatschüssel fort, die meine Mutter ihm reichte. «Und was habt ihr beide in ihrem Atelier getan?»

Was wir getan haben?

«Perle ist meine tote Freundin, versteht ihr, meine tote Freundin!» heulte ich, vom Tisch aufspringend. Mein Stuhl fiel zu Boden. Ich schloß mich in meinem Zimmer ein. Perle war da, dargestellt durch die zwei kleinen, wie in die Wand gebohrten dunklen Löcher. Ich mußte allein sein. Ich versuchte, sie wegzuwischen, doch trotz aller Mühe blieb ein gräulicher Schleier, der mich an sie erinnerte. Ich nahm das Buch und las noch einmal das erste Kapitel. Bei jedem Atemzug wird Ihr Schädel am Scheitel für einige Bruchteile von Sekunden lichtdurchlässig. Unser Gehirn ist ein blutgetränkter Schwamm. Wenn Sie die Augäpfel nach oben drehen...

Besänftigt kehrte ich von selbst ins Wohnzimmer zurück. Mein Vater telefonierte, er legte auf, als er mich kommen hörte. Ich war geständig. Perle war schon immer tot gewesen – nein, wie soll ich sagen, Perle existierte nicht, also, sie war nur, sie war im Augenblick nur eine Ansammlung von Sätzen (ich stockte), eine bloße Vorstellung, und meine Eltern standen vor mir, ungläubig, ein Bollwerk von Erwachsenenkörpern, die mich gezeugt hatten. Arme verschränkten sich, Finger verknoteten sich, Nägel gruben sich zwischen die Haare, mein Vater geriet in Zorn...

«Ich mach das schon», flüsterte meine Mutter schließlich, «reg dich nicht auf.»

Sie zog mich in die Küche und erklärte mir sehr freundlich, daß ich ihnen meine Freundin hätte vorstellen sollen. Warum diese Heimlichtuerei? Sie fragte mich – diese Frage brannte ihr auf der Zunge – nach der Ursache ihres Ablebens.

Ich betrachtete die Gummidichtungen des Gefrierschranks. Perle (was konnte ich denn noch erfinden?) ist, wurde... Um Einfälle verlegen, überließ ich es meiner Mutter, den Satz zu beenden.

«Ermordet!» rief sie aus. Ihr Gesicht hellte sich auf. Plötzlich fiel ihr jene abscheuliche Geschichte wieder ein (das war eines ihrer bevorzugten Eigenschaftswörter: abscheulich), eine Urlauberin, die ein paar Tage vor unserer Abreise von einem Handelsvertreter aus Paris erdrosselt worden war, er hatte sich der Polizei gestellt, ein großer Kerl mit Schnurrbart, sein Foto war auf der Titelseite des Lokalblatts abgebildet gewesen.

Meine Mutter schloß mich in die Arme. Ich hätte lieber die Umarmung wie auch den Handelsvertreter vermieden. Ich wußte nicht, wie ich mit ihm umgehen sollte. Er fand seinen Platz nicht, weder im Weiß der Wand noch zwischen den Zeilen des Lehrbuchs, sein Schnurrbart ragte hervor, selbst wenn man ihn in Scheiben schnitt, paßte er nirgendwohin. Ich versuchte ihn aus meinen Gedanken zu verbannen, doch seine reale Anwesenheit irgendwo in Frankreich in einer Gefängniszelle behinderte den Zerfall.

Meiner Mutter zufolge handelte es sich um ein Verbrechen aus Leidenschaft. Ich war noch zu jung, um in solche Affären verwickelt zu sein. Da ich hartnäckig schwieg, wollte sie an die Besitzer des Ferienhauses schreiben. Hatte ich nicht behauptet, daß sie die Amerikanerin kannten? Wegen des Gemüseschnitzlers war mein Vater strikt dagegen. Um meine Mutter zu beruhigen, zwang er mich zu schwören, daß ich keinerlei Kontakt, weder von nahem noch von weitem, zu dem Mörder gehabt hatte.

Ich schwor, obwohl mich das Verfahren anwiderte. Meine Mutter ließ von mir ab.

Endlich fand ich jemanden zum Hypnotisieren. Sandrine war dreizehn Jahre alt. Wir verbrachten die Osterferien in Saint-Nizier-du-Moucherotte, das Hotel gehörte ihrer Familie. Nach dem Abendessen versammelten sich die Gäste um den Kamin. Ich erinnere mich nicht mehr, wie sich die Unterhaltung über das Thema Hypnose entspann, doch die Äußerungen erwiesen sich als so dürftig, daß ich mich gezwungen fühlte einzugreifen. Meine Eltern waren schlafen gegangen. Man hörte mir amüsiert zu. Es waren Geschäftsleute aus Grenoble, ein Pariser Ehepaar, ein Tisch mit Deutschschweizern und zwei alte Damen, die für denselben Säugling strickten, Schwestern, glaube ich.

Und Sandrine, die mir am selben Nachmittag aufgefallen war. Ich hatte ihr zugelächelt, aber sie hatte sich abgewandt, als könnte dieser Sympathiebeweis nicht ihr gelten. Am Abend jedoch musterte mich Sandrine mit verwirrender Eindringlichkeit; sobald ich das Wort ergriff, richtete sich ihr Blick auf mich, um erst wieder, als es zu spät war und widerwillig, von mir abzulassen, dieser dunkle Blick, den bald durchsichtige, mit fast weißen Wimpern gesäumte Lider verschleiern sollten, dieser gierige Blick, dieser furchtsame Blick, den ich aushalten mußte trotz allem: trotz meiner Angst und der Heftigkeit ihrer Begierde, der Erregung der anderen, jener Leute, die ich kaum kannte. Sandrine verlangte, daß ich sie hynotisiere.

Ich hätte nichts Derartiges vorgeschlagen, beteuerte ich, plötzlich kniff ich, der Text fiel mir nicht mehr ein, aufgesaugt von den kleinen Löchern über meinem Schreibtisch, verschwand er in Perles Körper (doch auch Perle verblaßte, und da begriff ich, daß Sandrine gewonnen hatte).

Ohne mich von meinem Stuhl zu rühren, machte ich ihr ein Zeichen, näher zu kommen. Das Verhältnis kehrte sich sofort um. Ich hatte noch nicht angefangen, als sie schon auf sonderbare, mechanische Art auf mich zuging, wie wenn ein Schmerz sie daran hinderte, sich in ihren Bewegungen gänzlich frei zu fühlen. Ich stand auf und bat sie, sich auf meinen Platz zu setzen, sie gehorchte. Ich wurde zur Wand, ich wurde zum Gesetz, und die Worte des Lehrbuchs prägten sich dem Raum ein, der uns, sie und mich, trennte, der Leere, die schon von den Suggestionen M. A. Pearls erfüllt war, jenen kurzen Sätzen, die Sandrine unverzüglich in einen tiefen Schlaf versetzen sollten. Alles ging so einfach, das war unerwartet; als ich sie bat, die Augen zu schließen, schlossen sich ihre Augen, ich sagte: «Ihre Füße stehen nebeneinander, Ferse an Ferse, Ihre Knie geben nach», und ihre Beine entspannten sich. Dann bemerkte ich ihre Hände, die Grübchen in Sandrines Händen, und ich dachte, wie lächerlich es sei, sie zu siezen, aber die Sätze waren so formuliert, ich wagte nicht, sie zu verändern, aus Furcht, ihre Macht zu schwächen. Zum Glück sprach ich bereits den letzten Teil des Textes: «Ihre Lider sind fest geschlossen, EINS, so schwer, daß nichts mehr sie öffnen kann, ZWEI, Sie atmen ruhig, DREI, Sie schlafen.»

«Du atmest ruhig», wiederholte ich ganz leise, «du schläfst.»

Sandrines Hals sank ein, und ihr Kopf fiel nach hinten. Ich kam ihr näher. Mit den Fingerspitzen strich ich über ihre Augäpfel. Meine Zeigefinger rollten, es war so zart, Eier in Aspik, dachte ich, der noch weiche Dotter in seinem durchsichtigen Boot, das Stückchen rosa Schinken, das Grün der Petersilie. Ich entdeckte einen härteren Punkt auf der Hornhaut, ein Klümpchen, man hätte es mit dem Rührlöffel herausfischen und auf dem Schüsselrand zerdrücken müssen, schlagen, schlagen, rühren, bis man eine sämige Creme erhält, ruhen lassen, doch plötzlich öffnete sich Sandrines Mund, und ich wurde die Anwesenheit der Gäste um uns herum gewahr: Ich entfernte mich.

Man applaudierte, ich glaube, man erwartete, daß Sandrine aufstand, um sich zu verneigen, niedlich, die beiden, hörte ich, als wären wir Komplizen. Ich beneidete Sandrine, ich wäre gern vor den Leuten in Sicherheit gewesen wie sie. Der Applaus versiegte. Die Unterhaltungen wurden nicht fortgesetzt. Was wollten sie jetzt? Man betrachtete mich wie ein merkwürdiges Tier. Auf dem Gesicht der beiden Schwestern keimte der schreckliche Verdacht, dann waren die Schweizer soweit: Vielleicht handelte es sich gar nicht um ein Spiel. Ich rief M. A. Pearl zu Hilfe. War ich den Anweisungen des Buches nicht genau gefolgt, der Reihe nach vorgegangen, ohne etwas zu überspringen, und auch wenn der Kanarienvogel sich in einen Wellensittich verwandelt hatte, konnte man es mir vorwerfen?

«Nun gut!» hörte ich. Das Paar aus Grenoble machte sich auf die Suche nach Sandrines Eltern. Die so gefürchtete Frage würde gestellt werden, ich fühlte sie in ihnen aufsteigen, wer würde sie als erster aussprechen, die grundlegende Frage, das unvermeidliche Problem, denn es genügte nicht, jemanden in Schlaf zu versetzen, man mußte auch imstande sein, ihn wieder zu wecken, und es wäre mir unmöglich zu antworten: «Bedaure, ich bin erst beim dritten Kapitel.» Um die Gemüter zu beruhigen versuchte ich aufs Geratewohl bis fünf zu zählen, meine Stimme zitterte, meine Befehle klangen falsch, ich wußte nicht, wie ich es anstellen sollte, Sandrine duzen oder siezen, auf ihre Lider hauchen, sie schütteln. Die beiden Schwestern beschlossen, sich einzumischen. Die eine sprach sehr laut, ja sie schrie, daß es jetzt reiche, während die andere ihr mit dem Strickzeug Luft zufächelte. Sandrine rührte sich nicht. Ich wich zurück, ich wollte weggehen. Einer der Schweizer faßte mich um die Taille und drückte mich auf einen Stuhl neben sich. So leicht käme ich nicht davon, schien er zu sagen – er sprach deutsch, ich verstand nichts, seine Freunde lachten. Endlich kam Sandrines Vater. Er stürzte sich auf seine Tochter und ohrfeigte sie. Einen Augenblick kam sie zu sich und warf einen vergeistigten Blick auf die sonderbaren Dinge um sie herum. Von irgendeiner Vison getrieben, richtete sie sich auf, ging bis zum Tisch und ließ sich dann mir zu Füßen fallen.

Der Arzt stürmte in den Raum. Seine Schuhe waren voll Dreck. Er untersuchte Sandrine. Nichts Ernstes, beschloß er, die Adoleszenz, die Nervosität, und musterte mich amüsiert, als das Paar aus Grenoble mich als die Ursache des Unwohlseins bezeichnete. Sandrine wurde in ihr Bett getragen. Sie würde von selbst wieder aufwachen. Gäste und Personal verfolgten mich mit mißtrauischen Blicken. Das Zimmermädchen wollte mein Zimmer nicht mehr betreten. Auf den Gängen drehte man sich nach mir um. Sandrine mied mich. Ich glaube, ihre Eltern hatten ihr verboten, mit mir zu sprechen.

Am Abend vor meiner Abreise paßte sie mich in der Nähe der Telefonzelle ab und beschimpfte mich als Hexe. Sie sagte es sehr schnell und lief davon, als fürchtete sie Repressalien. Einen Augenblick lang glaubte ich ohnmächtig zu werden. Ich dachte an Sandrines Augen, das etwas cremige Weiß und die dunklen Pupillen, die Eier in Aspik und ihr Petersilienzweiglein, unter meinen Fingern fühlte ich das Klümpchen, das man hätte zerquetschen müssen. Ich hätte mit aller Kraft drücken sollen, bis es hinter dem Augapfel verschwunden wäre. Dort, im Salzsee, ertrunken.

IV

WOHIN ICH AUCH BLICKE, meine Familie hat in mir stets ein durch gegenseitiges Unverständnis und Verpflichtungen erzeugtes Gefühl der Bedrückung hervorgerufen. Nur mein Onkel Paul brachte mir wirkliche Zuneigung entgegen. Wie zufällig mochte ihn niemand. Mein Vater hatte sich aus Gründen, die sich meiner Kenntnis entzogen, von seinem Halbbruder entfernt. Meine Mutter vermied es, über ihn zu sprechen. Sie bewahrte ein Foto von ihm in ihrer Brieftasche auf.

Paul war lustig, neugierig, impulsiv. Er war verführerisch. Mit ihm hätte ich über Hypnose sprechen können, ohne den Vollmond, das Brüllen der Wogen oder die zwölf Schläge um Mitternacht zu erwähnen. Er hätte verstanden, daß Perles Tod keine Tatsache war – noch weniger eine Tat, wie meine Mutter behauptete –, sondern ein Zustand. Es handelte sich um einen Tod, der ebenso fiktiv war wie ihre Malerei oder ihre Existenz, einen von den Wörtern verbreiteten Tod. Mein Onkel hätte die erste Seite des Lehrbuchs nach ihrem wahren Wert beurteilt. Leider wohnte er in Le Kremlin-Bicêtre, und wir hatten uns mehr als drei Jahre nicht gesehen. Er übte das Handwerk des Buchbinders aus. Seine Werkstatt im Erdgeschoß eines Mietshauses, das gut nach Holz und Hausmannskost roch, ging auf einen Innenhof hinaus. Unter seinen Fenstern baute die Concierge Petersilie und Tomaten an. Sie arbeitete halbtags in einer Fleischwarenfabrik an der Avenue de Fontainebleau. Sie aßen oft zusammen zu Mittag.

Paul hatte eine Leidenschaft für Geschriebenes – mit einer besonderen Zärtlichkeit gegenüber losen Zetteln. Er verbrachte seine Tage damit, sie aufzulesen. Er sammelte die Papierstückchen, die auf seinem Trottoir liegengeblieben waren, Einkaufslisten, Bruchstücke von Aufsätzen, zerrissene Mitteilungen und andere Fetzen, die, wenn man ihn hörte, besser als alle Herzensergüsse das Privatleben der Stadt widerspiegelten. In seiner Gesellschaft auf der Straße zu gehen war wie eine Schatzsuche. Was suchte er da? Die Frage stellte sich so nicht. «Dein Onkel ist ein sonderbarer Mensch», sagte meine Mutter.

«Ein besonders netter Mensch», erwiderte ich, ganz stolz, eine so starke Liebe in mir zu tragen; und dann ereignete sich, was wir zu Hause «den Unfall» nennen sollten.

Mein Vater sprach mit mir erst nach drei Wochen darüber. Paul würde die Gegend von Paris verlassen, verkündete er mir eines Abends, um sich in ein Rehabilitationszentrum nicht weit von uns zu begeben. Meine Mutter erklärte mir, wobei sie ihre blonden Strähnen zwirbelte, daß mein Onkel infolge einer Gehirnblutung, die auf die angeborene Mißbildung eines winzigen Blutgefäßes zurückzuführen sei, ein wenig den Kopf verloren habe.

«Er leidet an Halbseitenschwäche», schloß sie halblaut mit gequälter Miene, peinlich berührt von dieser Krankheit, die ein Makel im Familiengesundheitsbuch war.

Diese Neuigkeit erschütterte mich. Ich hätte an Pauls Bett stürzen sollen, ihm schreiben, was weiß ich, ihm beistehen, doch statt dessen ließ ich mehrere Monate verstreichen, bevor ich ihn besuchte. Ich hatte Angst, ihn geschwächt vorzufinden, Angst, sein wäßriger Blick könnte sich auf mein Gesicht richten, ohne es zu erkennen. Angst, nicht mehr für ihn zu existieren.

Vor allem schämte ich mich, und jeder Tag, der verging, verstärkte dieses schmerzliche Ohnmachtsgefühl.

Meine Eltern besuchten ihn jeden zweiten Samstag. Sie haben mir nie vorgeschlagen, sie zu begleiten, und vermieden es sorgfältig, die Sprache darauf zu bringen. Drei Monate nach dem Unfall hatte ich immer noch nicht begriffen, woran Paul litt und wie diese Gehirnstörungen sich äußerten, über die nur durch die Blume gesprochen wurde. Ich glaube, daß mein Onkel sich oft stieß. Er fiel hin, hatte Schwierigkeiten, sich zurechtzufinden. Manchmal, genau wie ich es befürchtete, erkannte er seine Besucher nicht.

Paul las nicht mehr (und ich fragte mich: War er noch imstande zu lesen?). Er vernachlässigte sich, rasierte sich nicht, behielt den ganzen Tag die Schlafanzugjacke an.

Dann weigerte sich mein Onkel, Nahrung zu sich zu nehmen. Ich erfuhr es zufällig, weil ich eine Diskussion zwischen meinen Eltern belauschte. Meine Mutter behauptete, er tue es, um sie dafür zu bestrafen, daß sie mich von ihm ferngehalten hatten. Im übrigen müsse er heimlich essen, denn man habe ihn nicht an den Tropf gehängt. Mein Vater war zum Arzt bestellt worden: Es war nicht mehr möglich, Paul in der neurologischen Rehabilitationsklinik zu behalten, sein Platz war anderswo, bei uns oder in einem Spezialsanatorium, also an einem Ort, der für seine Stimmungen besser geeignet wäre. Sein Verhalten war indiskutabel. Er mißtraute den Pflegehelferinnen, behauptete, sie versuchten ihn zu vergiften, weigerte sich, die harmlosesten Fragen der Schwestern zu beantworten. Nur die völlig unsinnigen Geschichten seines Zimmernachbarn konnten ihn von seinem chronischen Jähzorn ablenken: Man erwies ihm keinen Dienst, wenn man ihn derart versumpfen ließ. Er würde nächsten Monat verlegt, wenn sich sein Verhalten bis dahin nicht änderte.

Paul im Haus, und wo sollten sie schlafen? Im Gefrierschrank? Panik, schlaflose Nächte, endloses Getuschel. Schließlich wandten sich meine Eltern an mich. Sie gestanden mir, daß mein Onkel oft nach mir verlangt habe. Sie hatten mir nicht früher davon erzählt, da ich zu keiner Zeit den Wunsch geäußert hatte, Kontakt zu ihm aufzunehmen. Das war mein gutes Recht, sie dachten, so meinen Willen respektiert zu haben, aber jetzt zählten sie auf mein Eingreifen, um Paul davon zu überzeugen, daß er wieder ordentlich essen solle.

Meine Wünsche, mein Recht, meinen Willen, in was mischten sie sich da ein? Kein Wort, keine Katzbuckelei war ihnen zuviel, um mich von der Berechtigung ihres bisherigen Schweigens und ihres plötzlichen Flehens zu überzeugen. Als gute kleine Geschäftsfrau, die sie war, zog sich meine Mutter auf ehrenhafte Weise aus der Affäre. Sie hatte so gehandelt, um mich zu schützen, ich war so zerbrechlich seit Perles Tod, sie legte keinen Wert darauf, mich dieser eindrucksvollen Fauna auszusetzen, die in der ehemaligen Lungenheilanstalt, einem nüchternen Gebäude mit dem Zeichen des Roten Kreuzes, herrschte, all diesen jungen Leuten im Rollstuhl, den Gliedern, die nicht mehr kontrolliert wurden, den gelähmten Körpern. Da gab es einen, der jedesmal schrie, wenn sie an ihm vorbeiging, er rief nach seiner Mutter, Mama, Mama, wie ein Gemarterter, Mama...

Mein Vater hinter mir wurde unruhig, ich spürte, daß er versuchte, seine Gattin zum Schweigen zu bringen, man sollte mir keine Angst machen, so schrecklich war es auch wieder nicht, du übertreibst, mein Schatz, und außerdem würde er selbst mich hinbringen und wieder abholen, man würde einen leckeren Imbiß für uns vorbereiten. Ich würde mich nicht beklagen müssen, ich würde belohnt werden – entschädigt, sagte er, ohne zu erröten, und zog einen Schein aus der Tasche.

Ich wandte mich verächtlich ab und ging zur Tür, auf die Gefahr hin, daß man meine Geste als Kapitulation interpretierte. Ich würde Paul sofort einen Besuch abstatten, es mußte sein, noch vor dem Abendessen.

Zum erstenmal seit den Ferien in Saint-Nizier holte ich das Buch von M. A. Pearl hervor. Während der Fahrt drückte ich es an mich. Ich hatte große Lust, ein neues Kapitel zu lesen, und den Glanzumschlag so nah an meiner Haut zu spüren versetzte mich in jenen Zustand leichter Fiebrigkeit, den man manchmal Mut oder Entschlossenheit nennt.

Aus dem Untergeschoß des Rehabilitationszentrums drang Wäschereigeruch herauf. Mein Vater wartete auf der Straße auf mich, ich legte keinen Wert darauf, daß er mich bis ins Gebäude begleitete. Ein Herr mit wächsernem Teint, der mit Stoffbändeln an seinen Rollstuhl gebunden war, stand vor dem Aufzug. Da er Zeichen der Ungeduld zu erkennen gab, indem er mit pathetischer Miene die Knöpfe anstarrte, fragte ich ihn, in welchen Stock er zu fahren wünsche. Er forderte mich auf, mich um meine Angelegenheiten zu kümmern.

Ohne einer Menschenseele zu begegnen, ging ich durch Flure mit schalldichten Decken, ausgelegt mit weißen Fliesen, die aussahen wie Schulp. Bei Zimmer 27 klopfte ich. Ich hörte metallische Geräusche, einen quietschenden Bettrost, dann erkannte ich die Stimme meines Onkels.

«Was ist denn schon wieder?» knurrte er.

Um nicht davonzulaufen, klammerte ich mich an das Lehrbuch. Jetzt wirst du die Klinke drücken, dachte ich, Paul wird dasein (Halbseitenschwäche, er, der sonst so streng war, ich sah seine Gesten vor mir, wie er auf der Straße die verlorenen Papiere aufhob, als handelte es sich um wertvolle Manuskripte, wie er sie auf seinem Schenkel glättete); atmen, flüsterte M. A. Pearl, sich die leicht geöffnete Luke vorstellen, den blutgetränkten Schwamm, den ausgepreßten Schwamm des Halbbruders, eine beschädigte Zone, blaß, ausgetrocknet, EINS, ich atmete tief ein, ZWEI, ich ging durchs Zimmer, aufrecht wie ein kleiner Soldat, und bei der Zahl DREI stand ich vor dem Bett, in dem mein Onkel ruhte.

Er war sehr abgemagert. Sein Bart machte ihn älter. Eine große Schönheit ging von diesem reglosen Gesicht aus, das wie losgelöst von ihm selbst war. Mit gesenkten Lidern bat er mich in unwirschem Ton, ihn in Frieden schlafen zu lassen. Eine blaugeäderte Hand bedeutete mir, mich zurückzuziehen. Da ich mich nicht rührte, schlug Paul die Augen auf.

«Was für ein Glück», rief er aus, «du bist es, hättest du das nicht früher sagen können?»

Ich brach in Tränen aus. «Du bist da, du bist endlich da», wiederholte er, «was für ein Glück! Das ist der richtige Moment zum Weinen, was ist los, komm, setz dich zu mir, was hast du?»

Je mehr er mich tröstete, desto mehr Leben kam in meinen Onkel. Er fragte mich nach Neuigkeiten aus der Schule, nach meinen Schulkameraden, dann sprach er mit aufmunterndem Scharfblick und Humor von seiner Krankheit. Alle bestanden darauf, daß er sich wieder fassen sollte. «Man muß reagieren», hieß es, aber sobald er sich zu irgendeiner Reaktion hinreißen ließ, bat man ihn inständig, sich ruhig zu verhalten. Drei Personen wechselten sich jeden Tag ab, um ihn vollzustopfen. Hacksteak mit Kartoffelbrei. Schinken mit Butternudeln. Haschee. Geriebene Karotten. Sellerie mit Remouladensauce.

«Den Sellerie esse ich», erläuterte er.

Paul übertrieb. Es machte ihm Spaß, mich lächeln zu sehen.

«Ganz zu schweigen von den Rotkreuzhelferinnen», fuhr er fort und schwang seinen rechten Arm im Kreis. «Da gibt es eine, die hat sich in den Kopf gesetzt, mich zu adoptieren. So sind sie, Fanatikerinnen, das kannst du mir glauben. Sie wollen einen bestimmten Kranken für sich gewinnen, ihn vereinnahmen, geradezu in sich aufnehmen, ihn bedauern, ihn verhätscheln. Unter dem Vorwand, daß du geschwächt bist und sie scheinbar gesund, wird erwartet, daß du die indiskretesten Fragen beantwortest – und dann soll man sich bei den barmherzigen Seelen auch noch bedanken!»

Er hielt kurz inne, seufzte.

«Früher hatten die Krankenpflegerinnen eine Handarbeit auf dem Schoß, sie stickten und gähnten ab und zu, um zu zeigen, daß sie an dich dachten, an die Langeweile dieses Leidens, das dich ans Bett fesselte. War es nicht besser so? Ach! Die Faszination jener bunten Fäden, die von der einen Seite des Stoffes auf die andere wechselten... Nadelarbeiten, geschlossene Lippen, das Ganze von einer sanften Erstarrung durchdrungen: das frommt dem Genesenden.»

Im Rehabilitationszentrum war das Gegenteil der Fall. Er fühlte sich gehetzt, bis in den Schlaf verfolgt von diesen unruhigen Stimmen, die ihn hinderten, in seinem Rhythmus zu atmen. Selbst die Wände hatten es auf ihn abgesehen, der Nachttisch, die Rollwagen. Er stieß sich überall. Seine Ungeschicklichkeit empörte ihn.

«Ich bin müde», wiederholte er, «du verstehst das ja, aber wie soll ich es ihnen erklären? Ich möchte lieber im Bett bleiben, regungslos, und meine Regungslosigkeit genießen. Ich muß vergessen.»

Ich dachte an die schwarzen Löcher, die ich auf die Wand meines Zimmers gemalt hatte, Perles Augen, und holte den Kuchen aus meiner Tasche, den meine Mutter für ihren Schwager eingewickelt hatte. Während ich die Alufolie auseinanderfaltete, die an den formlosen Stücken klebte (der Teig krümelte, die kandierten Kirschen waren beim Backen auf den Grund gesunken, ich bemühte mich, diesem eßbaren Konglomerat wieder ein harmonisches Aussehen zu geben), verschwand Paul unter den Decken. Diese plötzliche Flucht hatte die gleiche Wirkung auf mich wie der grüne Tropfen, der über mein Handgelenk geflossen war: Bib färbte ab, mein Onkel zog sich zusammen, bald würde der mütterliche Kuchen trotz der Metallumhüllung zerfallen. Das Leben riß mich in einen Strudel von Zeichen. Ich klammerte mich an ein Stück Engelwurz, die einzige rechteckige Form in diesem allzu Runden, allzu Weichen, diesem Zuviel an Zucker, Butter und Mehl, ein Stück Engelwurz, das mir die Kraft gab, das Schweigen zu brechen.

«Du mußt essen», brachte ich mühsam hervor, «sonst werden sie dich hier wegschicken.»

Ich bereute sogleich diese Worte. Mein Onkel antwortete nicht. Er mußte denken, daß ich seiner Schwägerin immer ähnlicher wurde. Ich begriff, daß ich seine Cora war, seine Lieblingsnichte, gewiß, aber auch und vor allem ein Mitglied der Familie, dieses Kraken, der durch meinen Mund versuchte, ihn wieder zur Vernunft zu bringen. Der Gedanke empörte mich. Ich warf den Kuchen in den Mülleimer. Er sank weich in ein Nest von Kompressen und Papiertaschentüchern. Mein Onkel richtete sich, auf die Ellbogen gestützt, leicht auf.

«Danke, es ist nett, daß du nicht darauf beharrst», war sein Kommentar. Ich kapierte, daß er sich ausruhen wollte.

Ich verabschiedete mich von ihm, als der Nachbar ins Zimmer rollte. Schwungvoll parkte er am Bett meines Onkels. Er wartete, bis die junge Frau im blauen Kittel, die ihn begleitete, hinausgegangen war, um mit einem Bericht zu beginnen, dem Paul fasziniert zuhörte und von dem ich nicht die Bohne verstand. Doch Wörter gab es eine Menge, kleine verschlossene Büchsen mit eindringlichem Klang, Geheimnisse, Kürbisse oder haarige Raupen, die gern die Zwischenräume fraßen und sich frohlockend an die etwas steifen Konsonanten der französischen Sprache hingen. Welche Meisterschaft, welche Beredsamkeit! «Von der Rechnung her», vertraute uns der Nachbar an, «glaube ich nicht übertrieben, aber ein bißchen Krähen, wenn ich Sie belebe. Es gab einen Schrank auf der Seite der Verstopftheit; ich war verbranntwortlich, das ganze Gummi bleibt tadellos, Zangen, Spritzen, nur nicht außerhalb der Straßen. Die Gehirne der Last, denen der Ablativ als schwerer Rettich vorangeht, ja, ja, dann wird gefleht!»

Die Sätze formten sich, markiert durch wilde Ausrufe. Nicht ein einziges Mal zweifelte der Nachbar an der vollkommenen Klarheit seiner Rede. In Pauls Gesicht blitzte es wieder auf wie früher bei den Spaziergängen, wenn die Avenue de Fontainebleau nach dem Markt mit Botschaften übersät war, wenn im Square Malassis oder auf dem städtischen Friedhof Papierfetzen herumlagen. Den Blick starr geradeaus gerichtet, schien er in eine andere Welt versetzt zu sein. Was sah er, was hörte er, das mir verschlossen war?

Er hatte mir bedeutet zu bleiben. Der Zimmernachbar beendete seine Darstellung, applaudierte sich selbst und fuhr dann mit etwas fort, von dem ich ahnte, daß es eine kritische Analyse der Funktionsweise seines Rollstuhls war, eines Chataigner (das war der Name des Herstellers), der nicht so gut war, wie er gehofft hatte. Gebärden und Mienenspiel begleiteten seine Vorführung. Schließlich beruhigte er sich. Seine Stimme klang dumpf. Er beachtete uns überhaupt nicht mehr. Als ich mich umdrehte, stellte ich verblüfft fest, daß mein Onkel eingeschlafen war.

Ich kam am nächsten Tag wieder und dann jeden Tag der Woche. Der Arzt erschien mittwochs, eine Traube Studenten folgte ihm auf den Fersen. Das nannte man Visite, es war wie eine Führung im Museum, aber hier durfte man berühren. Zum erstenmal seit seiner Einlieferung ins Zentrum war mein Onkel bereit, vor allen Leuten auf die Fragen der Logopädin zu antworten. Sie nutzte diese momentane Beruhigung, um ihm die Erlaubnis zu entlocken, ihre nächste Behandlungsstunde zu filmen. Das Aufnahmegerät wurde fernbedient, ohne die Hilfe eines außenstehenden Kameramanns, es genügte, auf einen Knopf zu drücken. «Nichts wird den normalen Ablauf der Übungen stören», versprach sie.

Mein Onkel willigte ein. Nicht daß ihm der Gedanke, diese Stunden zu verewigen, Spaß machte, aber er hatte mir versprochen, sich so zu verhalten, daß der Arzt ihn nicht wegschicken konnte. Wer weiß, in welche ferne Einrichtung man ihn stecken würde, wenn er sich weigerte mitzuarbeiten.

«Ich frage mich, ob sie mich behandeln wollen», bemerkte er, sobald die Gruppe aus der Tür war, «oder ob sie nur forschen. Anscheinend bin ich ein sehr interessanter Fall. Unter uns, ich gebe mir Mühe. Bald werden sie sich nicht mehr von mir trennen wollen. Ich werde ihnen unentbehrlich werden!»

Woran litt er? Ich wußte es immer noch nicht. In meiner Gegenwart und in einem so beschränkten Bereich wie dem Bett zeigte sich seine Krankheit mit entwaffnender Zurückhaltung. Manchmal war mein Onkel ungeschickt oder zerstreut, oft wurde er wütend auf Gegenstände, aber nie beklagte er sich über irgendeinen Schmerz. Warum ließ man ihn nicht nach Hause gehen? Bestand die Gefahr, daß das Leiden sich verschlimmerte?

Meine Fragen blieben ohne Antwort. Paul verwischte hartnäckig die Spuren, meine Mutter senkte die Stimme, um Absurditäten zu sagen, während mein Vater geräuschvoll in seiner Zeitung blätterte.

Eines Tages, entschlossen, Erklärungen zu erhalten, verabredete ich mich mit dem Arzt. Er schickte mich zur Logopädin, einer Frau mit spitzer Nase in den Vierzigern, gepflegt, energisch. Sie war sich des guten Einflusses bewußt, den ich auf ihren Patienten ausübte, und zeigte sich äußerst höflich. Die rechte Gehirnhälfte von Paul, erklärte sie mir, hatte ernsten Schaden genommen. So war mein Onkel in der Lage, richtig zu sehen, zu verstehen, sich zu bewegen und zu sprechen, doch – da war der Bruch – er «vergaß» hartnäckig alle Dinge, die sich auf der linken Seite befanden. Wenn er beispielsweise eine Blume abmalte, zeichnete er nur die Hälfte der Blütenblätter. Wenn man ihm ein Wort mit vier Silben zu lesen gab, sprach er nur die beiden letzten aus, auch wenn das gar keinen Sinn hatte. Sein Geist war asymmetrisch ausgerichtet.

Als jemand, der es gewohnt ist, sich vor Studenten zu äußern, versah die Logopädin ihre Ausführungen mit maßvollen Pausen. Sie schlug mir vor, die Filmaufzeichnungen einer Behandlungsstunde anzusehen. Nie würde ich diese Bilder vergessen. Wenn es die Hölle gab, dann mußte sie so ähnlich sein: eine endlose feste Einstellung, eine neutrale Stimme aus dem Off, die ohne Ungeduld die immer gleichen Ermahnungen wiederholt. Sie warnt, Paul konzentriert sich, sie artikuliert und spricht laut, als wäre er taub, als eifriger Schüler will er die Anweisung befolgen, und dann, auf die Probe gestellt, vergißt er plötzlich, was man ihm gesagt hat. In gutem Glauben vernachlässigt er es.

Es ist ein beleidigtes Gesicht, das die neuen Warnungen der Logopädin empfängt. Sie klopft mit dem Ende ihres Kugelschreibers in die Nähe des Mikros. Das Geräusch versetzt dem Film einen Krallenhieb. Was, er hat die erste Spalte des Artikels nicht gelesen? Paul weiß nicht mehr, wem er glauben soll, dieser Frau mit der patinierten Sprache oder seiner ganz persönlichen Wahrnehmung der Dinge. Immer geben ihm die Tatsachen unrecht. Er verschließt sich, in Schweigen gehüllt, käut wieder und schnauft, ein Kind, das man zum Essen zwingt, der Chicorée wird kalt, die gekochten Rüben verlieren ihren süßen Saft...

Endlich war der Film zu Ende. Die Logopädin erzählte von Forschungen in Neapel und Portland, während sie die Kassette in einen Metallschrank räumte. Ich hörte ihr nur mit halbem Ohr zu. Kliniken und Universitäten stritten sich: Man kannte die Ursachen der Halbseitenschwäche nicht ganz. Manche behaupteten, es handle sich um Störungen der Aufmerksamkeit, die anderen, um eine Ablenkung des Kopfes und der Augen auf die vom gesunden Teil des Gehirns gesteuerte Seite. Paul war ein sehr interessanter Patient, weil er nicht an Paralyse litt. Nur seine Art, sich der Behandlung zu widersetzen, hinderte ihn noch daran, Fortschritte zu machen.

«Glauben Sie nicht», fragte die Logopädin, als sie mich zum Ausgang begleitete, «daß eine gewisse Selbstgefälligkeit darin liegt, die Hilfe seines Nächsten zurückzuweisen?»

Von welchem Nächsten sprach sie? Ich antwortete nicht, im übrigen glaube ich, daß sie keine Antwort erwartete. Sie klopfte mir auf die Schulter und versicherte mir, daß alles gutginge.

«Jetzt, wo Sie da sind», berichtigte sie, «wird alles gutgehen, nicht wahr?»

Für meine Eltern ging bereits alles gut, für die Logopädin ging auch alles gut, sie konnte unvergleichliches Material zusammentragen, indem sie die Behandlungsstunden filmte – Material, das sie beim nächsten Kolloquium vorstellen würde –, und für mich ging alles gut, das mußte ich, die kleine Heldin vom Dienst, zugeben, verhätschelt von den Krankenschwestern, hofiert von den Assistenzärzten, mit Geschenken überschüttet von meiner Mutter, die nicht mehr wußte, wie sie ihre Dankbarkeit zeigen sollte.

Ich dachte an Pauls Gesicht auf dem Bildschirm. Zehnmal hintereinander immer die gleichen Fehler. Zehnmal, und er irrt sich wieder.

V

WOHER KAM DIESER KLAGELAUT, der mich mitten in der Nacht weckte? Ich konnte nicht wieder einschlafen. Mutter schnarchte, Vater war still. Ich ging ein Glas Wasser trinken. Ich setzte mich ans Küchenfenster. Eine Katze entflieht aufs Dach gegenüber, das Dach des Hôtel des Voyageurs mit seiner balkonlosen Fassade und seinem neutralen Anstrich, kein Lichtstrahl dringt durch die Fensterläden. Die Preisliste hängt im Eingang. Reichhaltiges Menü, Wein inbegriffen, zwei Tischtücher, bitte, eins davon aus Plastik, Spezialitäten aus aller Welt. Sagny oder die Vorsehung der Handelsvertreter: alles wird dort verkauft, nichts hergestellt, nicht der allerkleinste Gegenstand. Frisch aus der Kreisstadt aufgekreuzte Techniker in Polohemden erkunden die Möglichkeit, hinter der Longuemare eine Müllverwertungsanlage einzurichten. Im Austausch dafür würden die Kredite für den Bau des städtischen Schwimmbads freigegeben. Die Geschäftsleute lehnen sich auf. Sie wollen nicht die Mülltonnen der anderen hier aufnehmen. Wir haben schon das neurologische Rehabilitationszentrum, sagen sie, das reicht uns!

Eine Unterschriftenliste geht herum. Meine Mutter unterschreibt für die ganze Familie, als gehörte ihr mein Name. Ich verlange eine Erklärung. Mit einem Zischen antwortet sie, daß ganz Sagny gegen das Projekt ist. Mein Vater nickt zustimmend. Das ist die Art von Überlegungen, die meine Eltern anstellen. Und mit so was muß man jeden Abend essen. Danach wache ich nachts auf. Ich blicke aus dem Fenster auf die leeren Straßen von Sagny, diesem Kaff, auf seine Kirche, seine geschlossenen Läden, diese lauernde

Straßenlampe und die andere, die nicht brennt und den westlichen Teil der Kreuzung vernachlässigt, wie um mich an Pauls Krankheit zu erinnern. Sagny, wo ich geboren bin.

Meine Kehle war wie zugeschnürt, als ich in mein Zimmer zurückging. Ohne zu überlegen, schlug ich das Hypnosebuch auf. Kapitel vier begann mit einer kursiv gedruckten Fabel. M. A. Pearl riet, sie laut zu lesen, ohne Atem zu holen, also sehr schnell und so lange, bis man eine vollkommene Sprechweise erlangte. «Ein Skarabäus, der auf den Rücken gefallen ist», artikulierte ich, «sieht den Himmel nicht. Verwirrt von den biegsamen Halmen, die sich über ihm wiegen, verliert er jegliches Raumgefühl. Das kleinste Geräusch ist eine Belästigung, jede Luftbewegung eine Qual. Als eine barmherzige Hand ihn umdrehen will, bleibt er unbeweglich liegen, gelähmt vor Angst: Ein drohender Schatten fällt auf ihn, die Welt kippt um, das Braun des Bodens, die Zweiglein, die Tannennadeln sind jetzt unten, benommen zieht er sich in sich selbst zurück, wartet. Dann verschwindet der Schatten, kein Windhauch mehr.»

Eine Anmerkung erläuterte, daß die Familie der Skarabäiden etwa 8000 Arten zählte. «Wir können sie nicht unterscheiden», kommentierte der Autor, «und doch gibt es sie.»

Ich schob das Buch unter mein Kopfkissen, bevor ich einschlummerte. Am nächsten Tag ging ich nicht zu Paul. Ich schützte leichten Schwindel vor und schloß mich nach der Schule in mein Zimmer ein, um in Ruhe das Studium des vierten Kapitels fortzusetzen.

M. A. Pearl lenkte die Aufmerksamkeit seiner Leser auf die Notwendigkeit, sich ein Repertoire von kurzen Geschichten zuzulegen, die ihnen dazu dienen sollten, an ihrer Ausdrucksweise zu arbeiten. Außerdem erwiese sich dieses Material als wertvolle Hilfe, wenn der Hypnoselehrling Schwierigkeiten hätte mit einer widerspenstigen Persönlichkeit.

«Es ist nutzlos, auf einen widerstrebenden Partner einzureden, er solle einschlafen», schrieb der Autor, «Sie würden nur, von ihm unbemerkt, sein Abwehrsystem verstärken. Raten Sie ihm lieber, wachsam zu bleiben und Ihnen zuzuhören. Spulen Sie eine erste Folge von Geschichten ab. Unter dem Druck Ihrer Stimme werden seine Schultern sich lockern, seine Lider schwer werden. Erlauben Sie ihm, als handelte es sich um eine Geste äußerster Nachsicht Ihrerseits, die Augen zu schließen. Wählen Sie dann längere Sätze mit komplizierter Struktur und flechten Sie klare Befehle ein; mangels Besserem wird sein Geist sich an diese klammern. Beruhigt durch diese unverhofften Rettungsringe, wird sich Ihr Partner in seinen Sessel sinken lassen. Ihre Arbeit ist fast beendet, die seine beginnt. Vertiefen Sie die Trance, indem Sie sich von den Hinweisen im vorhergehenden Kapitel anregen lassen.

Wenn Sie scheitern, verlieren Sie nicht den Mut: Es gibt noch mehr Bücher. Stellen Sie dieses in Ihren Bücherschrank zurück und beschäftigen Sie sich mit etwas anderem. *Die Seidenmalerei in zehn Lektionen*, in derselben Reihe erschienen (Katalog auf Anfrage), soll ein hervorragendes Werk sein.

Man sagt auch, eine Stunde Schlaf unter Hypnose entspreche acht Stunden Ruhe.»

Man sagt, aber sollte ich es glauben, und stand mir der Sinn nach Seidenmalerei? Was für ein Zynismus! Ich fühlte mich verraten, und meine Enttäuschung war um so gewaltiger, als mein Vertrauen absolut gewesen war. Wer war schuld, wenn wir in diesem Labyrinth gegensätzlicher Empfehlungen den Glauben an uns selbst verloren? Die Reihenfolge der Lektionen spottete jedem pädagogischen Zusammenhang: Die Antworten gingen den Fragen voraus, die Ausnahmen kamen der Regel zuvor, es war eine verkehrte Welt.

Eine verkehrte Welt! M. A. Pearl hielt seine Leser für Skarabäen. Wäre es nicht sinnvoll gewesen, er hätte uns beigebracht, die Freiwilligen des dritten Kapitels zu wecken, bevor er uns erzählt, wie man die Widerspenstigen überlistet? Arme Sandrine, wie ihr gieriger Blick sich einen Moment auf mein Gesicht richtete und sie dann ohnmächtig wurde in dem großen Saal des Hotels. Was für eine Schande, was für eine Demütigung! Das waren Zeichen, die nicht täuschten, ich hatte mich lächerlich gemacht, schon beim ersten Versuch. Mußte ich mich deswegen von dem Lehrbuch trennen? Ich konnte mich nicht dazu entschließen. Ich war überlistet, gefangen, wie die von M. A. Pearl beschriebenen Versuchspersonen. Doch mit welcher Energie ich mich sträubte! Die folgenden Monate verbrachte ich damit, immer wieder dasselbe Kapitel zu lesen. Allmählich ließ ich mich überzeugen. Ich verstand. Es ging nicht mehr darum, die Zahlen aneinanderzureihen (EINS, Sie atmen, ZWEI, Ihr Körper wird schwer, so schwer, daß Sie bei DREI schlafen), man mußte sie kombinieren, in eine Gleichung bringen, eine andere Dimension eröffnen. Die negativen Zahlen miteinander multiplizieren, um ein positives Ergebnis zu erhalten. Demjenigen, der sich widersetzt, empfehlen, nicht einzuschlafen. Konfuse, aber wirkungsvolle Überlegungen anstellen, und dies einmal ganz entschlossen tun. Mit einem Wort, provozieren.

Mit wachem Geist und beruhigtem Gewissen behielt ich das Buch schließlich bei mir. Ich hatte meine Eltern oft genug beobachtet, um die Wirksamkeit des von M. A. Pearl empfohlenen paradoxen Verhaltens zu erkennen. An Pauls Bett erwiesen sich seine Ratschläge als ebenso wertvolle wie unerwartete Hilfe.

Warum sollte ich mich schämen? Die Besuche im Rotkreuzzentrum begannen mich zu langweilen. Seit meiner Unterredung mit der Logopädin waren meine Träume zerronnen. Von allem Gewebe des menschlichen Körpers, hatte sie mir erklärt, war das Nervengewebe das einzige, das sich nicht regenerierte. Man mußte also darauf hinarbeiten, daß ein Bewußtsein des Mangels, des Bruchs, dieser fliehenden linken Seite entstand. Lernen, damit zu leben.

Damit, das heißt ohne.

Ich hatte versprochen, ihr zu helfen, aber aufgrund des Lehrbuchs sah ich deutlich, daß die Logopädin sich im Weg irrte – und von Weg zu sprechen war schon eine optimistische Art und Weise, dieses geflieste Kabuff zu erwähnen, in dem sich die beiden, sie und mein Onkel, dreimal in der Woche unter dem verzerrenden Blick der Kamera einschlossen. Dort wurde ein Stück gegeben, in dem jeder seine Rolle meisterhaft spielte. Auf der einen Seite die methodische Wiederholung der Ratschläge, jene ruhige Stimme von außen, auf der anderen Seite eine entnervende Taubheit. Und je geduldiger die Logopädin war, um so träger schien Pauls Gehirn. Keine Verwerfung, keine Unebenheit, an der man irgendeine Hoffnung auf Heilung festmachen konnte. Der eine verdiente seine Brötchen, der andere vernachlässigte sie. Eine Welt mit glatten Wänden trennte die beiden. Eine Welt voll lobenswerter Bemühungen, Sorgen und guter Manieren, die ich trotz allem respektierte, denn ich war nur zu froh, etwas zu finden, hinter dem ich jeden Tag meine Traurigkeit verstecken konnte, wenn ich meinen Onkel auf die rechte Wange küßte und mich auf sein Bett setzte, um dem Gequatsche seines Zimmernachbarn zuzuhören.

Das war mir zur Gewohnheit geworden, so wie andere das Radio anschalten, bevor sie sich zu Tisch setzen. Paul nahm meine Hand, zuerst drückte er sie ganz fest, dann, während der Nachbar redete, ließ der Druck allmählich nach – ein schreckliches Gefühl, diese feuchte Wärme, die sich zwischen uns breitmachte, diese Betäubung, wie ein zu schwüles Parfum in einem leeren Zimmer. Ich hielt den

Atem an. Später sanken seine leblosen Finger auf die orangefarbene Decke.

Eine Bouclédecke aus den Vorräten meiner Mutter.

Dann bedeutete ich dem Nachbarn zu schweigen. Er zierte sich ein bißchen, sprach leiser und gehorchte mir schließlich. Ich glaube, mein unverwandter Blick beeindruckte ihn sehr. Auf leisen Sohlen schlüpfte ich aus dem Zimmer. Paul wurde nicht gern im Schlaf gestört. Noch weniger vertrug er es, wenn ich ihm irgendeine Aktivität vorschlug, die die Ordnung meiner Besuche durcheinanderbrachte. Seine Ordnung, ganz nach einer Seite ausgerichtet. Oft hatte ich Lust stehenzubleiben – Gipfel der Verwegenheit –, ihm nicht die Hand zu geben. Die Erinnerung an den Kuchen rief mich zur Vernunft. Ich hatte zu sehr Angst, meinem Onkel zu mißfallen, um mich seinen Launen nicht zu beugen. Zu sehr Angst, wie meine Eltern zu sein.

Ich gewöhnte mich nicht an das immer gleiche Gerede meiner Mutter (die Kunden ihres Ladens waren auf dem laufenden, man erkundigte sich nach dem Schwager, er gehörte jetzt der Allgemeinheit, genauso wie die Straßenlampen oder das Schwimmbad, denn ein Schwimmbad würde es geben): Nie mehr wäre er in der Lage, sein Buchbinderhandwerk auszuüben. Nie mehr würde er ohne Begleitung auf der Straße spazierengehen können, wenn er nicht mit den Passanten zusammenstoßen wollte, die zu seiner Linken gingen. Bestenfalls würde Paul lernen, allein zurechtzukommen, wenn er ein Bedürfnis befriedigte. Bestenfalls...

Wie diese Worte mich verletzten! Schwieg sie nicht endlich? Nein, sie redete weiter. Schlimmstenfalls würde er bis zum Ende seiner Tage von einer Einrichtung in die nächste weitergereicht, er und seine Launen, seine Anorexie und sein beginnendes Asthma. Schlimmstenfalls für den Rest des Lebens abgeschoben.

Dazwischen – aber das wußten die Kunden nicht – gab es

das Buch von M. A. Pearl und die Liebe zu meinem Onkel, die meine Eltern zu akzeptieren genötigt waren, das Buch und sein viertes Kapitel, das jenes verträumte und furchtsame kleine Mädchen, das ich war, in eine aufsässige Jugendliche verwandelte, fähig zu allen Kämpfen und zu allen Torheiten, um dem familiären Fluch zu entrinnen.

Dem Fluch und der Langeweile, denn so nannte ich schamhaft die Verzweiflung, die mich jetzt überkam, sobald ich mich zu Paul setzte. Ich sei nett, das war alles, was er mir zu sagen fand. Er wiederholte es vor dem Arzt, der Logopädin, die Krankenschwestern waren hellbegeistert. Sie opfert sich auf, die Arme, und obendrein ist sie hübsch, von einer gewissermaßen animalischen Grazie. Nett? Teigig, ja, das ist das Wort, das mir einfiel, wenn ich mich im Spiegel betrachtete, teigig sehe ich aus mit meinem Mittelscheitel, meinen Sommersprossen und meinen zu weit auseinanderstehenden Augen, ein guter mit der Gabel eingestochener Teig, der sich der gerillten Form anschmiegt, ohne zu kleben, nicht so einer, der am Blech hängenbleibt – o nein, Achtung, Schuld und Zuneigung, so ein bißchen fein, frisch und fragil, drei kleine f gegen die großgeschriebene Fatalität: ein Blutgefäß, das in der rechten Gehirnhälfte platzt, niemand ist davor sicher, und Pauls Körper ist unter einer Bouclédecke gelandet. «Du bist nett», sagte er mir wieder, wenn ich ihm das wöchentliche Geschenk meiner Eltern überreichte, du bist nett, und ich sah die Gegenstände, die sich links von seinem Bett anhäuften. Manchmal machte er sich nicht einmal die Mühe, die Päckchen auszupacken.

Eines Abends kam mir der Gedanke, daß wir ihn mit unserem Mitleid, den Schleifen und fröhlichen Verpackungen in Verlegenheit brachten. Ich nützte eine Behandlungsstunde, um alles einzusammeln, was im Zimmer herumlag. Eine neue Freude erfüllte mich beim Beseitigen dieser unnützen Dinge. Ich stapelte sie an der Wand, gut sichtbar, rechts von meinem Onkel. Der Raum links vom Bett wäre von nun an leer, eine schwindelnde Leere, in die ich wie schwebend einen Stuhl stellte.

Ach, wie nett ich war! Ein einsamer Stuhl auf der vernachlässigten Seite. Alles ging gut, so sagte die Logopädin, alles würde jetzt gut gehen.

Unter den Decken ausgestreckt, mit einem unter einem Achtmonatsbart verborgenen Gesicht und Ringen unter den Augen (und mit diesem Husten, den er erfunden hatte, um die Fragen der Pflegerinnen nicht beantworten zu müssen), empfing mich Paul am Tag nach dem großen Aufräumen mit einem verklemmten Lächeln, das viel über die Nacht verriet, die er verbracht hatte.

«Ich mißbillige es», stieß er hervor, und das war für diesen Morgen der einzige Kommentar, mit dem er mich bedachte.

Ich wahrte in allen Punkten das von ihm selbst auferlegte Ritual: Ich setzte mich aufs Bett, reichte ihm die Hand und neigte den Kopf, während der Nachbar ein Comic-Heft sinken ließ und etwas zu mir sagte, was ich als Höflichkeitsfloskel verstand. Er schien beunruhigt. Die Anwesenheit dieses leeren Stuhles ließ ihn nichts Gutes ahnen. Er zeigte mit dem Finger darauf und wandte sich dann den auf die rechte Seite verbannten Sachen zu.

«Besteht die Gefahr von verringertem Sauerstoff», erkundigte er sich, «und die Prumpete ohne die Kälte wird nicht sehr, nein, nein, genau wie meine Mutter sich festklammert?»

Ich beruhigte ihn. Mein Onkel bereitete nicht seinen Auszug vor. Er blieb, alles war gut, er würde nie weggehen. Wie hieß noch der Hund der Concierge in Le Kremlin-Bicêtre, sein Name fiel mir nicht ein, es war eine Hündin, nicht wahr, mit langhaarigem Fell, wie hieß sie gleich wieder?

«Chouquette», brummte mein Onkel.

Ich hielt ihn.

Am nächsten Tag und in den folgenden Wochen hatte Paul große Schwierigkeiten einzuschlafen. Seine Augen sanken tiefer in die Höhlen ein. Er wurde immer grauer, und ich bemühte mich, nichts zu merken... Ach, was für ein schönes faules Leben, seufzte ich, fern von den Sorgen der Straße. Sie seien nicht zu bedauern, er und sein Nachbar. Die reinsten Maden im Speck (Paul hustete), gehätschelt, verpflegt, betreut, besucht, es wäre ein Fehler gewesen, darauf zu verzichten. Aktivität, die Logopädin führte nur dieses eine Wort im Mund. Aber hatte er es nötig, aktiv zu sein, er, der die Kraft besaß, sich nicht zu bewegen? Der Nachbar hörte mir gern zu. Er ließ sich von meinem Zuspruch einlullen. Allmählich kehrten sich die Rollen um. Bald würde er derjenige sein, der einschlief.

Ich fuhr fort: Bellte Chouquette jedesmal, wenn ein Mieter das Haus betrat oder verließ? Nein. Sie fraß ihren rosa Schinken und schaute sich, auf dem Sofa ihres Frauchens liegend, friedlich Clowns in der Manege an.

Eine flüchtige Falte in den Mundwinkeln, ein Ausdruck von Haß mehr als von Überdruß: Pauls Geduldsfaden riß. Meine Geschichten amüsierten ihn nicht im geringsten. Sie hinderten ihn, seine Vergangenheit zu vergessen. Er machte mir dennoch keinen Vorwurf bis zu dem Tag, an dem ich, dem Rat M. A. Pearls folgend, die Fabel vom Skarabäus vortrug. In einem Satz tauchte plötzlich Chouquette auf. Ihr Geruch fiel mir ein: Sie roch nach alter Zigarettenkippe. Ein einziges Mal hatte ich meinen Onkel in die Hausmeisterwohnung begleitet. Neben dem Kühlschrank stapelten sich Stangen von Zigaretten. Ja, jetzt erinnerte ich mich, die Concierge hob die Gauloisespäckchen auf, um den Behinderten zu helfen: Gegen eine bestimmte Anzahl leerer Packungen bekam ein bedürftiger Kranker einen Rollstuhl geschenkt.

Lungenkrebs gegen zwei Antriebsräder, chronische Bronchitis oder Seelenblindheit... «Ist dein Chataigner ein Geschenk der Tabakindustrie?» fragte ich den Nachbarn.

Paul wurde böse. «Kannst du nicht reden wie ein normaler Mensch», rief er aus, «was erzählst du da?»

Er sah seinen Nachbarn an, der meine Frage richtig beurteilte.

«Ist das der andere Kerl, der abfärbt?» fragte er.

Bib, Bib, wir kamen wieder nahe an die Stelle der Spirale, wo der Vogel wohnte. Ich schlug die Beine übereinander. Chouquette verschwand in dickem Qualm, und ich konnte in aller Ruhe die Fabel von M. A. Pearl beenden.

Paul unterbrach mich nicht. Er wurde immer besorgter meinetwegen. Ich wußte nicht genau, wohin wir gingen, aber ich hatte den starken Eindruck, daß wir auf dem richtigen Weg waren.

Als ich an jenem Abend durch Sagny ging, ertappte ich mich dabei, daß ich vor mich hinsummte. Zum Abendessen gab es Fleischtopf. Ich bekam meinen Anteil fasriges Fleisch, Mark und Gemüse auf den geblümten Teller. Mein Vater stürzte sich auf den Senf. Wir aßen schweigend. Lauch, Karotte und schmierige Zwiebel. Die Dinge benennen, bevor man sie schluckt. Die Töne kauen. Wie konnte man Paul überreden, sich wieder ordentlich zu ernähren? Ein Pfefferkorn. Das Kräutersträußchen, das kläglich auf den Rand der Schüssel gezogen wird. Ein verwaister Selleriestengel, den meine Mutter vom Grund der Suppenschüssel fischt. Die angeblich entfettete Bouillon. Ein weißes Rübchen, freundlich vernachlässigt unter seinem robusten Äußeren, wird auf dem Porzellan geteilt. Zwei Hemisphären. Rübchen, eine etwas fade Wurzel, wenn man meinen Eltern glauben kann, aber worein stecken sie ihre Papillen, daß sie diesen eindringlichen Nachgeschmack des Kreuzblütlers nicht wahrnehmen?

Am nächsten Tag, es war Sonntag, blieb Crinoline bis halb eins geöffnet wegen Markt und Handwerksmesse, die die Bewohner der Nachbardörfer anzogen. Ich ging zwischen den Ständen hindurch. Ich kaufte Brot, aufgeschnittene Wurst, Orangen und Landwein – von irgendeinem Land, nicht von unserem, wie hätten die Weinberge den Regen von Sagny aushalten sollen? Mit meinen Einkäufen kehrte ich in den Laden zurück und verkündete meiner Mutter, ich ginge zum Picknick ins Rehabilitationszentrum.

Was konnte sie sagen? Unter dem Vorhang der Anprobekabine ragten zwei in beängstigend undurchsichtige Strumpfhosen gezwängte Knöchel hervor. Ich erkannte die Drogistin. Sie hob den rechten Fuß, schlüpfte in ein Hosenbein, verlor das Gleichgewicht, wiederholte dann die Operation auf der anderen Seite. Schließlich kam ihr Unterarm hinter dem Vorhang hervor, ihre Finger strichen durch die Luft, als erwarteten sie, auf etwas zu treffen. «Zu klein!» klagte sie.

Meine Mutter korrigierte: «Ein bißchen knapp? Ich gebe Ihnen Größe 48, in Marineblau vielleicht, das macht schlank, ist weniger schmutzempfindlich, paßt zu allem, und außerdem habe ich sie nur noch in Marine, also...»

Meine Mutter eilte zum Stapel der Übergrößen. Im Vorbeigehen versuchte sie mir die Tasche abzunehmen, damit ich nicht weggehen könnte. Ich drückte die Tasche fest an mich. Ohne daß ein Ton aus ihrem Mund kam, stieß sie die Drohungen aus, die sie vor ihrer Kundin nicht laut zu äußern wagte.

«Ich verstehe nicht», erwiderte ich mit heller Stimme, «du verbietest mir, meinen Onkel zu besuchen, an einem Sonntag?»

«Was bildest du dir wieder ein?» rief sie aus und zeigte entsetzt auf die Kabine, dann sagte sie ganz leise zu mir, daß ich meinen Lohn schon noch bekäme.

Größe 48 spannte an den Hüften, Größe 50 gab es nicht,

meine Liebe, nein, weder in Blau noch in Grau, von einem gewissen Alter an sitzen wir alle im gleichen Boot. Ich verließ Crinoline mit meinem Brot, meinen Wurstscheiben und dieser kleinen Größe 36, um die meine Mutter mich beneidete. Sie hatte sich ein Heimfahrrad kommen lassen. Mein Vater wollte es nicht im Wohnzimmer haben. Sie würde es schließlich an der Garagenwand aufstellen. Dort im Halbdunkel, wo sie bei jedem Tritt in die Pedale auf der einen Seite den Verputz, auf der anderen den Kotflügel des Autos streifte, würde meine Mutter, die Augen auf den Drehzahlmesser geheftet, ihrem eigenen Körper nachjagen.

Paul sollte mit den anderen Insassen in den Speisesaal hinuntergehen, aber man konnte ihn nicht mit Gewalt dorthin schleifen, daher brachte man ihm das Essen auf dem Tablett, und er hatte diebischen Spaß daran, es unberührt zu lassen. Eines Tages hatte ich ihn erwischt, wie er ein Stück Käse vom Teller seines Nachbarn stahl. Dieser protestierte. Er schrie laut genug, so daß die Stationsschwester ihm zu Hilfe kam. «Seltenheit verstopft Arroganz», ereiferte er sich, «ich bitte, Sie, nein, o nein, das pulverisiert!» Mein Onkel verschlang das Corpus delicti und versicherte, er verstehe nicht, was diesen Zorn ausgelöst habe. Ich blieb stumm. Es war nicht das erste Mal, daß es zu einem solchen Zwischenfall kam. Einige Wochen zuvor hatte der Nachbar einen Teller Suppe ins Blumenwasser geschüttet und geschrien, sein Senf laufe Gefahr, Stifte zu bekommen. Man hatte ihn ans Bett gebunden, wo er mit Hilfe einer Spritze eingeschlafen war.

Seit dem Verschwinden des Käses aß der Nachbar im Flur. Zu diesem Zweck waren zwischen den Türen Klapptischchen angebracht. Allein vor der Wand, traurig und aufrecht auf seinem Rollstuhl, nahm er seine Nahrung zu sich. So fand ich ihn an jenem Tag, wie er systematisch sein Gemüseschälchen auswischte. Ich beugte mich zu ihm, wie um ihn zu begrüßen, und stibitzte mit einer blitzschnellen Bewegung seine Butterportion. Ich hatte vergessen, auf dem Markt welche zu kaufen.

Fehlten noch die Gürkchen. Man mußte sich entscheiden: Es würde immer etwas fehlen. Meine Mutter wiederholte es oft genug, nichts wäre mehr wie früher – dieses Früher, das Paul manchmal beschwor. Er erinnerte sich an die Ankunft der neuen Bewohner, derjenigen von Les Coquettes, an die Eröffnung des chinesischen Supermarkts und an die Fotoromane, die er für eine Krankenschwester von Bicêtre in Chagrinleder gebunden hatte. Tröpfchenweise gewährte er mir die Vision dessen, was bald ein mythisches Territorium werden würde, eine Collage von ein wenig unscharfen Erinnerungen, wo alles auf derselben Ebene lag, Berufsanekdoten, Liebschaften und Spaziergänge. Von dieser doch so nahen Vergangenheit war nur ein Wort, ein Klischee übrig: früher.

Und seit der Hirnblutung? Gestern, letzten Monat, in welche Kategorie ordnete er diese Zeit ein? Ich glaube, Paul betrachtete sie als Teil eines großen Heute.

Meine Tage zählten vierundzwanzig Stunden. Kleine Welt, kleine Sorgen: Ich hatte keine Gürkchen mitgebracht. Mein Onkel bat mich einzutreten, wunderte sich über diesen überraschenden Besuch und wandte dann den Blick von mir ab, während ich – zum erstenmal in seiner Gegenwart – auf die linke Seite des Bettes ging. Ich setzte mich auf den Stuhl. Er hustete. Die Kraftprobe begann.

Ich holte mein Taschenmesser heraus, schnitt das Brot und bestrich es mit der Butter des Nachbarn. Ich legte nacheinander die dünnen Wurstscheiben darauf. Ich hörte den Bauch meines Onkels knurren.

Dann fing ich gierig an zu essen in der Hoffnung, ihm eine

unwiderstehliche Lust einzuflößen, mir diese Speise, die ihm nicht angeboten worden war, aus den Händen zu reißen. Mein Onkel rührte sich nicht. Seine Regungslosigkeit brachte mich einen Augenblick in Verlegenheit. Doch die Miene eines im Stau steckenden Autofahrers und der eindringliche Blick, den er schließlich auf mein Brot richtete, machten mir wieder Mut.

«Laß mich», sagte er grob, «ich komme schon zurecht.»

«Womit kommst du zurecht?» fragte ich mit vollem Mund. «Störe ich dich?»

Seine Aggressivität bewies, daß ich auf dem richtigen Weg war. Mit der Ängstlichkeit eines Sammlers strich er sein Bettuch glatt.

«Du machst mir Magenkrämpfe», fügte er hinzu. Ich leckte mir die Finger. «Ich mache dir», wiederholte ich und beließ es dabei.

Während ich die Weinflasche aus meiner Tasche zog, sah ich, daß Paul mit sich selbst kämpfte, um den Blick nicht von mir abzuwenden.

«Du trinkst Wein!» rief er aus. «Na so was, ich verbiete dir...»

Sein Kopf wandte sich mechanisch nach rechts. Sein mit einem defensiven Lächeln, einer Mischung aus Entrüstung und Lust gewappnetes Gesicht zog sich zusammen. Er ignorierte mich erneut.

Wie man eine Capa schwenkt, um die Aufmerksamkeit des Stiers auf sich zu lenken, ließ ich den Griff meines Taschenmessers gegen die Flasche klingen. Ich war nicht sicher, ob ich den Korkenzieher zu benutzen verstand. Mein Onkel stieß die Bouclédecke zurück. Allmählich spürte ich, wie er die Geduld verlor. Ich hatte plötzlich das Gefühl, er würde mich nach Hause schicken. Die Angst, vom Stuhl zu fallen, überkam mich – er schwebte und ich mit ihm, wir schwebten im Raum. Weiter unten erstarrte Paul wie ein aufgespießtes

Insekt, seine Matratze versank im Boden, Paul als kandierte Frucht gestrandet auf dem Grund der Kuchenform, während ich engel(wurz)gleich emporstieg...

«Ich habe die Butter vom Tablett des Nachbarn geklaut», sagte ich und dachte, das Geständnis dieser unwürdigen Tat würde mir helfen, wieder Fuß zu fassen.

Paul lächelte. Zu meiner großen Überraschung stand er auf, nahm sein Kopfkissen, legte es auf die andere Seite des Bettes, ans Fußende, und legte sich verkehrt herum hin. Mit fröhlicher Miene reichte er mir die Hand.

«Bravo», sagte er, «das beruhigt mich in bezug auf dich.»

Ich hatte mich nicht bewegt, dennoch war ich nicht mehr am gleichen Platz. Durch eine bloße Verlagerung seines Körpers hatte Paul mich auf seine rechte Seite gebracht. Er konnte mich jetzt in aller Ruhe ansehen und den Haufen aus Kleidungsstücken und schleifenumwickelten Geschenken ignorieren.

Die Tür ging auf, und herein kam, satt, aber mißmutig, der Nachbar, verärgert, weil er seine Mahlzeit vor der Wand eingenommen hatte. Als er die Flasche bemerkte, die ich, meinen Vater nachahmend, zwischen den Schenkeln hielt, kam er an meinen Stuhl gerollt. Dank seiner sibyllinischen Ratschläge hatte der Korken nicht allzusehr unter meiner Unerfahrenheit zu leiden.

«Ritieren wir auf den Dienst der Schildkröten!» schlug der Nachbar mit einer Operettenstimme vor. Diese Aussicht verlieh ihm Flügel. Er holte sein Glas vom Flur und kam sogleich zu mir zurück. Ich füllte es, er leerte es, dann war mein Onkel an der Reihe. Schließlich zwang ich mich, ein paar Schlucke Wein zu trinken. Ich fühlte, wie meine Wangen entflammten.

«Weißt du, was mir Freude machen würde?» fragte Paul. «Ein Brot mit...»

Er zeigte mit dem Kinn auf die Wurstscheiben.

Na also. Mein Onkel aß. Der Nachbar äußerte seine Begeisterung durch eine Salve von Anekdoten. Ich legte ihm nahe, weniger laut zu sprechen, wenn er nicht die Krankenschwestern alarmieren wollte. Ich schwenkte mechanisch den Korken unter seiner Nase. Wider Erwarten nahm er ihn und klemmte ihn sich zwischen die Lippen. Die in seinem Mund blockierten Sätze schienen einen neuen Ausgang zu suchen, seine Augen vielleicht, die mehr als üblich glänzten, oder seine Nasenlöcher. Die Mimik des Nachbarn rief bei Paul ein Gelächter wie aus der Zeit vor dem Unfall hervor, frei, herzlich, eine Lachsalve, die mich an unsere Spaziergänge auf dem Friedhof erinnerte – mein Onkel füllte am Eingang eine Gießkanne, wir blieben aufs Geratewohl vor einem Grab stehen und besprengten es mit Wasser. Paul beschwor das Andenken des Verstorbenen, der liebe Auguste, sagte er, eine echte Betriebsnudel.

Der Nachbar nahm den Korken nur heraus, um ein zweites Glas Wein zu trinken. Er steckte ihn sofort wieder in den Mund. Die leere Flasche landete im Mülleimer, wo einige Monate zuvor der mütterliche Kuchen verschwunden war.

Der Duft der Orange, die ich schälte, erfüllte das Zimmer. Paul beugte sich zu mir, um mir zu danken. Ich schloß ihn in die Arme. Mein ganzer Körper zitterte bei der Berührung seiner Haut. Ich fühlte mich zu allem bereit für diesen Mann, bereit, ihn durchs Leben zu führen, bereit, ihm bei seiner Arbeit zu helfen und ihn zu lieben, vor allem ihn zu lieben. Mein Dasein bekam einen Sinn: Ich würde von nun an die rechte Seite seines Gehirns ersetzen, nichts würde mich von dieser zärtlichen Berufung abbringen. Wie glücklich war ich! In unseren Adern floß das gleiche Blut, ja, wir waren Gleiche. Ich schloß einen Moment die Augen. Als ich sie wieder aufschlug, gähnte Paul. Ich sah seinen Bart, seine zerfurchte Stirn und sein Haar, das schütter zu werden begann. Ich hätte am liebsten geweint.

Ich blieb nicht lange im Rehabilitationszentrum. Auf dem Flur fuhr ein Rollwagen mit Wäsche vorüber. Leicht beschwipst stieß ich mich an den Eisenstreben. M. A. Pearl konnte sich freuen: Ich hatte meinen Auftrag ausgeführt und die Lehren des Buches in die Praxis umgesetzt. Das vierte Kapitel schloß mit einem beruhigenden Beispiel für die richtige Verwendung der Paradoxe und anderer heilbringender Umkehrungen. Mein Onkel hatte alles gegessen, ich ging mit leeren Händen fort.

Die folgenden Wochen sollten die Bedeutung dieses improvisierten Mittagessens bestätigen. Ohne daß es irgendeine rationale Erklärung für diese plötzliche Veränderung gab, war mein Onkel einverstanden, in den Speisesaal hinunterzugehen. Er nahm zu, rasierte sich, das heißt, er ließ sich rasieren, denn die Prozedur überstieg seine Fähigkeiten. Ich verfolgte das aus einiger Entfernung: die Krankenschwestern hatten sofort meinen Vater kommen lassen, als sie die Weinflasche im Papierkorb fanden. Ich wurde bestraft und bekam «bis auf weiteres» Besuchsverbot. Niemand wollte meine Erklärungen anhören. Der Arzt höchstselbst überschüttete mich mit Vorwürfen. Ich hatte ja keine Ahnung! Alkohol und Medikamente, mit solchen Dingen spielt man nicht, ich war ganz und gar verantwortungslos...

Den Korken ließ man anscheinend dem Nachbarn als Schnuller. Er redete weniger, das war für alle erholsam. Meine Mutter fand wieder den Weg ins Zentrum. Sie teilte mir mit, daß die Logopädin eine spektakuläre Veränderung in Pauls Verhalten festgestellt habe (seit ich ihn nicht mehr behelligte, war gemeint). Sie behandelte ihn nun jeden Tag.

Eines Abends luden meine Eltern sie zu uns ein. Ich mußte zugeben, daß die Logopädin geschminkt und ohne ihren weißen Kittel ganz anders aussah. Man mußte sie von dem Interesse reden hören, das sie dem Halbbruder meines Vaters entgegenbrachte. «Einer der aufregendsten Fälle in meiner Laufbahn», sagte sie und senkte dabei die Stimme.

Meine Mutter hatte sich ins Zeug gelegt, es gab von allem zuviel, das Essen zog sich in die Länge. Mein Vater gurrte. Die Logopädin beschrieb ihre Patienten ohne jede Scham, ihre Behinderungen, ihre Fortschritte, die Art, wie die Familien reagierten, und ich genierte mich für diese Leute, die inmitten von Schüsseln und schmutzigen Tellern seziert wurden. Auf dem Tisch lag jener, der nach Verletzung seines rechten Hinterhauptlappens die Fähigkeit verloren hatte, sich wiederzuerkennen, jene, die eine lange Nase mit einem militärischen Gruß verwechselte, jener andere, der alles verstand, aber dessen Vokabular sich auf ein simples Wort beschränkte, das er in allen Tonarten aussprach. Und meine Mutter stellte Fragen. Und die Logopädin antwortete.

«Das Gehirn ist kein schwarzer Kasten mehr», erklärte sie, während sie sich Salat nahm.

Ihre von Tusche schweren Wimpern verschleierten ihren samtigen Blick. Sie hatte eine reizende Art, die Speisen in gut an der Gabel befestigten Päckchen zum Mund zu führen. Wie schaffte sie es, um dieses grobe Gerät so feine Gebinde zu arrangieren? Ich versuchte, mir den Schwamm in seinem kostbaren Behältnis vorzustellen, ich betrachtete wieder das Gesicht der Logopädin, ihre schmalen Lippen, ihre allzu vollkommene Nase. Schließlich erhoben wir uns vom Tisch. Ich hatte Lust, schlafen zu gehen. Was würde das Thema des fünften Kapitels von M. A. Pearl sein?

Die Logopädin verwendete sich für mich. Bald könne ich meinen Onkel wiedersehen. Übrigens verlange er nach mir. In einem Monat, versprach sie, du mußt mir glauben. Im Gegenzug nötigte sie mich, sie zu küssen und bat mich, sie nicht mehr Madame zu nennen, sondern Josette.

Einen Monat später wurde die Logopädin vom Rotkreuzzentrum entlassen. Mein Onkel folgte ihr dicht hinterher. Viel zu dicht. Man hatte unter den Filmen des Versuchslabors drei skandalöse Episoden gefunden. Vor den Augen der Kamera erschien Josette auf der Bildfläche. Mit einer weniger ruhigen Stimme als sonst ermutigte sie ihren Patienten. Ja, ja, ja, seufzte sie, mit zwei Buchstaben sagte sie alles: ja.

Der Skandal mochte dem Ruf der Familie schaden, den Umsatz des Ladens steigerte er nur. Man wollte wissen, wer angefangen hatte. Von der Anprobekabine aus wagte man manchen kühnen Kommentar. Meine Mutter schürte die Neugier dieser gierigen und ausgabenfreudigen Kundschaft. Man riß sich um Gürtel und Ohrringe und ergatterte nebenbei mehr oder weniger pikante Informationsfetzen über den halbseitenschwachen Schwager und seine Dulcinea. Sie würde sich um ihn kümmern. Er bekäme eine Invalidenrente. Die beanstandeten Kassetten waren verschwunden. Hatte sie sie gesehen? Worum ging es genau?

Statt einer Antwort holte meine Mutter einen Stapel Schals aus der Schublade, die unglückliche Bestellung einer vergangenen Saison, Seidentücher, die zu teuer, zu fröhlich und zu groß für die Gegend waren. Seit diese Knebel mit den berühmten Etiketten auftauchten, ließ die Begehrlichkeit nach. Man wollte gern bezahlen, aber ein Tuch zu diesem Preis, da gab es doch Grenzen.

Sagny, ein Vorhang aus Regen, ein Vorhang aus Cretonne, hinter der Longuemare begannen die Bauarbeiten. Die Müllverwertungsanlage würde vor Ende des nächsten Jahres in Betrieb genommen, trotz der Unterschriftenliste. Von den Fensterläden des Hotels begann die Farbe abzublättern. Mich zu bitten, sie Josette zu nennen, nach dem, was sie mir angetan hatte, wie konnte sie es wagen?

VI

VERNACHLÄSSIGTE PAUL IHRE linke Brust? Streichelte er ihr immer denselben Schenkel? Ich war wütend. Trotz der Ausrutscher im Versuchslabor wurde die Logopädin von der dankbaren Familie sehr schnell angenommen, allseits gelobt, schließlich bewundert für ihre beruflichen Fähigkeiten und ihre Art, das Leben von seiner guten Seite zu nehmen.

Von seiner guten Seite... Ein Wunder unter dem Zeichen des Roten Kreuzes: Die Vorsehung heißt Josette – und wie jede Vorsehung, die dieses Namens würdig ist, war Josette aus dem Tempel vertrieben worden.

Josy oder der therapeutische Aufschwung, was für ein Schwindel! Paul verdiente das nicht. Ich hätte ihn vegetieren lassen sollen, sagte ich mir in einem Anfall von Bitterkeit, wie einen Junggesellen, den man seinen Schrullen überläßt, hätte weder seine Neugier noch seinen Hunger erregen, ihn für mich behalten sollen, an der Seite Perles, meiner toten Freundin.

Seit Paul weg war, dachte ich oft an sie. Ich stellte mir ihre Bilder vor, und das gab mir wieder Selbstvertrauen. Ihr Strich hatte an Genauigkeit gewonnen, die Leinwand brodelte von warmen und kräftigen Farben. Sie malte jetzt das Innere ihrer Figuren, deren Haut nur eine durchscheinende Schale war, die verschiedenartige Organe zusammenbringen sollte. Wenn die Luke, die sich oben auf dem Schädel öffnete, erlaubte, die Gehirnwindungen zu sehen, war es dann nicht möglich, das gleiche Verfahren auf die anderen Körperteile anzuwenden? Im Licht von Perles Arbeit erschien mir die zerlegbare Muskelfigur, die als Grundlage des Naturkundeunterrichts gedient hatte, wie eine sehr summarische Darstellung unserer Anatomie, mehr wie eine Karikatur, ein Phantombild. Wieso hatte ich nicht früher daran gedacht? Meine Milz und meine Lungen sahen denjenigen Sandrines nicht ähnlicher als mein Mund oder meine Ohren denjenigen Josettes. Ein neues Beobachtungsfeld eröffnete sich mir, größer als das vorhergehende und genauso aufregend.

Manchmal fragte ich mich, ob es nicht an der Zeit sei, meine tote Freundin aufzugeben. Hatte ich nicht genug Schulkameradinnen?

Genug, allerdings, ich hatte genug. Zweiunddreißig in meiner Klasse. Nicht eine, die weiß, nicht eine, die ahnt, nicht eine, sondern zehn, zwanzig junge Mädchen, die sich im Chor beklagten oder begeisterten, bereit, sich aus den gleichen Gründen zu schlagen, die die gleiche Musik liebten, die gleichen Kleider trugen, bei den gleichen Lehrern Rabatz machten.

Perle war anderswo, Perle war einzig – Perle existierte, ich wäre sehr in Verlegenheit gewesen, sie verschwinden zu lassen. Das Lehrbuch beruhigte mich einen Moment lang, was sie betraf. Die mit einer fruchtbaren Phantasie begabten Individuen, las man, würden schnellere Fortschritte beim Erlernen der Induktionstechniken machen als die anderen. Das fünfte Kapitel hieß: «Nichts ist unveränderlich» und handelte von den sekundären Vorteilen, die mit der Hypnose verbunden waren. Ich überflog es, ohne ihm große Aufmerksamkeit zu schenken. Das Buch entfernte sich.

Die Logopädin lud mich mehrmals ein, bevor ich mich bereit erklärte, zu ihnen zu kommen – denn Paul wohnte nun mit ihr in einer Wohnung im zehnten Stock eines Mietshauses, das mitten in den Rapsfeldern stand, eine Stunde von Sagny entfernt, nur ein paar Kilometer Luftlinie, aber man mußte einen riesigen Umweg machen, um jene Autobahn zu überqueren, die die Grenze zwischen den beiden Brüdern markierte. Ich hatte die Logopädin im Verdacht, diesen Wohnort gewählt zu haben, um nicht täglich dem Geschwätz ihrer Schwiegerfamilie – und dem nicht weniger enervierenden der mütterlichen Kundschaft – ausgesetzt zu sein. Sie sicherte sich dadurch auch die totale Verantwortung für Paul.

Die Werkstatt meines Onkels war von seinem Kollegen übernommen worden. Ich fragte mich, ob er die Zettelsammlung behalten hatte.

Ah, das erste Mal! ... Schlag vier Uhr, ein blühendes Hyazinthenpaar unter dem Arm, das Haar angeklatscht vom Motorradhelm, drückte ich auf den Knopf der Sprechanlage, wo nur der Name der Logopädin stand. Ihre verzerrte Stimme ertönte im Hausflur.

«Ich bin es, Cora», schrie ich, absichtlich zu nah an dem feinen Gitter, das das Mikrophon schützte.

Zehn Stockwerke höher mußte die Vorsehung zusammenzucken. Ich hörte sie fluchen. Der Türöffner summte. Im Aufzug wiederholte ich für mich die Gründe meiner Anwesenheit: Es mußte vom ersten Wort an klarsein, ich besuchte nicht sie, ich besuchte meinen Onkel – und natürlich war sie es, die, sich am Ohr kratzend, an der Tür wartete, sie, die versuchte, ihre roten Lippen auf meine Wange zu pressen. Ich tat ihr meine Absicht, mich nicht von ihren Adoptionsversuchen beeindrucken zu lassen, kund, indem ich ihr den Blumentopf in die Hand drückte. Den Topf, das knisternde Papier und die Kaskade zerdrückter Knospen. Ohne ihren Dank abzuwarten, entwischte ich dorthin, wo das Wohnzimmer sein mußte, gleich rechts vom Eingang. Paul kam mir entgegen.

Nun hatte ich keine Lust mehr davonzulaufen. Wir küßten uns zärtlich, wie früher, wenn meine Mutter mich ihm anvertraute, bevor sie sich im Sentier-Viertel an die Eroberung ihrer Lieferanten machte – mein Onkel erwartete mich an der Endhaltestelle der Buslinie 47, er hob mich hoch, ich rieb meine Nase an seiner. Heute mußte ich mich nicht einmal mehr auf die Zehenspitzen stellen.

Paul führte mich durch die Wohnung. Ich war beeindruckt von der Gewandtheit, mit der er sich bewegte. Nicht ein einziges Mal stieß er sich an den Möbeln. Später begriff ich, daß sein Weg mir zu Ehren lange geprobt, trainiert worden war. Er hätte mit geschlossenen Augen umhergehen können. Die Logopädin applaudierte, als ihr Schützling nach einer gefährlichen Kehrtwendung zwischen Flur und Bücherschrank mich erneut ins Wohnzimmer schob.

«Bravo, mein Schatz», frohlockte sie, «das war tadellos!» Und sie stürzte sich auf ihn, um ihm den Kuß auf die Lippen zu drücken, den sie bei mir nicht losgeworden war. Mein Onkel wischte sich mit dem Handrücken über den Mund. Sie küßte ihn noch einmal (diese Hartnäckigkeit, mit der sie ihr Revier markierte, war lächerlich), dann, als würde sie sich plötzlich meiner Anwesenheit erinnern, fragte sie mich: «Was sagst du dazu?» Mit einer weitausholenden Gebärde wies sie auf die Wohnung.

Ich sagte nichts dazu.

«Gefällt es dir?» beharrte sie.

Ich warf einen Blick in die Runde, dann senkte ich die Augen. Der Boden war mit einem Bastteppich bedeckt. Ich erwiderte, es sei eine gute Idee gewesen, keinen Teppichboden zu verlegen. Paul stimmte zu. Ich wollte ihm nicht weh tun, aber ich verabscheute Rattan – und Rattan war überall, bemalt, lackiert oder einfach gebeizt; geflochten, gedreht, gewebt; in alle Formen dekliniert, Bett, Körbe, Regale, Lampenschirm und Übertöpfe, selbst die Nippes trugen die Uniform, so daß Rohr und seine Derivate einem für immer verleidet wurden. Paul setzte sich an das große Fenster. Spuren von Putzmittel trübten die Reflexe des Himmels. Der Sessel knarrte unter dem Gewicht meines Onkels. Er war dicker geworden. Er faßte mit der rechten Hand in einen Korb mit Erdnüssen.

«Es ist hell hier», bemerkte er.

Tatsächlich öffnete sich jedes der Zimmer weit auf die Rapsfelder. Der gleiche Blick, von Osten nach Westen, die gleiche gelbsüchtige Landschaft. In der Ferne, auf der anderen Seite der Autobahn, erhob sich das neue Geschäftszentrum von Sagny. Rechts sah man die blinde Fassade der Rehabilitationsklinik.

«Es ist hell», wiederholte ich.

Josette verschwand in der Küche. Paul verschlang weiter seine Erdnüsse. Bald kam in einer Karaffe eine trübe Flüssigkeit, industrielle Zitronenlimonade, gefolgt von den Hyazinthen, die, mit einem Untersetzer versehen, auf die Kommode gestellt wurden. Befreit von der geschickten Umhüllung, die sie zusammenhielt, schienen sie viel weniger frisch. Die Fahrt mit dem Solex war ihnen nicht bekommen. Die dicken Stengel begannen sich unter der gewaltigen Masse der Blütentrauben zu beugen. Ein lieblicher Duft erfüllte das Zimmer.

«Hyazinthen sind ein schöner Schmuck», sagte Josette, dann drehte sie ihnen den Rücken.

Eine Unterhaltung entspann sich über die Vorteile des Lebens auf dem Land. Wir lauschten den begeisterten Worten der Logopädin. Ich tat so, als blickte ich sie an, aber jenseits ihres Gesichts erlebte ich den langsamen und unerbittlichen Verfall der rosafarbenen Blüten. Angezogen von dem Deckchen auf der Kommode, sanken sie unaufhörlich hinab und trennten sich dabei mehr und mehr. Endlich – es war fast eine Erleichterung für mich – sackten sie auf beiden Seiten der Schale zusammen, wie neugierige Hunde an dem weißen Baumwolldeckchen schnüffelnd. Nur die zartgrünen, nett gebogenen Blätter taten ohne unpassendes Erschlaffen ihre kleine schmückende Arbeit und streckten sich in Erwartung einer göttlichen Belohnung zur Decke.

«Ich habe gestern die Beschreibung eines amüsanten Falles gelesen», sagte die Logopädin, indem sie auf ihr Lieblingsthema zurückkam, «es handelt sich um einen amerikanischen Epileptiker, dem man den Hirnbalken durchtrennt hat...»

Der rechte Stiel begann sich zu spalten. Die Logopädin sah meinen ängstlichen Blick und lieferte mir, da sie die Gründe dieser Beunruhigung mißverstand, einige technische Erklärungen bezüglich der Funktionsweise des Gehirns. Sie sprach darüber wie über einen gewöhnlichen Mechanismus.

«Der Balken», dozierte sie, «ist ein Geflecht von Nervenfasern, das die Aufgabe hat, die Informationen von einer Hirnhälfte zur anderen zu übertragen.»

Ich setzte ein konventionelles Lächeln auf.

«Der Kranke also lebte, nachdem er sich dieser Operation unterzogen hatte, fast normal, bis zu dem Tag, da einer seiner Freunde ihn in einer sonderbaren Situation überraschte: Während seine rechte Hand versuchte, seine Frau zu schlagen, schützte er diese mit seinem linken Arm!»

Paul schüttelte den Kopf. Ein Vogel schlug gegen die Fensterscheibe und fiel ins Leere. Die Logopädin wollte den Tisch abräumen. Ich stand auf, bleiben Sie doch sitzen, Madame, stammelte ich, ich mache das, sie runzelte die Stirn (ich legte keinen Wert darauf, daß sie die Blumen sah, bevor ich ging), ich überwand meinen Widerwillen, hörte mich sie duzen und zum erstenmal ihren Vornamen aussprechen.

«Laß doch, Josette», brachte ich mühsam hervor, «ich kümmere mich darum.»

Die siegreiche Logopädin setzte sich wieder. «Du kannst mich Josy nennen», meinte sie aufgekratzt, «oder Tante Josy, wenn dir das lieber ist, das wäre lustig.»

Heiter, in der Tat. Hatten sie vor zu heiraten? Zum Zeichen des Protests ließ ich die Karaffe fallen. Sie traf mit einem dumpfen Geräusch auf dem Teppich auf und entleerte sich gluckernd zwischen den Füßen des Sofas. Ich erging mich in Entschuldigungen. Paul tröstete mich. «Mach dir keine Sorgen», sagte er, «das wird nichts ändern.» Wovon sprachen sie? Die Logopädin nutzte meine Verwirrung, um sich umzudrehen.

«Mein Gott», rief sie aus, «meine Hyazinthen!»

Hätte ihre Ehre auf dem Spiel gestanden, sie hätte nicht anders reagiert. Sie stürzte in die Küche, kam zurück mit einem dicken Schwamm, einem mit Chinoiserien verzierten Stäbchen, Schnur und einem Messer. So ausgerüstet, musterte sie die Pflanze, bereit, die Herausforderung anzunehmen, überließ mir den Schwamm und brachte mit dieser fachkundigen Hand, die gewohnt war, schwierige Situationen zu retten, eine Stütze neben der Zwiebel an. Dann schnitt sie ein Stück Schnur ab, das sie mehrmals um die beiden Stengel wickelte – den intakten rechten und den anderen gespaltenen, der klaffend sein Innerstes entblößte und auf dem Tröpfchen perlten. Ein doppelter Knoten schloß die Prozedur ab.

Da der Teppich die industrielle Zitronenlimonade aufgesaugt hatte, gab es nichts wegzuwischen, weder Fruchtfleisch noch Kerne, doch ich blieb da auf allen vieren und rieb mit dem Schwamm zwischen Bast und Rattan herum. Ich sah den Blumenhändler vor mir, seine Art, das durchsichtige Papier zu fassen und zusammenzuknipsen, die geschmeidigen Bewegungen seines Handgelenks, die Verwandlung glatter Bändel in duftiges Gekräusel, jener Bändel, die er zwischen seinem schwieligen Daumen und der Klinge der Schere durchzog. Ich dachte an den epileptischen Patienten, den Amerikaner, dem man die beiden Gehirnhälften getrennt hatte. Traumverloren schrubbte ich vor mich hin. Die Stimme der Logopädin rief mich zur Ordnung.

«Hör doch auf, so herumzufuchteln!»

Josette wurde nervös. Ich spürte, daß ich mir diesmal endgültig ihre Antipathie erworben hatte. Provozierend sah ich mit einem schüchternen Aschenputtelblick zu ihr auf und schrubbte verbissen weiter. Der Schwamm ging in Stücke, Algen auf dem Grund des Aquariums, nasse Fetzen, die zwischen den Schnüren des Teppichs hängenblieben.

«Hörst du mich», schrie sie, «es reicht!»

Paul verstand nicht, warum Josy in diesem Ton mit mir sprach. «Ich bitte dich», rief er aus, «was hast du denn plötzlich?»

Die Logopädin errötete.

«Es ist nicht so schlimm, Tante Josette», sagte ich honigsüß, indem ich offen meine Abneigung gegen diese lächerliche Anrede zeigte.

Ich genoß meine Rache. Kommentarlos ging sie und schloß sich in ihrem Zimmer ein. Wenige Minuten später kam sie wieder heraus, in jenen auberginefarbenen Regenmantel gehüllt, der ihr bis auf die Knöchel fiel, eine Einkaufstasche geschultert. Eine vollkommen unpassende Sonnenbrille verbarg ihre getuschten Wimpern. Die Wohnungstür schlug zu. Der Aufzug ließ sein Knurren eines Tieres hören, das nicht gern gestört wird, schwer erhob er sich im Treppenhaus, hielt dann vor der Gittertür des zehnten Stocks. Ein unheimliches Quietschen, wieder dieses Knurren: Die Kabine ließ sich fallen, trug den Körper der Logopädin weit von uns weg.

«Sie geht in den Supermarkt, um sich abzureagieren», erklärte Paul. «Man muß sich in ihre Lage versetzen, das ist nicht leicht, jeden Tag...»

Jetzt, da sie weg war, fühlte ich meine Bereitschaft, alle möglichen Entschuldigungen für sie zu finden. Ich stellte mir vor, wie der große Regenmantel an den blühenden Rapsfeldern entlangging – Josette verliert das Gleichgewicht, ihre Brille fällt, versinkt im Morast; die geblendete Josy tastet danach, kämpft gegen dieses gelbe Licht, das sie anzieht, das nach ihr greift, Tante Josy rutscht. Sie findet sich in einem Ölbad wieder, eine Auberginenscheibe, gebraten nach italienischer Art, gesalzen, dann entfettet auf dem weißen Deckchen der Hyazinthen. Josette gegart, am Gaumen zergehend, ja, ich verzieh ihr den Zorn, ein ganz legitimer, freilich ein bißchen unverhältnismäßiger Ausbruch, dessen Heftigkeit mir aber die Bedeutung bewußtmachte, die mir in ihren Augen zukam. Sie war eifersüchtig auf mich, was für ein Glück! Sie behandelte mich wie ihresgleichen, nicht mehr wie die kleine Nichte, die schon immer Pauls Schützling gewesen war, sondern wie eine Frau.

Eine Rivalin, unverblümt.

Mit diesen Überlegungen ließ ich den Schwamm auf dem Boden liegen und ging um den niedrigen Tisch, um auf der richtigen Seite meines Onkels zu sein. Ich setzte mich ihm zu Füßen. Er legte seine rechte Hand auf meinen Nacken, ließ sie dann höher wandern, fuhr mir mit den Fingern durchs Haar. Ich blieb regungslos, hielt den Atem an, genoß diesen Augenblick in dem Gefühl, ein sehr natürliches Wunder zu erleben. In Wellen kamen mir die Beschwörungsformeln von M. A. Pearl ins Gedächtnis. EINS, während Ihr Blick auf die vorbeiziehenden Buchstaben geheftet ist, ZWEI, allein kraft Ihres Wunsches spielt sich alles so ab, als existierte nichts anderes, DREI, ein tiefes Wohlbehagen erfüllt Sie...

«Wir streiten oft», sagte Paul, «doch man muß anerkennen, daß sie mich sehr liebt.»

Am Ende des Satzes verhaspelte er sich. Hatte er gesagt «daß sie mir sehr hilft» oder «daß sie mich sehr liebt»? Ganz und gar böswillig machte ich mir die erste Version zu eigen. Sie schmeichelte meinem geheimen Ehrgeiz, dieser zunehmenden Lust, die Schnur zu lösen, die Stütze zu entfernen – deutlich ausgedrückt, die Ausschaltung der Logopädin zu betreiben. Ich fühlte das Bein meines Onkels an meiner Wirbelsäule. Absichtliche Geste oder halbseitenschwache Ungeschicklichkeit? Paul ließ seinen linken Arm über meine Schulter hinabsinken.

«Seit ich das Zentrum verlassen habe», begann er wieder, «wollte ich dir schreiben, aber das ist noch schwierig für mich, ich vergesse die Hälfte der Wörter, es fällt mir sehr schwer zu lesen, was ich geschrieben habe. Ich hätte natürlich Josy meine Briefe diktieren können... Eine gewisse Scham hat mich daran gehindert, es zu tun. Sie ist immer noch überzeugt davon, daß ich dank ihrem Eingreifen wieder angefangen habe zu essen.»

Ich wußte noch nichts von Feigheit (jenen Lidern, die sich über einem blassen Lächeln senken), nichts als Belanglosigkeiten, Davonlaufen oder harmloses Lügen, und mein Urteil, wenig darin geübt, ihre Zeichen zu erkennen, verdammte kurzerhand die Vorsehung, alias Josette, Tante Josy Liebling. Mein Onkel, dachte ich, hatte sehr wohl versucht, sie aufzuklären, aber der Eigensinn hatte sie taub gemacht, und seine Erklärungen hatten nichts genutzt. Ich neigte mich leicht zurück, um meinen Hals zwischen seinen Knien ruhen zu lassen.

«Wenn du nicht gewesen wärst», fuhr er fort, «wäre mein Aufenthalt im Rehabilitationszentrum sehr schlecht ausgegangen. Übrigens habe ich, seitdem du Besuchsverbot bekommen hattest, zugesehen, daß ich da herauskam. Ich glaube wirklich, ohne deine tägliche Anwesenheit...»

Paul unterbrach sich. Er bereute vielleicht, mir diese ein wenig summarische Analyse der Situation gegeben zu haben. Ich erwartete nicht, daß er mir die Bilder des Versuchsfilms beschrieb, doch wie konnte ich schließlich diese Kassetten vergessen, deren Inhalt allein ausgereicht hatte, eine erfahrene Logopädin wegen eines schweren Kunstfehlers fristlos zu entlassen? Ich bestand nicht darauf. In ungezwungenem Ton erkundigte ich mich nach seinem ehemaligen Zimmernachbarn. Es ging ihm gut. Seine ganze Zuneigung hatte sich auf den Korken übertragen. Er trennte sich nicht mehr von ihm. Wollte man ihn ihm aus dem Mund nehmen, heulte er auf. Ich stellte mir vor, daß der Kork sich wie ein Schwamm mit seinen Wörtern vollsog. Mein Onkel schwieg. Ich machte die Augen zu. Ein leuchtendgelber Punkt inmitten eines roten Strudels erschien unter meinen Lidern. Ich dachte an meine Eltern. Die Apothekerin hatte ihnen erzählt, daß man früher Menschen, die an Aphasie litten, heilte, indem man ihnen eine Mischung aus Ammoniak und Salzsäure verabreichte. Meine Mutter sagte es jedem weiter, als könnte allein schon die Verordnung dieser geheimnisvollen Heilmittel die Entrüstung rechtfertigen, die sie überkam, sobald Pauls Nachbar wieder von den Entensieben oder den brutalen Melkgummis anfing. Eines Abends beim Essen hatte ich versucht, ihr zu zeigen, daß ihr Unverständnis ihrer Ungeduld entsprach. Man durfte nicht bei der scheinbaren Bedeutung der Sätze des Nachbarn stehenbleiben, man mußte sich mit ihrem Rhythmus, ihrer Intonation befassen, dann würden sie in einem neuen Licht erscheinen.

Meine Mutter hatte mich skeptisch gemustert. Während der ganzen übrigen Mahlzeit hatte sie mich beobachtet, als wäre sie nicht sicher, mich wiederzuerkennen. Ich begriff an jenem Tag, daß ich ihr angst machte. Es war mir ungeheuer peinlich.

Paul rührte sich nicht. War er eingenickt? Um meine Ungeduld zu bremsen, begann ich zu zählen. Es war das erste Mal, daß ich meinen Onkel allein sah, seit er mit Josette zusammenlebte. Traurig, wie wir unser Wiedersehen genossen.

Das Schweigen zog sich in die Länge. Ich konnte mich nicht auf die Zahlen konzentrieren. Ich öffnete die Augen. Der gelbe Fleck folgte eine Zeitlang dem Lidschlag und verschwand dann. Die Schwammstückchen trockneten in den Ritzen des Teppichs. Das Licht hatte sich verändert, das Grün der Blätter erschien weniger zart. Es kam so weit, daß ich mir die Rückkehr der Logopädin wünschte. Der Regenmantel von Tante Josy, glänzend von Rapsöl, würde neben uns treten. Oder auf den Küchenboden fallen.

Meine Gedanken drehten sich im Kreis, und die Vorsehung ließ auf sich warten. Ich begann zu verzweifeln, als ich, einer Macht gehorchend, die stärker war als ich, meine Arme über meinen Kopf hob, wie um einen Ball zu fangen. Da beugte sich Paul vor und legte sein Gesicht auf den Sockel meiner offenen Handflächen.

VII

DAS SCHRILLE LÄUTEN DER KLINGEL ertönte. Paul blieb liegen. Ich sah ihn an. Er legte seinen Zeigefinger auf meine feuchten Lippen.

«Sag es niemand», flüsterte er, «versprich es, nicht einmal deinen Eltern, kann ich mich auf dich verlassen?»

Wofür hielt er mich? Meinen Eltern schon gar nicht, diesen armen Geschöpfen, in welchen Abgrund hätte ich sie gestürzt! Ich wollte ihnen nichts Böses, nein, gerade jetzt empfand ich sogar eine gewisse Zärtlichkeit für meine Mutter, mit ihrem in die Garage verbannten Heimfahrrad, ihrer Wildlederjacke, die sie nicht mehr zumachte, und ihrem gelockten Haar, dessen Farbe sich im Lauf der Jahre etwas stabilisiert hatte – ein samtiges Orange, das mich an jene pastellfarbene Soße erinnerte (Sauce Aurore, glaube ich), eine süßliche Mayonnaise, die mein Vater zweimal im Jahr verwandte, wenn er seine Spezialität zubereitete: Avocados mit Crevetten. Die übrige Zeit stand das Glas unten im Gefrierschrank, in demselben, der den großen Blutsturz erlitten hatte.

«Mein Thunfisch, mein ganzer Thunfisch!», ich erinnerte mich an die Schreie, Mütterchen, wie zerbrechlich sie mir vorkam trotz ihrer kräftigen Stimme und ihrem unerschöpflichen Vorrat an teuren Seidentüchern. Man sollte nicht vergessen, ihren Geburtstag zu feiern. Paul fragte mich, woran ich dächte.

Erneutes Läuten, letzte Vertraulichkeiten. Meine Kleider in Ordnung bringend, stürzte ich zum Eingang und preßte mein Auge so nah wie möglich an den Spion. Von meinem indiskreten Blick erfaßt, krümmte sich, ganz Nase, das Gesicht der Vorsehung in der Linse. Ihr Oberkörper war gebeugt unter dem Gewicht von Taschen voller Lebensmittel. Sie hatte auf jeder Seite welche hängen, die in die Schulterpolster ihres Regenmantels einschnitten, und noch weitere an den ausgestreckten Armen. Sie hätte sie auf der Matte abstellen können, aber nein, sie trug sie lieber, übernahm energisch und herausfordernd ihre vorläufige Rolle als Hausfrau.

Ich sah, wie sie ihren Ellbogen hob. Ich ließ ihr nicht die Zeit, auf den Klingelknopf zu drücken. Meine ängstliche Art, «wer ist da?» zu sagen, als erwarteten wir niemand, traf sie wie ein Peitschenhieb. Sie hielt in der Bewegung inne. Die ein wenig fette Haut ihrer Stirn legte sich in Falten, was eine merkliche Erweiterung ihrer hübschen Nasenlöcher mit sich brachte. Dabei hob sich auch ihre Oberlippe und entblößte sehr weiße Schneidezähne, die vor und zurück zu schwanken begannen, abwechselnd winzig oder riesengroß, je nachdem, wo sie sich in bezug auf die Tür befanden: Die Logopädin klopfte, das Holz klang unter ihrem gekrümmten Zeigefinger, und ich hätte sie gern da auf dem Treppenabsatz stehenlassen, daß sie da versänke, daß sie da steckenbliebe, ihre Würzelchen mit den dichten Borsten der Fußmatte mischte, daß sie dort Wurzeln schlüge und aufblühte, mit oder ohne Stütze, mit oder ohne Schnur, aber weit weg von meinem Onkel, auf der anderen Seite der Wand, weit weg von uns und unserem ganz neuen Glück.

Trotz meiner Verwünschungen behielt Josette Menschengestalt. Kein Auswuchs bildete sich in ihren Mundwinkeln, ade Blätter und Blüten, Spaten und Heckenscheren, selbst die Adern auf ihrer Stirn begannen zu verschwinden. Mit entschiedenem Ton ließ die Logopädin zwei den Umständen entsprechende Wörter fallen; «Ich bin's», verkündete sie, eine in der Tat der Situation vollkommen angemessene Äußerung, deren Bündigkeit sowie Eindeutigkeit meinen phantastischen Beschlüssen – die beiden Riegel vorzuschieben, die Rattanmöbel im Eingang zu stapeln, mich mit meinem Onkel zu verbarrikadieren – den Todesstoß versetzten.

«Ich bin's!» wiederholte Josette.

Ich rührte mich nicht. Paul mußte sich fragen, worauf ich wartete.

«Ich habe die Schlüssel vergessen», fügte sie hinzu, als hätte sie es nötig, sich zu rechtfertigen.

Endlich öffnete ich ihr die Tür. Sie stürzte zum Wohnzimmer. Wie ein Echo meiner vegetabilischen Erleuchtung streiften die grünen Enden eines Bundes dicker Lauchstengel, die aus einem ihrer Einkaufsnetze ragten, das Bücherregal im Flur. Eine zerquetschte Tomate löste sich und rutschte auf den Schnitt eines Buches. Ich lächelte, als ich den Titel des beschmutzten Bandes las. Es handelte sich um einen Briefsteller, der mich an die im zwölften Kapitel erwähnte Ersatzlösung erinnerte, das Studium der *Seidenmalerei in zehn Lektionen*. Ich dankte der Tomate, daß sie es verstanden hatte, meine innersten Gefühle auszudrücken und mich für den Hinweis des Verfassers des Hypnoselehrbuchs zu rächen. Niederträchtigen Einflüsterungen gebührt jämmerliche Anerkennung. Der gelbe Arm rückte vor. Tante Josy kam wieder zu mir. «Na, wie geht's», ächzte sie.

Die Logopädin hätte an meiner strahlenden Miene sehen müssen, daß alles gutgegangen war. Es machte sie unruhig, daß sie Paul nicht an seinem Platz beim Fenster sitzend vorfand. Ich beruhigte sie: Er ruhte sich aus. Sie wollte ihn nicht stören – insgeheim war ich ihr dankbar dafür, als wäre ein Teil von mir selbst im ehelichen Schlafzimmer geblieben. Ich folgte der Logopädin in die Küche und sah zu, wie sie die Einkäufe auspackte, ich stand direkt hinter ihr, ohne ihr meine Hilfe anzubieten, und wartete, bis sie die letzte Plastiktüte geleert hatte, um mich zu verabschieden und für den Empfang zu bedanken. Sie beschwor den köstlichen

Duft der Hyazinthen, ich sei lieb, es wäre nicht nötig gewesen. Ich zögerte meinen Aufbruch so lange wie möglich hinaus, in der Hoffnung, Paul würde aufstehen. Weil mir sonst nichts einfiel, bat ich sie noch einmal um Verzeihung wegen der Zitronenlimonade, sie erwiderte, ich solle mir keine Sorgen machen (wer sagte, daß ich mir Sorgen machte?), durch die Unbeholfenheit ihres Freundes war sie an diese Art Zwischenfälle gewöhnt – aber er konnte ja nichts dafür. Um größere Schäden zu verhindern, erwog sie, ihm seine Mahlzeiten in Plastikgeschirr zu servieren. Er würde keinen Unterschied feststellen, und für sie wäre es einfacher.

Wie konnte sie es wagen, so von dem Mann zu sprechen, der ihr Leben teilte? Paul, mein Onkel, aus einem Zahnputzbecher trinkend. Paul, abgeschoben in seinen Sessel am großen Fenster. Ich seufzte. Tante Josy drängte mich zum Ausgang. Ja, ich hatte einen guten Nachmittag, ließ ich noch auf dem Treppenabsatz verlauten. Erleichtert, mich endlich gehen zu sehen, sprach die Logopädin jenen Satz, den ich nicht vergessen sollte. «Du bist hier zu Hause», sagte sie mechanisch, «du mußt wiederkommen, jetzt, wo du den Weg kennst.»

Ich erwiderte, daß sie sich auf mich verlassen könne. Erriet sie an meinem Tonfall, daß meine Worte den rein formellen Rahmen überstiegen, in dem die ihren sich bewegten? Sie nahm ihre Worte etwas zurück, indem sie mich daran erinnerte, wie gefährlich es war, mit dem Solex auf der Landstraße zu fahren.

«Die Unfälle mit Zweirädern», fügte sie hinzu, «sind die schlimmsten.»

Josette näherte sich mir. Ich zuckte leicht zurück. Wir küßten uns, fast ohne uns zu berühren, als fürchteten wir, uns zu beißen, wenn wir unserem Trieb nachgäben.

«Grauenhafte Verletzungen», beharrte die Logopädin, während ich den Aufzug betrat, «ganz zu schweigen von den Schädeltraumen. Was gibt es Traurigeres als diese jungen Leute, die in der Blüte ihrer Jugend dahingerafft werden, diese Mädchen von fünfzehn, sechzehn Jahren...»

Sie sah mich an, begriff plötzlich die Bedeutung ihrer Abschiedsworte und wurde puterrot. In Gedanken befahl ich ihr, sich nicht zu bewegen. Ich blieb stumm, starrte in ihre Augen, die sich zu entziehen versuchten, die aber von einer geheimnisvollen Kraft so, auf meine gerichtet, festgehalten wurden. Ah, sie sah mich schon halb tot, bewußtlos am Rand des Straßengrabens liegen, Marke Gemüseschnitzler, Marke zerquetschte Kartoffel, für immer gelähmt.

«Sie ist außerstande, sich zu bewegen», wiederholte ich unter Anwendung der Ratschläge M. A. Pearls. «Nur ihr Arm hebt sich, er hebt sich...»

Alles ereignete sich in ein paar Sekunden. Josette faßte sich mit steifer Hand an die Stirn. Die Deckenlampe im Flur erlosch, Josette versuchte nicht, sie wieder anzuschalten. Der Aufzug glänzte in der Dunkelheit, ich sah, wie er sich in den Pupillen der Logopädin spiegelte. Mein zweigeteilter Körper nahm die Mitte der weißen Rechtecke ein. Ich war, wir waren ruhig. Ich dachte an die schwarzen Kreise, die ich an die Wand meines Zimmers gezeichnet hatte. Einmal mehr wiederholte sich das Bild, umgekehrt.

«Bis bald, Tante Josy», brachte ich hervor.

Ein Stöhnen entwich ihren Lippen. Mein Herz schlug heftig. Ich fühlte, daß sie wegglitt, hineingezogen in den Mahlstrom der Worte, derjenigen des Lehrbuchs, derjenigen M. A. Pearls, sie begab sich auf die Umlaufbahn um die Spirale, sie entfernte sich von mir, da befahl ich ihr, aufzuwachen und alles zu vergessen, die Flucht, diesen Strudel und meine reglosen Wimpern.

Sie tastete sich zum Schalter. Die Tür des Aufzugs schloß sich quietschend.

Wohlbehalten kam ich zu Hause an. Ich war so schnell wie möglich gefahren, um das Unglück abzuwenden, trotz des Regens und dieses Solex, das in jeder Pfütze zu rutschen drohte. Ich rief sofort Paul an. Er erzählte mir, daß Tante Josy, gleich nachdem ich weggegangen war, ein leichtes Unwohlsein verspürt habe. Jetzt schlief sie. Der Einkauf im Supermarkt hatte sie erschöpft. Sie hatte keinerlei Kommentar zu meinem Besuch abgegeben, nein, sie ahnte nichts, und mein Onkel küßte mich ganz innig.

«Ich küsse dich», flüsterte er noch, bevor er auflegte.

Wie versprochen kam ich wieder, ich kam sogar öfter, als recht war, in der folgenden Woche, in der danach, um andere Blumen mitzubringen, andere Blicke zu säen und zwischen den Rohrbeinen jene Sträuße aus Unkräutern zu pflücken, die bald Perles Bilder überwuchern würden. Ich war glücklich. In der Schule wie zu Hause verhielt ich mich so, daß Wirbel vermieden wurde – auch wenn ich manchmal gegen meinen Willen einigen heraufbeschwor. Wenn ich es mir auf meiner Luftmatratze bequem gemacht hatte, in jenem M. A. Pearl (der seit der Aufzug-Erfahrung wieder in Ehren war) so teuren Zustand hellsichtiger Betäubung, beobachtete ich Eltern und Lehrer mit der gleichen Freude. Sie waren unruhig, zupften an ihren Haaren, rieben sich die Nase. Ihre Verlegenheitsgesten faszinierten mich. Ich lachte vor mich hin. Die Lehrer glaubten, daß ich mich über sie lustig machte. Sie irrten sich: Ich war nur die Beute seltsamer Halluzinationen, flüchtiger Wahrnehmungen, die öffentlich auszubreiten mir schwergefallen wäre, nicht aus Heuchelei, wie ich mir vorwerfen hörte, sondern aus Scham. In der Tat, wie sollte man erklären, daß man sich zwischen den prallen Brüsten der Direktorin soeben eine herrliche Tätowierung vorgestellt hatte, die den Geschlechtsapparat ihres Mannes darstellte? Es gab meines Wissens nur einen Ort, wo diese Phantasie in aller Freiheit blühen konnte. Einen Ort, wenn es sich nicht vielmehr um einen Moment handelte: in der Nacht, unter dem Pinsel meiner toten Freundin.

Wenn man mich beschuldigte, schwieg ich also lieber. Ich begnügte mich damit, mit Mund oder Augen eine leichte Bewegung anzudeuten, vorzugsweise ein bißchen geziert, in der Hoffnung, die Kläger für mich einzunehmen.

«Sie bleibt auch noch dabei!» empörten sie sich.

Mein Schweigen reizte sie dazu, die Stimme zu erheben. Meine Mimik wurde oft schief interpretiert. Ich durfte mich nicht bewegen wie jedermann. Sie erklärten mich für unverschämt, stießen Drohungen aus, die über meinem Kopf schwebten, ohne mich je zu berühren, ja, ich sah sie kreisen wie Schwalben, die an kleinen Gummis von den Wolken hingen, sich drehen und gegen sie wenden, so schwierig ist es, ein junges Mädchen zu erreichen, das lächelt.

Einmal, ein einziges Mal, versuchte ich, mein Verhalten zu rechtfertigen. Das Ergebnis war verheerend. Dabei handelte es sich um eine anständige Vision, die Bib und seine goldene Stange zum Inhalt hatte. Mein Gesprächspartner (ein übrigens sehr sensibler, junger Sportlehrer, der mich nicht gleichgültig ließ) unterbrach mich heftig. Ich sollte ihn nicht für dumm verkaufen, sagte er, mit meinen Geschichten von gefärbten Wellensittichen. Die gestellte Frage war einfach: Warum hatte ich während seiner Vorführung am Trapez gelacht? Er wollte die Wahrheit, hier, ganz schnell, in zwei Worten.

Die Wahrheit in zwei Worten, nichts weniger.

Ich überlegte. Die Wahrheit in zwei Worten, das war eins zuviel. Ich gestand meine Ohnmacht ein, zuckte leicht mit den Schultern zum Zeichen der Kapitulation. Der Lehrer zog mich in einen Winkel der Umkleideräume. Ich spürte, daß er unbändige Lust hatte, mich zu ohrfeigen, aber die Stimme des Schulrats mußte in seinen Ohren klingen, denn er atmete geräuschvoll aus und dann durch die Nase ein und begnügte sich damit zu wiederholen, ich sei ganz schön frech, ah, und wie frech!, rief er aus, die ist ja ganz schön frech, und zur Krönung des ganzen: «Diese Mädchen sind ganz schön frech.»

Ich ahnte, daß die Bewegung, die meine Unterwerfung begleitet hatte, wieder einmal mißverstanden worden war. Ich versuchte, ihm mit Hilfe von Posen zu zeigen, daß es solche und solche Arten gab, mit den Schultern zu zucken. Man konnte sie langsam hoch- und gleichzeitig vorziehen, mit offenen Armen, was ich nämlich, wie mir schien, getan hatte; das bedeutete, es tue einem leid, man wisse nicht. Es war ebenfalls möglich, sie rasch nach oben zu ziehen und wieder loszulassen (indem man zusätzlich ein leichtes Pff hören ließ), um Spott, Verachtung oder Gleichgültigkeit auszudrücken.

«Was absolut nicht der Fall war», schloß ich, und dabei sah ich ihm direkt in die Augen.

Meine Demonstration entlockte ihm ein Lächeln. Ich merkte, daß ich sehr langsam gesprochen hatte, mit vorsichtigen Gesten, um diesmal kein überflüssiges Zeichen entschlüpfen zu lassen. Er reichte mir unbekümmert die Hand. Was wollte er? Wir trugen beide ziemlich kurze weiße, mit einer grünen Paspel eingefaßte Shorts.

Er hieß Monsieur Robin. Léo Robin. Ich mochte auch seinen Namen. Während der Mittagspause ging er, anstatt im Lehrerzimmer zu warten, bis der Unterricht wieder anfing, in den Hof hinunter. Nach der Trapez-Episode kam es vor, daß ich mich neben ihn setzte. Er sagte, ich würde ihn neugierig machen. Eines Tages erfuhr ich, daß sein richtiger Vorname Léon war, welche Enttäuschung, das *n* war von selbst weggefallen, nur seine Eltern klammerten sich noch daran. Schließlich antwortete Léo auf meine Fragen und zeigte sich sehr kooperativ trotz allem, was er über die Mädchen meines Alters dachte. Er war der einzige Mann, außer meinem Vater, dem ich Perles Existenz offenbarte. Unsere Gespräche kamen mit verwirrender Leichtigkeit in Gang, wir sprangen sehr schnell von einem Thema zum andern, es machte uns zu großen Spaß, miteinander zu reden.

Die Monate vergingen, Paul beklagte sich, daß er mich nicht oft genug sehe, daher fand ich einen Vorwand, ihn häufiger besuchen zu können, ohne die Aufmerksamkeit meiner Eltern oder ganz blödsinnig die Eifersucht der Logopädin zu erregen: Da die persönlichen Papiere meines Onkels aus Le Kremlin-Bicêtre gekommen waren, erbot ich mich, sie mit ihm zu sichten. Tante Josy als Rehabilitationsexpertin lobte diese Initiative.

«Das wird ein ausgezeichnetes Training für sein Gehirn sein!» behauptete sie.

Gedachte sie, sich in unsere Arbeit einzumischen und einen Teil des Territoriums zurückzugewinnen, das ich nach und nach erobert hatte? Wir bemühten uns, ihr zu beweisen, daß es sich dabei nicht um eine Tätigkeit für eine Frau ihrer Fähigkeiten handelte. Paul erwies sich dabei als vollkommener Komplize. Josy half uns ein erstes Mal, ein zweites Mal, beim drittenmal kapitulierte sie. Sie fand diese auf der Straße aufgeklaubten Fetzen ekelerregend. «Ich verstehe dich», erwiderte Paul verdrießlich. Ich fügte hinzu, jemand müsse sich schließlich damit befassen, als wäre dieses Sortieren für das

Überleben der Menschheit unerläßlich. Paul hielt eines der Dokumente an seine Nase oder beugte sich unter dem mißbilligenden Blick Josettes darüber und schnüffelte daran, um seine Herkunft zu bestimmen.

«Dieser Umschlag ist durch eine Hausmülltonne gegangen», erklärte er stirnrunzelnd, «aber in bezug auf den hier habe ich Zweifel. Was meinst du dazu, mein Herz?»

Das Herz verzog das Gesicht. Ich auch, aber aus anderen Gründen: Ich unterdrückte ein Kichern. Wie konnte Josy glauben, daß wir im Ernst so sprachen? Dank welchem Wunder sollten diese Papierstücke ihren ursprünglichen Geruch bewahrt haben, nachdem sie seit so vielen Jahren in den Schubladen der Werkstatt gestapelt waren?

«Oh», rief ich aus, «Tante Josette, das ist die Belohnung: eine parfümierte Postkarte!» Josys Gesicht strahlte, als sie die letzten Ausdünstungen eines Veilchenstraußes erkannte, wo nur ein retuschiertes Foto war, das nach Moder roch.

Als die Logopädin das Sortieren aufgab und nur noch um die Beute meines Onkels herumscharwenzelte und uns mit ihren unpassenden Kommentaren auf die Nerven ging, war ich gezwungen, zu weniger angenehmen Suggestionen zu greifen. Um sie loszuwerden, wollte ich ihr eine Migräne verpassen. Niemand hatte mir das beigebracht, aber indem ich einfache Techniken stiller Induktion anwandte, entdeckte ich, daß man mit ein bißchen Übung überraschende Ergebnisse erzielte. Allerdings stand mir eine besonders empfängliche Versuchsperson zur Verfügung.

Zu keinem Zeitpunkt erwähnte Josy ihr Unwohlsein auf dem Treppenabsatz. Ich schloß daraus, und M. A. Pearl sollte es in der sechsten Lektion des Lehrbuchs bestätigen, daß die Logopädin die Ereignisse, die der Abfahrt des Aufzugs vorangegangen waren, aus ihrem Gedächtnis gelöscht hatte. Auch Paul blieb sehr diskret. Mit ihm spielte sich alles durch die Blume ab. Nur andeutungsweise: Nie gingen wir bis zum Letzten. Meine Ungeduld erschreckte ihn. Ich hätte gewollt, daß es schneller geht, daß es geht, daß es...

Doch nein. Es (die Initiation, die Offenbarung, diese glorreichen Metamorphosen eben, die schon meine Träume erleuchteten) blieb dabei. Gespannt, aber regungslos.

Eines Nachmittags fanden wir zwischen den Akten ein altes Heft. Paul betrachtete es lange, ohne daß er darin zu blättern wagte. Ich sah ihn wieder vor mir, wie er schrieb, in der Werkstatt von Le Kremlin-Bicêtre, während ich auf dem Boden liegend malte.

«Wenn ich es aufschlage», sagte er schließlich, «werde ich die Hälfte verlieren.»

Dieser Satz trieb mir die Tränen in die Augen. Ich schmiegte mich an ihn. Er hatte vielleicht recht, es war besser, so zu bleiben, uns gegenseitig zu wiegen, ohne die mit gelben Flecken übersäten Seiten durch unsere Finger gleiten zu lassen. Nicht zwischen den Zeilen, nicht zwischen den Wörtern zu lesen, nicht zum Wesentlichen zu kommen und auch nicht in die Hirnwindungen einzudringen, nicht die Pfropfen herauszureißen, die seit dem Unfall für die Dichtheit der Erinnerungen sorgten, und nicht die Ordnung jenes Früher zu erschüttern, wo ich nur ein kleines, ganz kleines Mädchen war.

Jetzt weinte ich.

Der Raps verdorrte, die Schoten wurden schwarz, und die Bienen, die dieses Heer fadendünner Mißgestalten nur mäßig interessierte, verließen die Gegend. Die Felder zu beiden Seiten der von den Sommerfrischlern bevölkerten Autobahn blieben still. Ich verlor allmählich die Hoffnung, ans Ziel zu gelangen. Paul schien sich mit der Situation zufriedenzugeben. Im August, zu meinem sechzehnten Geburtstag, kamen

Männer und Maschinen und befreiten die Landschaft von ihren tristen Gästen. Auf dem Lehmboden zeichneten sich die Reifenspuren ab. Direkt nach der Ernte schleppte Josy meinen Onkel nach Südfrankreich zu einer Freundin. Er müsse sich unbedingt erholen. Sie legte mir nahe, die Blumen zu gießen, wenn ich vorbeikäme. Welche Heuchelei! Wovon erholen, frage ich mich. Von mir? Und wenn ich vorbeikäme...

Trotz der Hartnäckigkeit meiner Eltern, die mich ebenfalls in die Ferien schicken wollten (ich begriff diesen Drang nicht, ganz Sagny in der Betragne oder im Süden wiederzutreffen), arbeitete ich bis zum Schulbeginn. Ich hatte beschlossen, mir von meinem Lohn einen Roller oder ein Moped mit einem guten Gepäckträger zu kaufen. Solange ich noch nicht volljährig war, hatte ich da eine Lösung gefunden, die mir erlauben würde, Paul aus seinem vegetabilischen Gefängnis zu entführen. Wir würden Sagny verlassen. Ich würde ihm beibringen, auf der Straße zu gehen, ohne mich deshalb an seinen Arm zu klammern, wie Josette es tat, und Entschuldigungen auszuteilen; denn wenn er aus Versehen einen Passanten anrempeln und jemand es wagen würde, zu ihm zu sagen: «Können Sie nicht schauen, wohin Sie die Füße setzen?», dann würde ich denjenigen am Kragen packen, ein bißchen schütteln und ihm antworten, nein, er könne es nicht.

Auch als mein Onkel weg war, beschäftigte er mich noch, suchte meine Träume heim, erfüllte sie mit seinen Zärtlichkeiten eines Vogels. Manchmal sah ich deutlich, daß wir an der gleichen Schädigung litten, obwohl die meine sich durch Symptome entgegengesetzter Art äußerte. Wenn sein Gehirn nur die Hälfte der Informationen analysierte, die es empfing, war meines versessen darauf, sie zu verdoppeln. Jeder Gegenstand vor meinen Augen, jede Handlung, jedes Individuum fand einen Widerhall in der imaginären Entsprechung und richtete in meinem Körper ein ständiges Durcheinander von verwirrenden Assoziationen an. Mit welchem Wort konnte man dieses Gebrechen bezeichnen? Ich war weder blind noch taub, noch Waise: ich sah zuviel. Ich hatte zwei Väter, den richtigen und seinen Halbbruder, zwei Beraterinnen (Perle, die unter der Obhut von M. A. Pearl malte), ein doppeltes Leben, ein Zweites Gesicht, machmal machte ich mir angst. In der Nacht, wenn der Schlaf auf sich warten ließ, kamen zu diesen Überlegungen ihre beruhigenden Echos hinzu: das Wesentliche, diese Wahrheit «in zwei Worten», die Léo von mir gefordert hatte, fand sich vielleicht in jener parallelen Welt, in dem Buch oder auf den Bildern meiner toten Freundin, vollkommen unsichtbar für die Mehrheit der Menschen, die, ein bißchen wie mein Onkel, im Zustand dauernder Nachlässigkeit lebten.

Worauf warteten wir, um unser Gehirn aus dieser uralten Lethargie herauszuholen? Welches Wunder, welche Katastrophe zwänge es, sich zu offenbaren? Tausende von stillen Nervenbahnen, schrieb M. A. Pearl, in Reserve, als benutzten wir immer nur dieselbe Seite des Schwamms.

In diesem Sommer arbeitete ich also. Die Apothekerin, unsere Nachbarin, hatte mich beauftragt, eine Bestandsaufnahme ihrer Knopfsammlung zu machen. «Du hättest das Angebot der Pichons annehmen sollen, Au-pair-Mädchen, das ist doch attraktiver», bemerkte meine Mutter, die überhaupt nicht verstand, daß ihre Tochter auf die Freuden des Strandlebens verzichten konnte. Ach, die Pichon-Kinder... Vier stämmige Beine, die in der Sonne braten, alle drei Stunden die ganze Bildfläche absuchen, die Hüte, die davonfliegen, die Quallen, man muß wieder laufen, und der Brei abends, vor dem Fernseher. Wie sollte ich es meiner Mutter erklären? Ich zählte lieber, irgendwo, in aller Ruhe, im Schatten.

Knöpfe aus Horn, gepreßt, aus Glas, aus gebranntem Ton.

Angenähte Knöpfe, Kostümknöpfe, runde, ovale, viereckige, bezogen mit Stoffen in allen Farben, mit einem Innenteil aus Metall, versehen mit einer kleinen Öse. «Es gibt einiges zu tun», hatte die Besitzerin gesagt, als sie mir ihre Hausschlüssel überließ.

Ich machte die Fensterläden nicht auf. Anfang September kam ich wieder heraus, weiß, mit Rändern unter den Augen, eine Tüte mit Knöpfen in der Hand – als Prämie, ich hatte sie nicht gestohlen. Vermittelt über Crinoline, empfing ich das Lob der Apothekerin. Ich bezog einen gewissen Stolz aus meinem schlechten Aussehen. Sobald ich den Schulhof betrat, kam Léo Robin auf mich zu, um mich zu fragen, was ich hatte.

Was ich hatte? Einen neuen blauen Roller mit zwei Helmen, einer davon ein großer.

Mein Onkel bewunderte den Roller vom Fenster aus. Er stand rechts, auf dem Gehweg gegenüber. Der Himmel hellte sich allmählich auf. Die Logopädin hatte nach langem Zögern eine Stelle angenommen, die sie zwei Tage in der Woche von Sagny fernhalten würde. Sie müßte im Hotel übernachten. Vom nächsten Monat an würde sie sich um stotternde und legasthenische Jugendliche kümmern. Pauls Mahlzeiten würden vorgekocht. Ich versprach, ihm zu helfen, denn ich besaß ja nun ein Transportmittel, konnte zum Abendessen kommen und machmal sogar mit ihm zu Mittag essen. Paul widersetzte sich strikt meinem Vorschlag, während Tante Josys Abwesenheit bei ihnen zu schlafen. Er mißtraute mir. Ich muß zugeben, daß ich mein Möglichstes getan hatte, um der Logopädin die Ferien zu verderben. In der Absicht, sie zu ärgern, hatte ich meinem Onkel täglich Botschaften geschickt ohne Hand noch Fuß, verfaßt in der Manier des an Aphasie leidenden Zimmernachbarn.

Oft begnügte ich mich damit, das Wörterbuch abzuschreiben. Sein, schrieb ich ohne weitere Einleitung, Kopula, die das Prädikativ mit dem Subjekt verbindet.

Oder auch, haben: besitzen, im Genuß von etwas sein.

Mit meiner schönsten Schrift, Ich: Personalpronomen 1. Person Singular, Maskulinum und Femininum, im Nominativ. Beispiel: Möge ich Sie überzeugen.

Ich ließ Tante Josy einen Kuß ausrichten (sie öffnete Pauls Post) und unterschrieb. Daher ersparte mir die Logopädin, als sie aus den Ferien zurückkam, ihre Bemerkungen über den verheerenden Zustand der Grünpflanzen, fragte mich aber sofort, was diese Definitionen sollten. Sie hätte wahrscheinlich nichts zu sagen gewagt, wenn ich komplizierte, seltene oder gesuchte Begriffe gewählt hätte, aber ich hatte mich gerade auf sehr einfache Wörter beschränkt. Was Josy nicht verstand, war, daß sie alles verstand – so lautete im wesentlichen meine Erklärung. Paul zwinkerte. Im Klartext, wiederholte er angesichts der bekümmerten Miene seiner Gefährtin, sie hätte verstanden, wenn sie nicht verstanden hätte, aber hier verstand sie nicht, weil sie verstand.

Josy schüttelte den Kopf. Ihre Leichtgläubigkeit, das sollte ich später durchschauen, wurde nur aufgewogen von ihrem Willen, den Schein zu wahren. Sie seufzte. Daß ihre Beziehung in Scherben ging, nun gut, aber daß die eigene Nichte ihres Freundes...

Was wußte sie? Die eigene Nichte hatte sich zu ihrem großen Bedauern nichts vorzuwerfen. Sie brauchte jetzt zwanzig Minuten, von Tür zu Tür, um zu ihrem Onkel zu fahren. Sie war ein ganzes Stück weitergekommen. Sie hatte ihm noch nicht von ihren geplanten Eskapaden erzählt. Sie wartete – wieder einmal –, daß sich die Gelegenheit bot.

Die Gelegenheit bot sich in Form eines Rechtecks aus cremefarbenem Papier, mit dem die Reklameflächen entlang der Landstraße überklebt worden waren. In das Plakat bohrten sich zwei schwarze Spiralen, die sich durch einen optischen Effekt gegeneinander zu drehen schienen. Mit dieser sonderbaren Figur wurde der außerordentliche Besuch von Katz, dem König der Hypnose, in unserer Gegend angekündigt. Ein Streifen gab Zeitpunkt und Ort seines nächsten öffentlichen Auftritts an.

VIII

KATZ, DER KÖNIG DER HYPNOSE, würde die Massen am Freitag, dem 24. Oktober, ab Mitternacht in Schlaf versetzen, und zwar im Futurclub, einer Diskothek, die auf einer Autobahnbrücke eingerichtet worden war. Trotz der begeisterten Slogans einer reißerischen Werbekampagne hatte ich noch keine Gelegenheit gehabt, dieses Ereignis des Saisonbeginns (acht Seiten mit Fotos in der Lokalzeitung) zu besuchen: «Hitröhre», so las man, ein fluoreszierender Musiktunnel mit spiegelnder Tanzfläche für die Liebhaber von Damenunterwäsche, riesiger Leinwand und vor allem mit einer Bar, die über der Straße hing, einem technischen Wunderwerk in Form einer Wurst, die vibrierte, wenn die Lastwagen darunter durchfuhren; und in dem Ganzen sollte die heiße Stimmung eines Einkaufscenters zur Zeit des Ausverkaufs herrschen.

Ich beschloß, meinen Onkel hinzuschleppen. Josy war von Donnerstag abend bis Samstag morgen nicht da, wir brauchten sie also nicht nach ihrer Meinung zu fragen. Mein Roller fuhr wunderbar. Die Helme, vorsorglich zu beiden Seiten des Gepäckträgers angeschlossen, standen zu unserer Verfügung.

Ich dachte lange darüber nach, wie ich Paul überreden könnte. Neben der Nationalstraße tauchte eine neue Serie von Plakaten auf mit dem Gesicht von Katz, ganz aus Pupillen und eingerahmt von zwei langen Geburtshelferhänden. Der Rest verschwamm in vorteilhaftem Nebel. Und in roten Lettern hob sich die Empfehlung ab: «Sehen Sie diesem Mann nie in die Augen, er kann mit einem einzigen Blick ein Glas zerspringen lassen.»

Dieser Satz klang wie eine Provokation.

Der Tag X kam näher. Paul hatte allen Grund, meine Einladung abzulehnen. Von Besuch zu Besuch schob ich den Augenblick, das Thema anzuschneiden, hinaus. Einmal mehr kam mir M. A. Pearl zu Hilfe. Würde es nicht genügen, meinem Onkel von der Existenz des Lehrbuchs zu erzählen, um seine Neugier zu erregen und ihn, ungeachtet des unschicklichen Ortes, an dem die Vorstellung stattfand, zu überzeugen, daß es sich dabei um eine einzigartige Gelegenheit handelte und es dumm von ihm wäre, sie nicht zu nutzen?

So war der Zeitpunkt gekommen, mit jemandem das Geheimnis des Ferienhauses zu teilen. Ich informierte vorher meine Eltern: Ich würde die Nacht von Freitag auf Samstag bei Tante Josy verbringen. Mein Vater knurrte, aber was konnte er sagen? Seit mehreren Sommern hatte er es aufgegeben. Anstatt uns einander näherzubringen, entfernte das gemeinsame Leben uns jeden Tag mehr voneinander.

Ganz in Weiß gekleidet, mit dem Lehrbuch in der Tasche, kam ich gegen halb acht Uhr zu Paul, gerade rechtzeitig, um das Abendessen für ihn aufzuwärmen. Er war noch im Morgenrock. Ich hatte die Tüte mit den Knöpfen mitgebracht. Ich legte sie als Entschädigung auf Josettes Schreibtisch. Mir schien, sie würde das Geschenk zu schätzen wissen. Vielleicht regte es sie sogar dazu an, eine eigene Sammlung anzulegen. Später, wenn sich die Gemüter beruhigt hätten, würde ich sie mit der Apothekerin von Sagny zusammenbringen. Sie würden einen Verein gründen, die eine Vorsitzende, die andere Schatzmeisterin. Unter Frauen kann man sich helfen.

Die Mahlzeit war in weniger als einer Viertelstunde hinuntergeschlungen. Endlich verkündete ich Paul, daß ich eine Überraschung für ihn hätte. Mit besorgtem Gesicht fragte er mich, was ich wieder ausgeheckt hätte.

«Heute abend gehen wir zusammen aus», sagte ich feierlich und holte wie ein Zauberer, der eine Taube ohne Federn aus dem Hut zieht, das Buch von M. A. Pearl hervor.

Mein Onkel sah die Spirale auf dem Umschlag an, sah dann mich an und brach in ein albernes Gelächter aus. «Für jedermann», rief er aus, «selbst für mich, stell dir vor!»

«*Hypnose* für jedermann», ergänzte ich.

Er schlug das Buch auf, indem er es weit von sich weg hielt, als könnte es ihm ins Gesicht springen.

«In derselben Reihe», las er, wobei er die Titel links auf der Seite übersah, *Wie unnütze Dinge genutzt werden können, Der große Ratgeber für Verlobte, Wie man küßt, ohne geohrfeigt zu werden*. Das ist lustig. Hast du das bei deiner Mutter gefunden?»

Mit zusammengekniffenen Lippen und geballten Fäusten legte ich ihm nahe, sich nicht bei diesen dummen Titeln aufzuhalten. «Ach nein?» meinte er, und ich hörte an seinem Tonfall, daß er darauf gefaßt war, im Text noch größere Albernheiten zu entdecken. Er überflog mit spöttischer Miene die ersten Kapitel. Die Schnelligkeit seines Urteils machte mich sprachlos. Schließlich blieb sein Blick hängen.

«Man wird der Versuchsperson rohe Kartoffeln zu essen geben», las er, «und ihr versichern (Pause, Grimasse), es handle sich um Ananas (Pause), sie wird großes Vergnügen an dieser Kost bezeugen...»

Paul las weiter, wobei er Satzteile übersprang. Mein Bild von ihm zerfiel in dem Maße, wie er im Buch blätterte. Von dem Mann, für den ich mein Leben geopfert hätte, war bald nur noch ein Haufen unpassender Gesten und gelegentliches Gekicher übrig.

Mein schwacher, feiger, erbärmlicher Onkel. Ich schämte mich.

«Die Leute», fügte er hinzu, «sind bereit, alles zu schlukken.»

Mein blöder Onkel, mein lästernder Onkel.

«Die Leute...»

Er schwafelte. Mein alter Onkel.

Und doch hatten dieselben Finger, die mühsam die Seiten umblätterten, meinen Nacken gestreichelt. Die Lippen, die diese Worte aussprachen, meine Haut berührt. So hatte ich ihn begehrt und begehrte ich ihn noch. Ich widerte mich an. Ich habe nicht von ihm verlangt, das Buch zu verstehen, sagte ich mir, es aber wenigstens zu respektieren.

Oder doch, es zu verstehen. Und diesen Körper zu nehmen, den ich ihm anbot. «Die Leute», schloß er, «sind zu allem fähig.» Er machte mich wütend. Wie viele Jahre sollte ich mich noch gedulden, hatte er nicht genug davon, mit mir Puppe zu spielen?

«Schlechte Eingebungen», las er jetzt, «wenden sich gegen den Experimentator (...) sie erzeugen in seiner Seele Störungen (...) im harmlosesten Fall beeinträchtigen sie seine Ausgeglichenheit. Da...»

Da riß ich ihm das Buch aus der Hand. Die Hälfte des Umschlags hielt er in der Hand. Da merkte er, daß ich zitterte.

«Geht's dir nicht gut?» sorgte er sich und gab mir das abgerissene Stück.

Ohne zu überlegen, nahm ich die Tüte mit den Knöpfen, holte meine Jacke und fand mich im Aufzug wieder. Die Zeit der zarten Liebkosungen war vorbei. Indem er M. A. Pearl verwarf, stellte sich Paul außerhalb der Spirale (aber gab es denn irgend etwas auf der Welt, das außerhalb von ihr existierte?). Ich brauchte seinen Segen nicht, um den Blick von Katz auszuhalten, ich sah jetzt klar. Mein Onkel hatte mich ausgenützt, wie er Josette ausnützte. Er vergeudete unser Begehren, ohne uns etwas dafür zu geben. Er betrog uns.

Ich liebte ihn.

Schneller denn je sauste ich auf der Nationalstraße in Richtung Autobahn.

Der Futurclub öffnete seine Pforten erst um elf Uhr. Ich hatte keine Lust, nach Hause zu fahren. Wo sollte ich schlafen? Es regnete nicht. Warum hatte Paul mich nie gewollt? Im letzten Moment ergriff er immer die Flucht. Unter Vorwänden, die einer ärgerlicher als der andere waren: die Heizung ausschalten, Musik auflegen, eine Zeitung aufheben. Wenn er zurückkam, setzte er sich absichtlich auf meine rechte Seite, so daß er mich übersehen mußte, die gute alte Methode aus dem Rotkreuzzentrum. Hielt er mich für unfähig, ein Geheimnis zu wahren? Doch, da gab es keinen Zweifel, er begehrte mich – und ich reibe mich, und ich wiege dich, ich atme deinen Geruch, ich schmeichle mich ein und ich beuge mich –, aber immer schreckte er in dem Moment zurück, da es zum Akt kommen sollte.

Zum Akt oder zum Riß. Die Mauer der großen kindlichen Ängste überwinden, die Ordnung der Dinge umzustürzen wagen. Ich war bereit, doch nein: Paul widersetzte sich. Er huschte hartnäckig darüber hinweg, graste jeden Tag ein neues Stück Boden ab, und ich hätte schreien können. Eines Morgens hatte er mir gestanden, daß er sich, während er mit Josette schlief, vorgestellt hatte, mich in den Armen zu halten. Was erwartete er von mir, vielleicht daß ich mich bei ihm bedankte? Im Gegenzug teilte ich ihm an diesem Tag meinen Entschluß mit, allein klarzukommen. Er folgte mir in die Küche, stieß an einen Stuhl, fluchte, setzte sich und sah zu, wie ich in der Speisekammer stöberte. Da gab es ein paar Zwiebeln, Knoblauch und gekeimte Kartoffeln, nichts, womit mir gedient war. Schließlich fand ich im Kühlschrank einen Zucchino. Er war eiskalt. Ich wusch ihn mit warmem Wasser und trocknete ihn sorgfältig ab. Mein Onkel reagierte nicht. Ich wog das Ding in der Hand. «Gut geschmiert», sagte ich...

Paul wurde feuerrot. Ruhig ging ich auf die Toilette zu. Er hinderte mich, die Tür zu schließen, indem er wiederholt sagte, es gebe Grenzen, die man nicht überschreiten dürfe, das sei nicht lustig, selbst unter uns, ich sei von einer unzulässigen Vulgarität. Ich versuchte, die Erinnerung an Josys Lauchstengel zu beschwören, die über die Bücherrücken strichen, doch es gelang mir nicht – nein, die Vorstellungskraft folgte nicht. Um mir Mut zu machen, begann ich zu zählen. EINS, ich lege das Gemüse ab, ZWEI, ich klappe den Klodeckel herunter, DREI, der Zucchino rollt auf den Boden, bei VIER bücke ich mich, um ihn aufzuheben, und da hört die Zählung auf, denn Paul packte mich am Ärmel, die Wolle meines Pullovers dehnte sich zuerst, dann verlor ich das Gleichgewicht. Er schleppte mich in den Flur und drückte mich gegen die Bücherwand. Ich spürte, wie es mir die Kehle zuschnürte. Er zog mich an sich. Ich brach in Schluchzen aus, die Stirn an seine Schulter gelehnt.

Und so bin ich an diesem Tag immer noch Jungfrau geblieben.

Paul hatte mich getröstet. Ich hatte ihm versprochen, es nicht wieder zu tun. «Du weißt, daß ich dich liebe, du Dummerchen», sagte er, «du weißt es doch, aber ich kann nicht, es ist unmöglich, ich kann nicht...»

Wir beschlossen, nicht mehr davon zu reden. Als wären wir dazu imstande zu vergessen. Das erstaunlichste war, daß Paul mich weiter in aller Ruhe hätschelte und ein jede Woche größer werdendes Begehren zu erkennen gab, ohne daß ihm das in irgendeiner Weise peinlich war.

Mir würde bald das Benzin ausgehen. Wenn etwas obszön war, war es dann nicht diese unschuldige Art, mich auf den Schoß zu nehmen, als wäre ich noch zehn Jahre alt? Vergiftetes Geschmuse voller Zärtlichkeit, hohle Verheißungen, die mich weich und naß, hingegeben in seinen Armen zurückließen. Ich fühlte mich so schwach, so wohl, daß ich nicht mehr den Mut hatte zu handeln. Doch er hätte verdient, daß ich ihn vergewaltige, ja, das hätte er verdient, daß ich seine Krankheit ausnütze, auf seine vernachlässigte Seite schlüpfe, plötzlich mein Höschen wegziehe und ihn dann überfallartig in mich hineinnehme.

Ich dachte oft an Pauls Weigerung. Es war eine Situation, die über meinen Verstand ging: Mein Körper gehörte im ganzen genommen mir, aber der intimste Teil von mir, diese paar Quadratzentimeter, die mich vom Frausein trennten, sie waren anscheinend der Besitz einer äußeren Instanz, meiner Eltern vielleicht, früher des Lehnsherrn, heute Sagnys, der Apothekerin und ihrer Knopfsammlung, der Behörden, der Allgemeinheit.

Zwei Stunden blieben noch totzuschlagen bis zur Öffnung der Diskothek. Ich hatte kein Benzin mehr. Dieses nicht unerwartete Ereignis beunruhigte mich gar nicht: so würde ich die Zeit herumbringen. Ich war im Begriff, zur Tankstelle des Einkaufszentrums zu gehen, doch das Schicksal entschied anders. Kaum hatte ich meinen Roller auf dem Ständer abgestellt, als ein Auto hinter mir hielt. Im Rückspiegel sah ich eine Silhouette, die behend aus dem Wagen sprang. Die Tür schlug zu. Ich fing an, am Straßenrand entlangzurennen, den Helm als Schild an die Brust gedrückt. Der Mann verfolgte mich.

Ich verlangsamte den Schritt. Man würde mich mißbrauchen, mich schlagen, mich lieben. Mich tot im Straßengraben liegenlassen. Tot, aber entjungfert, ich hätte nicht alles verloren. Paul wäre dafür verantwortlich. Außer Atem blieb ich stehen.

Es war Léo.

IX

EIN GERADEWEGS AUS EINEM amerikanischen Kalender der fünfziger Jahre entsprungenes Mädchen brachte mir ein Glas Wodka Orange. Sie verlangte meine Eintrittskarte, zerriß sie und warf sie mit rabiater Gebärde auf den Boden: Das war der Stil des Hauses. Sobald sie mir den Rücken gedreht hatte, hob ich die Karte auf. Paul hatte mich die Wichtigkeit dieser papiernen Zeugen gelehrt. Seit seinem Unfall lebte er in der Angst, etwas zu verlieren – den Verstand zu verlieren, das Gedächtnis zu verlieren, genauso plötzlich, wie er das Gefühl für die linke Seite verloren hatte. Ich steckte die Eintrittskarte zwischen die Seiten des Buches von M. A. Pearl.

Die Einrichtung des Nachtlokals entsprach nicht dem Bild, das die Zeitungen entworfen hatten. Ich war auf einen funktionalen, quadratischen Raum gefaßt und fand mich in einer barocken Arche wieder, wo die Technik dem Dekor nicht etwa ihre puritanischen Konturen aufprägte, sondern sich den Anforderungen einer schönen Dekadenz unterwarf. Stapel von Reifen und Benzinkanistern, die durch einen Überzug von fluoreszierender Farbe geschickt vereinheitlicht waren, bildeten in den vier Ecken des Raums monumentale Totems. Auf der linken Seite leuchtete eine ganze Wand von Autoscheinwerfern in regelmäßigen Abständen auf. In Kunstharz gegossene Motoren dienten als niedrige Tische. Sie erinnerten mich an jene Objekte, die wir in der Schule zum Muttertag fabrizierten. Wir mußten irgend etwas aussuchen, das uns gefiel, und es in eine Form einschließen. Allein der Gedanke hinderte mich, frei zu atmen. In früher Jugend war ich besonders sensibel für die Klaustrophobie der Gegenstände. Ich hatte das Problem dadurch gelöst, daß ich in die durchsichtige Masse einen Strohhalm miteinschloß, der wie ein Schnorchel die Luftzirkulation ermöglichte. Nach einem Jahr verstopfte das Rohr, und ich war gezwungen, mit dem Hammer einzugreifen, so beklemmend war es für mich.

Die Hocker des Futurclub hatten ein Schaumstoffpolster, das mit netzartigem, absichtlich zerrissenem Skai eingefaßt war. Dadurch entstanden rings um den Sitz lauter kleine Spalten, die an rituelle Narben erinnerten. An der Decke folgten fünf mit bunten Requisiten beladene Untertassen den Anordnungen eines unsichtbaren Bedienungspersonals. Feinste Strahlenbündel glitten durch den Raum. Sie drangen bis in den letzten Winkel, doch kaum trafen sie irgendwo auf, huschten sie schon weiter, es war unmöglich, erwischt zu werden, und genauso unmöglich, in der Dunkelheit zu verschwinden. Auf einer riesigen Leinwand, die den Beschreibungen in der Presse entsprach, folgten einander Bilder von Verkehrsstaus und Verfolgungsjagden. Eine immer größer werdende Menge strebte den Bullaugen zu, die auf die Autobahn hinausgingen. Man drängelte sich, um die Autos durchfahren zu sehen. Eine elektronische Tafel über der Leinwand zeigte die Besucherzahl an. Gerade als ich meinen zweiten Wodka Orange bestellte, waren wir 549 Personen, die denselben Refrain hörten.

Seit meiner Ankunft hatte die Musik nicht eine Sekunde aufgehört. Die Songs folgten aufeinander, überlappten sich sogar, als triebe die Angst vor der Leere oder vor der Stille den Diskjockey dazu, die Töne zu komprimieren. Vor mir bewegten sich im Takt Körper in allen Haltungen. Man tanzte allein, benommen, jeder für sich. Ich dachte an Léo.

Mein Sportlehrer hatte mich bis zur Tankstelle gefahren, dann zurück zu meinem Roller gebracht. Über nichts schien er sich zu wundern, weder darüber, daß er mich um diese späte Stunde ohne Benzin auf der Landstraße traf, noch darüber, daß ich mich mit meinem Onkel überworfen und nicht die Absicht hatte, nach Hause zu meinen Eltern zu gehen. «Jeden Abend im selben Bett schlafen zu müssen», erklärte ich, «das ist lästig.»

Er versicherte, daß er mich verstehe, und machte mir Komplimente über die Art, wie ich gekleidet war. Ich trug ein weißes Kleid, das im Rücken ausgeschnitten war und in der Taille von einem schwarzen elastischen Gürtel zusammengehalten wurde. Normalerweise überließ ich meiner Mutter das Privileg der Modeneuheiten, denn ich zog es vor, hinter der Uniform meiner Generation zu verschwinden: blau, weit, zerschlissen. Als wir uns verabschiedeten, schlug Léo mir vor, zu ihm zu kommen. Bevor ich noch ablehnen konnte, fügte er hinzu: «Versprichst du mir, morgen früh nach Hause zu gehen? Ich beherberge dich heute nacht, aber es kommt nicht in Frage...»

Wie sie alle Angst hatten, wie sie sich schützten! Ohne das Ende des Satzes abzuwarten, lehnte ich seine Einladung ab: ich wolle beim Auftritt von Katz dabeisein. Léo sagte wieder, daß er verstehe, diesmal ohne große Überzeugung. Wir blieben schweigend stehen, ich an dem für Paul bestimmten Helm fingernd, Léo regungslos, mit hängenden Armen. Dann hellte sich seine Miene plötzlich auf. «Aber das eine schließt das andere nicht aus», rief er, «die Vorstellung wird nicht die ganze Nacht dauern!»

Er kritzelte seine Adresse auf die Rückseite eines Umschlags und steckte ihn kurzerhand in den Beutel mit den Knöpfen.

«Das eine schließt das andere nicht aus», murmelte ich auch, dann küßte er mich auf die Wangen, ging aber immer noch nicht.

Die Wohnungstür sei offen. Ich solle mich nicht genieren, das Badezimmer zu benutzen. Ich lächelte. Er fügte hinzu, er wohne allein, nicht weit vom Rehabilitationszentrum entfernt, und habe einen bleiernen Schlaf.

Ohne zu blinzeln, hielt ich dem Blick des ersten Rausschmeißers vor dem Nachtlokal stand. Sein glatter Schädel glänzte unter dem bläulichen Eingangslicht. In seinen grauen Anzug gezwängt, glich er einem Michelin-Männchen. Der Kollege rückte unablässig seine Epauletten zurecht. Sie hatten die Tendenz zu rutschen, angezogen von den Schwellungen des Stoffes in Bauchhöhe. Sagny war, sicherlich in Reaktion auf seine übliche Trägheit, im Département bekannt für die stürmischen Ausgänge seiner Tanzveranstaltungen. Schon auf dem Parkplatz warnte ein Schild mögliche Provokateure: alle Angestellten des Futurclub seien mit lähmenden Sprays ausgerüstet. Anstatt durch diese Information beruhigt zu sein, bekam ich Lust kehrtzumachen. Welches Bedürfnis hatte ich, den Text von M. A. Pearl mit der Wirklichkeit einer Varietévorstellung zu konfrontieren? Was konnte ich lernen, das nicht schon geschrieben worden war, vor allem, was würde ich kaputtmachen, welcher Traum, welche Gewißheiten würden zusammenbrechen? Ich ging weiter. Auf der Treppe der Diskothek informierte ein weiteres Schild, daß für Minderjährige ohne Begleitung der Eintritt verboten sei. Ich war im Begriff umzudrehen, fast erleichtert, daß die Entscheidung ohne mein Zutun getroffen wurde, als eine Horde pomadisierter Bohnenstangen in den Schlauch eindrang. Eingeschüchtert von dieser schwarzen, klappernden Masse zog ich es vor, die Flucht nach vorn anzutreten. Vor der Kasse angekommen, hatte ich keine Wahl mehr. Ich reagierte schnell und ergriff den Arm eines kleinen Bärtigen, der sich gerade seine Eintrittskarte kaufen wollte. Wir bildeten ein komisches Paar. Ich glaube, er verkannte meine Absichten, aber er war so nett, es mir nicht übelzunehmen, als ich ihm drinnen die Gründe für meine Geste erklärte. Er arbeitete bei der Eisenbahn, es war sein erstes Jahr im Bahnhof von Sagny. Er führte mich zur Bar. Einer seiner Kollegen gesellte sich zu ihm, ich nützte es aus, um mich zu verdrücken. Nachdem ich mich durch das Gewoge gearbeitet hatte, ergatterte ich einen Platz nicht weit von dem, was bald die Bühne werden sollte. Bald, um Mitternacht.

Der Beginn der Vorstellung ließ auf sich warten. Sollte ich Pauls Abwesenheit bedauern? Er hätte die Musik nicht gemocht. Er wäre überall angestoßen. Er hätte mir den Spaß verdorben. Dennoch fehlte er mir. Ich konnte nach dem Auftritt von Katz immer noch zu ihm zurückkehren, ich hatte Schlüssel. Ich dachte an Léo, ich hörte ihn, wie er sich begeisterte, glücklich über seine eigene Entdeckung. «Das eine schließt das andere nicht aus», sagte er und gab mir kurzerhand seine Adresse. Ich war dankbar, daß mir das Benzin ausgegangen war und ich ihn außerhalb der Schule getroffen hatte. Auf dem Schulhof hätten wir nie so miteinander zu sprechen gewagt. Die Mauern färben auf die Worte ab. Die Mauern, die Kleidung, die Stellung. Das eine schließt das andere nicht aus... Nach und nach tat dieser Satz, dessen scheinbare Banalität die Harmlosigkeit garantierte, seine kleine Untergrabungsarbeit. Léo Robin, oder die Aussicht auf eine zersplitterte Existenz, das fröhliche und leichte Erscheinen gleichzeitiger Ereignisse. Weder Ausschluß noch Komplementarität: Man läßt sich an den Zufall glauben, an das Glück des Augenblicks, man läßt sich glauben. Léo Robin oder die Rache des Menschen am gedruckten Text, den so geraden Rändern, der einen Linie, der Kontinuität. Léo und sein bleierner Schlaf.

Ich war glücklich trotz Pauls Unverständnis und dem Zigarettenqualm, der mir die Tränen in die Augen trieb. Es gefiel mir, die Wahl zwischen drei Wohnungen zu haben. Ich fühlte mich frei, obwohl ich an diesen schartigen Hocker gefesselt war. Eine Frau im Minirock tanzte neben mir. Sie ignorierte den Radau der Bässe, wiegte sich in ihrem eigenen Rhythmus, gleichgültig gegenüber den Männern, die einer nach dem anderen ihr Glück versuchten. Sie rührte sich kaum, und doch ging von ihren Bewegungen eine große Gewalt aus – weder Wut noch Leidenschaft, sondern eine dumpfe Kraft, die Kraft des Wassers, des Windes. Alles war da, beherrscht. Zwei Schritte von mir entfernt, jeder Quadratzentimeter Haut vibrierend. Ich wäre ihr gern ähnlich gewesen. Vielleicht, wenn ich sie beobachtete, lange, lange, sie in mich aufnahm ... Plötzlich dachte ich an meine Mutter, ihr buntgefärbtes Haar und ihren Körper, der immer übertrieb, als wäre sie ständig darauf gefaßt, an der Straßenecke ihrem Steuereinnehmer zu begegnen. Ich rieb mir die Augen, um ihr Bild zu vertreiben. Ich konnte die Ungerechtigkeit nicht ertragen, zu denken, daß es sich um zwei Frauen handelte, zwei *Frauen*, die schon vor der Geburt mit der gleichen Anzahl von Chromosomen ausgestattet waren, und dann kam das heraus, die eine tanzte wunderbar, und die andere radelte in der Garage ihres Mannes, meine Mutter, die mich zur Welt gebracht hatte. Und ich, wer war ich? Wie sah man mich, und was würde aus mir werden, wenn niemand etwas von mir wissen wollte?

Meine Träumereien wurden jäh unterbrochen von einem Blondschopf mit trauriger Stimme, der sich vor meinem Tisch aufpflanzte. An seiner Art, mich anzusprechen, ohne einen Augenblick daran zu zweifeln, ob seine Anwesenheit angenehm wäre, erriet ich, daß er auf keine der Fragen, die ich mir stellte, eine Antwort hätte. Er hatte mit seinen Freunden um irgend etwas gewettet – ich verstand wegen der Musik nicht die Hälfte von dem, was er sagte. Er zeigte mit überlegener Miene auf eine Ansammlung von Kanistern, um die herum junge Leute auf für sie zu hohen Hockern saßen und sich an ihren Gläsern festhielten.

«Meine Clique», verkündete er stolz.

Ich glaubte zu verstehen, daß er mich einlud, mich dazuzusetzen.

«Ich», fügte er hinzu, «bin Bernard. Und du?»

Ich blieb stumm. Er fragte wieder nach meinem Namen. Ich sah zu, wie er zappelte. Er ließ nicht locker, bezeichnete mich als egoistisch, dann als zickig, er wurde lauter, schon stieß man sich um uns herum mit den Ellbogen an. Ich sei ihm eine Erklärung schuldig (eine Erklärung?), es war ein richtiger Ehekrach, schließlich mäßigte Bernard seine Ansprüche, er würde sich, versicherte er, mit meinen Initialen zufriedengeben, das könne ich ihm nicht verweigern, zwei kleine Buchstaben, und er würde mich in Ruhe lassen.

Mit dieser Sicherheit sagte ich ihm, ich hieße Cora. Ja, das stimme. Nein, ich löge nicht, und Cora habe keine Lust zu diskutieren. Und nein – würde er bald gehen? –, Cora tanze auch nicht. Damit versteckte ich mich hinter der Karte. Dort war die Zusammensetzung von Getränken mit überraschenden Bezeichnungen beschrieben. Man konnte wählen zwischen Schwarzem Ölwechsel, Entfroster, Luxusstarter und dem einfachen Zweitaktercocktail. Als ich die Lektüre des Plastiktriptychons beendet hatte, hob ich vorsichtig den Kopf.

Die Frau war verschwunden. Bernard war immer noch da. Ein Detail hatte sich verändert: Er hielt mit beiden Händen, wie einen Kelch, ein riesiges Glas mit einer cremigen Flüssigkeit. Er hob es in meine Richtung und tauchte, ohne es mir auch nur anzubieten, seine Lippen hinein.

Es gibt Verhaltensweisen, die nur Verachtung oder Gleichgültigkeit verdienen – Bernards Verhalten regte meine Phantasie an. Ich beschloß, zur Tat zu schreiten. Bevor er den Mund aufmachen konnte, holte ich eine Handvoll Knöpfe aus meinem Beutel.

«Einen oder zwei?» fragte ich mit größtem Ernst.

Er sah mich dumm an. «Das sind ja echte!» rief er mit Entsetzen.

Hätte ich ihm lebendige Wanzen vorgelegt, er hätte nicht anders reagiert.

«Echt, echt, es kommt darauf an, was Sie darunter verstehen», erwiderte ich nahe an seinem Ohr, als verriete ich ihm ein Geheimnis. «Es sind Sammlerknöpfe, das ist alles.»

Er schluckte. Eine Strähne fiel ihm in die glänzende Stirn.

«Ich», fügte ich hinzu, «das können Sie Ihrer Clique sagen, ich bevorzuge die glatten mit einem schönen runden Stiel.»

Mit diesen Worten ließ ich vier meiner schönsten Exemplare in das Gebräu fallen. Mit nervenaufreibender Langsamkeit versanken sie im Schaum. Mein Verehrer gab alle Hoffnung, in den Genuß seines Cocktails zu kommen, auf und ließ ihn auf dem Tisch stehen, nannte mich bescheuert und stieß dann noch andere Beleidigungen aus, die sich im allgemeinen Pandämonium verloren. Ich sah befriedigt, wie die Quasten seiner braven Mokassins davonhüpften. Sie verschwanden in der Menge der gewöhnlichen Schuhe. Das rechte Gehänge war im Begriff, sich zu lösen. Armes kleines Ding, am Ende seiner Kordel baumelnd, so zart mit seinen Lederfransen und seinen puppenhaften Rundungen, unter welchem mörderischen Absatz würde es enden?

Die Frau kam nicht wieder. Ich tauchte einen Finger ins Glas und lutschte ihn ab. Ich erkannte den Geschmack von Kaffee. Es war ganz gut. Ich begann die Füße zu beobachten, die um mich herumliefen, die Art, wie sie sich im Gelenk bewegten, die Weise, wie sie auf dem glatten Boden aufgesetzt wurden. Das hätte Perle zeichnen sollen, sagte ich mir, diesen flüchtigen Augenblick, wenn die Zehen Halt suchen.

Es gab einen Slow, und wie von Zauberhand tanzten die Leute miteinander. Das Licht wurde weicher. Ein als Radrennfahrer gekleideter etwa dreißigjähriger Mann näherte sich mir. Ich senkte den Blick auf seine nackten Beine. Sie schienen in Stein gehauen. Zum Glück wagte er nicht, mich aufzufordern, sondern ich sah ihn etwas weiter weg stehenbleiben und jemand anderem vorschlagen, ihm auf die Tanzfläche zu folgen. Das Mädchen lehnte ab. Der enttäuschte

Radfahrer zog sich die weiße Mütze in die Stirn, verbeugte sich und begann, allein zwischen den dichtgedrängten Paaren, die Tanzfläche zu überqueren. Bei jedem Schritt rollten seine Gesäßmuskeln unter dem elastischen Stoff seiner Radlerhose. Ein paar Minuten später tauchte er auf der anderen Seite wieder auf, da saß er auf dem metallnen Steg, der zur Technikkabine führte.

Ich gähnte, dann überschlug sich alles. Das Krachen eines Feuerstoßes zerriß den Raum. Jemand schrie. Die Scheinwerfer gingen aus, und in der Dunkelheit leuchteten die vier grünen Rechtecke auf, die hinter den fluoreszierenden Kolossalstatuen die Notausgänge bezeichneten. Eine erneute Explosion entlockte mir einen Klagelaut. Fast sofort setzte sich das Stroboskop in Bewegung. Bei Sirenengeheul beruhigte der Ansager die Gäste.

«Und nun», deklamierte er, «Bühne frei für die Vorstellung! Sonderbar und geheimnisvoll, mit nichts als seinem Blick und seiner Stimme, ist er heute abend unter uns, im Futurclub. Er macht das Unmögliche wahr, überwältigt jedes Jahr Tausende von Menschen...»

Auf der Leinwand erschien das Sigel von Katz, dann zogen vor uns, dicht über dem Boden gefilmt, die Serpentinen eines Weges vorbei, der sich an einem Abgrund entlangschlängelte. Das regelmäßig von den Blitzen des Stroboskops ausgelöschte Bild vermittelte den Eindruck, daß jemand rannte. Man sah ihn nicht, aber man hörte seinen Atem, sein Herzklopfen, quälend, er wurde verfolgt, von der Kamera zweifellos, der auf einer Höllenmaschine befestigten Kamera, sie holte auf, ich dachte an Léo, wie er mit seinem Auto hinter meinem Roller anhielt und ich davonlief...

Eine kleine Gruppe hinten im Saal begann zu pfeifen. Die Spannung stieg. Meine Finger hatten sich in einen der Schlitze des Hockers gebohrt. Als könnte mir das helfen, meine Ruhe wiederzufinden, riß ich Fetzen von Kunstleder ab. Das Gefühl des Schaumstoffs auf meinen Nägeln erinnerte mich an Sandrines Augäpfel. Die Tänzer räumten allmählich die Tanzfläche. Hinter mir rumorte es in der Menge. Man beschimpfte sich. Aus den Notausgängen stürzten die beiden Rausschmeißer hervor, mehr denn je wie Michelins in diesen Blitzen, die sie ruckweise sich nähern ließen. Ich verlor sie aus dem Blick. Zu dritt kamen sie ein paar Minuten später an mir vorbei, ihre aufgedunsene Masse umrahmte eine zarte Silhouette. Die Füße des mutmaßlichen Aufwieglers zappelten zehn Zentimeter über dem Boden.

Das Trio verschwand auf der anderen Seite der Bühne. Die digitale Anzeige der Besucherzahl ging um einen Punkt zurück. Dann erschien das Gesicht des Radfahrers in Großaufnahme auf der Leinwand. Die Anstrengung ließ seinen Mund zu einer schmerzhaften Grimasse erstarren. Er nahm mit abgespreizten Ellbogen eine steile Gebirgsstraße in Angriff. Ich dachte an die Frau im Minirock, und plötzlich, ohne mir erklären zu können, wie ich auf einen so unsinnigen Gedanken verfallen war, begriff ich, daß die beiden sich glichen. Beide waren sie von der gleichen Intensität, dem gleichen Engagement, herausragend aus der Masse der Fügsamen und Gestikulierenden, der gipsartigen Pasteurisierten, der Hartnäckigen, mit Eiermilch genährten eingebildeten Speichellecker. Beide präsent, das heißt fast anderswo, im Gleichgewicht, beide unserem Blick dargeboten, ohne dafür von uns etwas zu verlangen.

Der Ton schwoll an. «Er ist heute abend unter uns», schrie der Ansager, «ich habe das Vergnügen, Ihnen vorzustellen: Katz, den König der Hypnose.»

Das Ende seines Satzes verlor sich in einem Tumult, der mich mit einem Ratsch ein großes Stück Skai einreißen ließ. Der Futurclub schälte sich. Schließlich wurde das Stroboskop langsamer und kam, wie ein Ventilator, den man abschaltet, allmählich zum Stillstand.

Einen Augenblick war Stille. Dicker Rauch quoll aus den Auspufftöpfen, die in das Totem zur Linken eingebaut waren. Nun tauchte, komisch beleuchtet von einem Halbmond aus grellem Licht, der Kopf von Katz über den bläulichen Spiralen auf. Sein Arm, der sich plötzlich zur Leinwand ausstreckte, beendete den Leidensweg des Radfahrers. Der Schatten seiner behandschuhten Finger glitt ins Bild. Er schloß sich über dem Rad, das gleichsam von der Leinwand gerissen wurde. Ich schlug die Beine übereinander, ich mußte mich schützen. Der Asphalt zog immer noch vor unseren Augen vorüber, durchlöchert – und das war es, was mich befangen machte: diese blendende Aussparung, die den Film mit ihren unregelmäßigen Konturen zerfraß, eine Leere, die sich mühsam auf der Straße hielt und machmal ein Stück Himmel oder Felsen anknabberte. Das was mich hinderte, unbefangen zu atmen: dieser verwirrende Mangel, diese zu schwer zu ertragende Jungfräulichkeit. Ich dachte an Paul, der nichts von mir wissen wollte, an Léo, der mich bei sich erwartete, schließlich wurde das Loch weiter und nahm mit einer wohltuenden Explosion die ganze Landschaft ein.

Das war's. Nur noch ein weißer Schein war da und ein Heer zappelnder Staubteilchen, die zum Sturm ansetzten auf irgendeine hypothetische Farbzelle, begierig, durch ihre Vervielfältigung wieder eine Welt zu erschaffen, die Illusion von Leben zu vermitteln.

Der Rauch löste sich auf. Der Suchscheinwerfer vergrößerte seinen Kreis. In Katzens Hand tauchte ein Miniaturfahrrad auf.

Es wurde geklatscht, wir glaubten, er verneige sich, doch nein, er bückte sich, um das Requisit auf die Rennbahn zu stellen. Nach einigem Zögern machte sich das mechanische Fahrrad an die Eroberung des Publikums. Als es vor den Turnschuhen einer Jugendlichen ankam, die bei dem Gedanken errötete, das Ding könnte an ihrem Bein hinaufklettern, machte es kehrt und fuhr auf das zu, was die Kulisse ersetzte – ein Stück dunkelblaues Tuch, das von der Decke hing. Mit Siegesgeschrei erschien nun der Radrennfahrer, aber zu Fuß. Die Zuschauer brachen in Jubel aus. Er reckte beide Arme über seinen Kopf, eine Gebärde, die mich an einen stürmischen Spätnachmittag bei meinem Onkel erinnerte, schwenkte sie in der Luft und drückte sich die Hand, die Hände, müßte man sagen, wobei er sich ein bißchen hin und her schüttelte, als freute er sich, daß es ihm endlich gelungen war, von der Leinwand zu entwischen.

Katz wartete ohne Ungeduld, bis die Menge sich beruhigte. Gemessenen Schrittes ging er zu seinem Assistenten, um ihn uns vorzustellen. Er hieß Pedro – und Pedro deutete eine kleine Pantomime auf einem imaginären Fahrrad an. Eine schwermütige Musik, wie sie das Aufkeimen einer unmöglichen Liebe ankündigt, begleitete die Szene. Der Radfahrer stellte sich auf die Pedale. Ein Licht ohne Spezialeffekte streichelte die Menschen und die Dinge. Ich konnte besser atmen. Katz zog seine Handschuhe aus, reichte sie Pedro und legte dann seine nackten Handflächen auf die Wangen, so daß die langen Finger sein Gesicht einrahmten wie auf dem Plakat. Der Lichtkegel des Projektors verengte sich.

«Wir kennen uns kaum», begann er, «aber ich weiß, daß wir uns verstehen werden. Warum sollte es anders sein?»

Seine Stimme, verstärkt von einem Mikro, das er am Revers seines Jacketts trug, war tiefer als die des Ansagers, weicher. Katz beschwor die großen Zeiten der Hypnose, die griechischen und ägyptischen Schlaftempel, Mesmer, Lafontaine und Charcot. Ich kannte diese Namen, sie wurden im Lehrbuch zitiert. Ich erinnerte mich vor allen an Mesmer, einen Theologen, Freund Mozarts und Arzt von Marie-Antoinette. Seine Person hatte meine Neugier erregt. Er trug Kleider aus lila Seide, worüber M. A. Pearl freundlich spottete. Im Hôtel Bouillon machte Mesmer magnetische Bestreichungen. Er behauptete, seine Kranken zu behandeln, indem er sie in hysterieähnliche Zustände versetzte. Die Klienten strömten herbei. Von der Nachfrage überfordert, war er gezwungen, eine kollektive Version seiner Kunst zu erfinden. Er trieb die Großzügigkeit so weit, daß er die Linde der Rue du Coq-Héron für die Armen mit seinem Fluidum tränkte. «Tag und Nacht», erzählte Katz, «banden sich Leute an den Baum. Der Mann wurde von den Doktoren seiner Zeit verurteilt. Fünfzig Jahre später wurde Lafontaine ebenfalls eingesperrt, weil er öffentliche Hypnosesitzungen geleitet hatte. König Ferdinand von Neapel versprach ihm die Freiheit unter der Bedingung, ich zitiere: die Blinden nicht mehr sehend und die Tauben nicht mehr hörend zu machen!»

Katzens Sätze brandeten über uns hin, sie brachten uns ihm näher, sie waren klar, vertraut, wirkten, als wären sie schon immer dagewesen, verschüttet unter der Musik. Sie waren da, und wir konnten sie nicht hören. Vielleicht prägten sie sich schon in irgendeinen Winkel unseres Gehirns ein.

«Heute abend», sagte er jetzt, «schlage ich Ihnen vor, auf Reisen zu gehen. Jedem steht es frei, am Ufer zu bleiben und sein Taschentuch zu schwenken. Am empfänglichsten für die Hypnose werden diejenigen Personen sein, die sich konzentrieren können. Die Statistiken zeigen, daß es sich dabei um Individuen höherer Intelligenz handelt...»

Katz hatte dicke, sehr ausdrucksvolle Brauen, einen kleinen Mund mit dünnen Lippen, ein energisches, gespaltenes Kinn und nach hinten gekämmtes dunkelbraunes Haar. Sein Körper war eng um ihn gespannt, seine Bewegungen waren exakt, ruckartig. Er hatte eine ganz eigene Art, den Kopf zu drehen, sehr schnell, und einem direkt in die Augen zu blikken, wie um auszudrücken, daß er sich an alle Gäste des Futurclub wandte, selbst an diejenigen, die, auf die Bänke hingeflätzt, die Dunkelheit genossen.

«Da oben», sagte er, «bemerke ich ausgezeichnete Versuchspersonen.»

Er zeigte auf einen bestimmten Punkt bei den Bullaugen, die Zuschauer drehten sich um. Man sah nicht, wen er meinte, aber man glaubte ihm. Seine Hände faszinierten mich. Dann bemerkte ich plötzlich seine Nägel. Sie waren bis aufs Blut abgenagt.

Es war mir peinlich für ihn, er sollte seine Handschuhe wieder anziehen, schnell, so schnell wie möglich, bevor die anderen die gleiche Feststellung machten wie ich. Ich riet ihm ganz leise, mir zu gehorchen, zu seinem Besten, doch nichts geschah. Ich werde bis drei zählen, fing ich wieder an, EINS, Sie bitten Ihren Assistenten, sie Ihnen zu geben, ZWEI...

«Wir sind genauso imstande, uns zu zerstören», fuhr Katz fort, «wie uns aufzubauen, mit der gleichen Kraft, der gleichen Verbissenheit.»

ZWEI, wiederholte ich, und gerade als ich die Hoffnung aufgeben wollte, reichte Pedro mit ärgerlicher Miene dem König der Hypnose die Handschuhe.

Ich hatte es geschafft! Niemand applaudierte. Katz ignorierte mich. Pedro, in seinen Gewohnheiten gestört, verschwand schmollend in den Kulissen. Ein paar Minuten später kam er mit dem Rad eines Fahrrads wieder, das er vor sich hertrieb. Katz ergriff es, warf es in die Luft und fing es auf, ohne ihm große Beachtung zu schenken. Mit der gleichen Geschicklichkeit löste er eine Speiche aus dem Ring, die unter seinen Zaubererfingern zwei lange Metallnadeln gebar. Er überspielte seine Pointen, er bettelte nie um unsere Zuneigung, nichts schien ihn mehr zu befriedigen als unsere Neugier, diese kleinen Schauer, die er überall um sich spüren mußte, diese mit Unruhe gemischte Freude beim Erscheinen der spitzen Nadeln. Er redete unermüdlich. Sein Tonfall blieb von den Handlungen, die er vollzog, unberührt. Katz war gespalten, und aus dieser Diskrepanz zwischen ihm und seinem Selbst entsprang ein schmerzliches Vergnügen. Pedro stellte ein verschnörkeltes Tischchen neben seinen Meister, ein Gegenstand, der im Dekor der Diskothek eine unvorhergesehene komische Wirkung erzielte. Katz warf uns vernichtende Blicke zu, als er das Gelächter hörte. Etwas in seinem Gesicht verkrampfte sich. Aus den Requisiten, die auf den anachronistischen Präsentierteller gelegt worden waren, wählte er einen Verbandskasten, aus dem er eine Flasche Alkohol und Kompressen holte. Während er die Nadeln desinfizierte, sprach er über die Anwendung der Hypnose im medizinischen Bereich.

«Zahlreiche Ärzte praktizieren die Hypnose», behauptete er, «Zahnärzte, Psychiater, Anästhesisten, Kanzerologen, aber sie brüsten sich nicht damit. Doch wir sind weit entfernt von den Inszenierungen Charcots an der Salpêtrière. Es handelt sich heute um eine wissenschaftliche Methode, eine Technik – ich sage bewußt eine Technik und nicht eine geheimnisvolle Macht –, die erlaubt, hervorragende Ergebnisse zu erzielen.»

Die Scheinwerfer erloschen, um dem Schwarzlicht Platz zu machen. Die Nadeln mußten mit einem speziellen Mittel präpariert sein, denn sie begannen im Halbdunkel zu leuchten. Von Katz sah man nur noch die behandschuhten Hände und den Umriß der Augen, die von den violetten Röhren sonderbar betont wurden. Unter den Zuschauern hoben sich hier und da helle Hemden und Blusen ab, auch Broschen, Halsketten und die Schürzen der Bedienungen. Und überall Zähne, leuchtende Zähne.

Pedros Mütze bewegte sich am Rand der Tanzfläche. So vom übrigen Kopf getrennt, hatte sie eine komische Form. Sie blieb direkt über mir stehen. Ich fühlte mich beobachtet. Katz gab seine Zustimmung. «Ja», rief er, «die da.»

Pedro ergriff mich am Handgelenk.

«Mademoiselle wird uns helfen, den Beweis zu erbringen», sagte Katz, «wenn Sie hierherkommen wollen, wie ist Ihr Vorname?»

Wovon sprach er eigentlich, wofür den Beweis erbringen, und warum ich, nach welchen Kriterien hatte er mich ausgewählt?

Ich stand auf. Meine Nachbarn rückten zur Seite. Katz fragte mich noch einmal, wie ich hieße. Ich wollte antworten, als eine Stimme im Publikum ertönte: «Das ist Cora», schrie jemand, «ich weiß, ich weiß, das ist Cora, das Mädchen mit den Stielknöpfen!»

Ich erkannte die bemühte Aussprache Bernards. Seine Einmischung wurde mit Gekicher aufgenommen. Unter den grünen Rechtecken, die die Notausgänge anzeigten, gab es Bewegung. «Cora, Cora», beharrte er, «sie hat Knöpfe.»

Was für ein Idiot, man soll ihn doch wegschaffen, man soll ihn hinauswerfen! Kurz bevor ich bei Katz ankam, erblickte ich mein Bild in einem der Spiegel, die die Pfeiler bedeckten. Ich sah mich zweigeteilt. Einerseits meine Beine, betont durch das weiße Kleid, andererseits meine Büste. Mein Gürtel bildete eine dunkle Sperre zwischen dem unteren und dem oberen Teil meines Körpers.

Jetzt bekam ich Beifall, obwohl ich nichts getan hatte. Ich stand mitten auf der Tanzfläche, Katz redete mich dumm und dusselig, und ich gehorchte seinen Befehlen, um dem Publikum zu entkommen, das uns umringte.

«Sie fangen an, dieses Streicheln wahrzunehmen», sagte er, «dieses Streicheln, das Sie entspannt.»

Ich spürte gar nichts. Er bat mich, nach vorn zu kippen, die Arme zu heben, mich nach hinten fallen zu lassen, und Pedro fing mich gerade noch auf. Mir schien, ich könne in jedem Augenblick aufhören und an meinen Platz zurückkehren, daher kam es mir nicht in den Sinn, mich zu widersetzen. Katz hatte eine der Nadeln auf den kleinen Tisch gelegt. Ein kalter Gegenstand glitt meine Wirbelsäule entlang. Ich war nicht mehr wirklich betroffen von dem, was mir widerfuhr. «Sie schauen auf meine Finger», hörte ich, «Ihre Lider werden sich senken, Ihre Lider senken sich.»

Ich schloß die Augen, ich sehnte mich nach Dunkelheit. Der Text von M. A. Pearl kam mir wieder ins Gedächtnis. Diesmal war ich auf der anderen Seite, in der Wand, zwischen den Kreisen der Spirale. Ich war Bib, Schnabel am Glas, ich war Pearl, Sandrine, Tante Josette auf dem Treppenabsatz, ich war Katz selbst, der seine Handschuhe wieder anzog. Und ich wurde ganz klein, wahrscheinlich unsichtbar wie mein Gürtel im Schwarzlicht.

«Ich lege meine Hand auf Ihre Schulter, ich werde sehr fest drücken, und wenn ich Sie in die rechte Wange kneife, wird Ihr ganzes Gesicht unempfindlich, Ihr Kopf schwer, schwer, nun kneife ich Sie in die rechte Wange, vollkommen schmerzunempfindlich, dann in die linke Wange...»

Warum redete er so laut? Ein Stich, vielleicht, ja, wie ein Biß, jemand im Saal stöhnte. Etwas störte mich, ich hätte nicht sagen können, was, ich hätte die Augen öffnen können, doch Katz bat mich, sie geschlossen zu halten. Man drehte mich um mich selbst, ließ mich vor- und zurückgehen, dann drang ein grelles Licht unter meinen Lidern durch, ein blut roter Glanz, der sich über die ganze Oberfläche meines Gehirns ausbreitete. Einen Augenblick erschien das Bild des Futurclub. Pedro hockte vor mir, er traf Vorbereitungen, mich zu fotografieren. Die Zuschauer in der ersten Reihe sahen mich sonderbar an, ein bißchen angewidert. Das Mädchen mit den Turnschuhen strahlte vor Mitleid. Ja, das war es, man bedauerte mich – wenn sie gewußt hätten –, man klatschte wieder, um mich zu ermutigen. Ich dachte an Chouquette, ihre Art, die Schnauze an meinen Schenkel zu drücken, das war es, was ich spürte, etwas drückte mich zwischen meinen Wangen, es kratzte mich, aber Katz hielt jetzt meine Hände, und um nichts in der Welt hätte ich mich entzogen. Ich wurde es nicht müde, den Modulationen seiner Stimme zu lauschen. Er wandte sich an mich, an mich allein, eine Reise, sagte er, die anderen sind am Ufer zurückgeblieben. Ich gehörte ihm gern. Ich hatte Lust, ihn zu schützen, indem ich ihm absolute Gefügigkeit bot, so wie seine Handschuhe das Geheimnis seiner abgenagten Fingernägel bewahrten. Ich hörte ein Klicken, und fast sofort kam das Foto heraus. Ich ließ meine Lider zufallen. Katz befahl meinem rechten Arm aufzuwachen, dann meinem linken Arm, schließlich verlangte er, daß ich mich ganz dem Schlaf entriß. Zum erstenmal hatte ich das Bewußtsein, mich zu widersetzen. Ich hatte keine Lust, den Schauplatz zu verlassen. Ein Geruch von neunzigprozentigem Alkohol, wieder dieses Gefühl, gekniffen zu werden, durch ein dickes Schaumstoffpolster hindurch, das zerrissene Skai des Hockers, das unter meinem gebogenen Zeigefinger nachgab. Etwas Nasses auf meinem Gesicht. Katz drückte mir die Hände und befahl mir, wieder zu mir zu kommen und mich wohl zu fühlen.

Ich machte die Augen auf. Katz flüsterte Pedro, seinem Assistenten, etwas ins Ohr. Dieser begleitete mich zu meinem Platz. Ich strauchelte. Er schlug mir vor, mich hinzulegen, wo es ruhig sei, in der Garderobe. Ich nahm den Beutel mit den Knöpfen, meine Jacke und das Glas von Bernard. Einer der Umsitzenden gratulierte mir. Er trug eine Kette aus großen Sicherheitsnadeln um den Hals. Ich wollte in Ruhe gelassen werden. Pedro führte mich um die Tanzfläche herum, hinter den Vorhang und schließlich in die Garderobe. Dort gab es ein Waschbecken, einen Tisch, ein Durcheinander von Tiegeln, Stiften und Medikamenten, einen Spiegel und endlich ein Sofa, auf das ich mich sinken ließ. Pedro verschwand. Ich war es nicht gewohnt, so spät noch aufzusein, man hört das Schlurfen der Pantoffeln um drei Uhr morgens, das ist meine Mutter, die keinen Schlaf findet. Sie schleicht in die Küche, um nachzusehen, ob alles gut funktioniert, der

Strom nicht ausgefallen ist, wegen des Gefrierschranks und der Gummihandschuhe. Meine Gedanken verwirrten sich. Es kam vor, daß sie sich vor die offene Gefrierschranktür auf den Hocker setzte und hineinstarrte. Mein Vater beschwerte sich, man mußte oft die Glühbirne auswechseln, und meine Mutter nieste...

Eine Blutlache, das zerrissene Buch, die durchlöcherte Leinwand. Das Haus verlassen, Sagny verlassen. War Pedro gegangen? Ich schlief mit diesem Bild ein: meine Mutter, hypnotisiert vom schwachen Schein des Gefrierschranks.

X

DER KÖNIG DER HYPNOSE STÜRMTE in die Garderobe, ergriff ein Handtuch, trocknete sich damit die Stirn, hätte es fast auf den Boden geworfen, besann sich dann eines Besseren. Ich tat, als schliefe ich. Er legte das Handtuch leise auf die Stuhllehne und nahm sich, ohne zu zögern, den Cocktail des jungen Mannes mit den Quasten. Bald war nur noch cremefarbener Schaum auf dem Grund des Glases übrig. Er bog den Kopf nach hinten, die Lider halb geschlossen, um den letzten Schluck des Gebräus zu genießen. Seine Gier hätte mich amüsiert, wenn nicht die Knöpfe gewesen wären. Sie mußten einer nach dem andern auf seine Zunge fallen. Ich hielt den Atem an.

Katz nahm den ersten aus dem Mund, als handelte es sich um eine kandierte Kirsche, ein wenig saugend, langsam und vorsichtig, um den Stein herauszulösen. Die drei nächsten Knöpfe genossen dieses Vorrecht nicht. Sie wurden ausgespuckt, mit angewiderter Miene untersucht und in einen Aschenbecher voll Zigarettenstummel geworfen. Ich dachte an die auf den Grund der Form gesunkenen kandierten Früchte des mütterlichen Kuchens. Katz mußte mich im Spiegel sehen – ich hatte mich zu ihm umgedreht –, denn er befahl mir mit fester Stimme, mich nicht zu rühren, mich wohl zu fühlen, auf ihn zu warten. Er übertrieb. Ich schlief wieder ein.

Als ich wieder zu mir kam, sah ich als erstes das Nikolauskostüm, das an einem Nagel neben der Tür hing. Ich rieb mir die Augen. Mein Gesicht antwortete mit einer Grimasse, einem Gähnen eher, das mir das Gefühl gab, aus einem sehr langen Schlaf zu erwachen. Ich berührte meine Wangen, meinen Mund, sie fühlten sich undurchlässig und taub an. War ich das Opfer eines lähmenden Sprays geworden? Ich mußte gehen, Léo wartete sicher auf mich. Ich hatte von Katz geträumt, er teilte an alte Säuglinge in Lederjacken halluzinogene Spritzen aus. Ich dachte an meinen Onkel. Warum dieser aufgehängte rote Mantel?

Ich richtete mich auf. Katz, Paul, Léo, ich wurde nicht damit fertig, ich konnte mich nicht von der Kindheit befreien. Mein Onkel legt immer wieder seine Finger auf meine Lippen, schweigen, schweigen, Katz wiederholt immer die gleichen Worte. Und nun schließt er mich in seiner Garderobe ein. Ich soll vergessen, mich nicht rühren, mich wohl fühlen. Aber ich war wach, ich stand auf, ich hatte Kopfschmerzen.

Und sie wurden noch schlimmer, als ich das Foto entdeckte, das Pedro bei der Hypnosesitzung gemacht hatte.

Ein quadratisches Bild, das auf dem Schminktisch lag.

Dieses von der Nadel durchbohrte Gesicht, mein Gesicht.

Dieser irre Blick, der eine Sekunde im Scheinwerferlicht glänzt, dieser Blick einer Heiligen, die ihr Martyrium auskostet: meine Augen. Jetzt verstand ich die Reaktion der Zuschauer. Die Anhänger des Hôtel Bouillon hätten es nicht besser gemacht. Daher das Kneifen, das Pieksen... Mit der Zunge suchte ich in meinem Mund nach einer Spur, einer Narbe, aber ich spürte nichts Besonderes. Dennoch war ich überzeugt, daß es sich nicht um einen Taschenspielertrick handelte. Ich glaubte an Katz, ich wollte Vertrauen haben, ganz egoistisch.

Ich sammelte die Knöpfe ein, wischte sie mit dem Handtuch ab und steckte sie wieder in den Beutel. Entschlossen, nicht wieder einzuschlafen, holte ich das Lehrbuch von M. A. Pearl heraus und schlug es beim sechsten Kapitel auf. Endlich schnitt der Autor die Frage des Erwachens der hypnotisierten Personen an. Er empfahl zwei Techniken gegensätzlicher Art. Die erste bestand darin, einen radikalen Bruch im Ton vorzunehmen. Die zweite, sanftere, wandte sich direkt an die zu Beginn der Sitzung angesprochenen Körperteile. Die Hand, die Augen, das Bein, wobei wieder gezählt wurde, nur rückwärts.

Bis dahin gab es nichts Überraschendes. M. A. Pearl hatte mich an lebhaftere Demonstrationen gewöhnt. Eine Seite jedoch weckte mein Interesse – denn das war *Hypnose für jedermann*: ein regelmäßiges, klares Gewebe mit kleinen Lichtern darauf. «Man sollte», regte der Autor an, «die Oberfläche des menschlichen Körpers messen.» Weiter unten wurde diese Oberfläche auf zwei Meter im Quadrat geschätzt. Zwei Quadratmeter verletzbare Haut, dachte ich, über meinem Schreibtisch angepinnt. In der Mitte wimperngesäumte Lider, die von Perle, meiner toten Freundin. Ringsum, als Fransen, Nägel, Haare und Zähne. «Ein Kubikmillimeter graue Substanz», las ich weiter, «enthält durchschnittlich einen Meter Venen und Arterien.» Eine solche Dichte war schwierig zu begreifen. Ich sah die Tänzer vor mir, die sich auf der Tanzfläche des Futurclub tummelten, das Nachtlokal ähnelte einem Gehirn, mit seinen Lichtern, seinen Kunstharzgebilden und diesem bedrängenden Rhythmus, der nie aufhörte. Ich war schläfrig. Ich war auf dem Land, in einer Küche, die ich nicht kannte. Ein klebriger Papierstreifen baumelte über dem Tisch. Die Fliegen hingen in Klumpen daran, manche summten noch. Die Spirale oszilliert, sie verliert die Spannung. Was ist trauriger als ein stammelnder Zufall? Von Fügung zu Fügung hebt sich das Leben auf, man sinkt in sich zusammen, man langweilt sich. Ich glaube, ich war wieder eingenickt. Ich erwachte (diesmal endgültig), doch aus welchem Schlaf? Aus dem noch ganz nahen, von Katz induzierten, oder aus dem anderen, dem alten, ursprünglichen, dem Schlaf der Ferien im gemieteten Haus?

Ich hob das Buch auf. Zwei Quadratmeter Haut, und das

Hymen, wieviel? Ein Prozent, ein halbes Prozent des Ganzen? Ich würde nicht bis zu meinem achtzehnten Geburtstag warten, ich hatte es satt, mich im Kreis zu drehen.

Ich verließ die Garderobe. Die verstärkte Stimme von Katz leitete mich, und so fand ich leicht die Kulissen. Hinter dem Vorhang blieb ich stehen. «Sie sind ganz locker», sagte er, «von diesem Augenblick an, vollkommen locker, denn das ist die einzige Möglichkeit, von dieser Erfahrung richtig zu profitieren, die einzige Art, entspannt daraus hervorzugehen.» Auf der Tanzfläche lauschten an die fünfzig Personen, die in unschicklichen Stellungen verharrten, den Worten des Meisters. Das Publikum war in Dunkelheit getaucht. Ich bedauerte, nicht der ganzen Vorstellung beigewohnt zu haben.

«Sie ruhen sich im Schatten eines großen Baumes aus», fuhr Katz fort, «Sie sind im Urlaub, plötzlich beginnen ihre Fußsohlen zu jucken, es kribbelt, Sie ziehen die Schuhe aus, rasch, es sind Spinnen, rasch, rote Spinnen, die zwischen Ihren Zehen herumlaufen...»

Im Saal brach man in Gelächter aus. Das Schauspiel, das sich uns bot, war unwiderstehlich. Jeder entsprach auf seine Weise den Suggestionen von Katz. Der Rhythmus seiner Sätze wurde schneller, die Körper auf der Bühne wanden sich. Ein Junge mit nacktem Oberkörper kämpfte mit seinen Cowboystiefeln, zog, fluchte, dicke Schweißtropfen traten ihm auf die Stirn. Rechts von ihm betrachtete ein Mädchen unverwandt das Innere eines grünen Stöckelschuhs, als wollte sie mit ihrer geschmeidigen Zunge die störenden Insekten verschlingen. Die meisten Versuchspersonen waren jetzt barfuß. Sie rieben sich die Nase, den Bauch, die Ohren. Wenige, aber hartnäckige, hatten sich die Mühe gemacht, die Schnürsenkel zu lösen, andere hatten im Gegenteil alles von sich gerissen, und noch andere waren liegen geblieben und hatten sich damit begnügt, seufzend die Füße zu bewegen. Ich erkannte Bernard. Neben ihm standen seine Mokassins.

Er wiegte sich sitzend mit gespreizten Beinen hin und her. Eine sanfte Musik erklang.

«Die Spinnen sind weg», sagte Katz. «Sie legen sich auf den Bauch, es ist Zeit für den Mittagsschlaf, ein verdienter Mittagschlaf. Es gibt nichts mehr zu befürchten, Sie liegen im Sand, Sie lauschen dem Brausen des Meeres.»

In einer langsamen Wellenbewegung boten sich die Rükken den Liebkosungen der Luft der Klimaanlage des Futurclub dar. Man seufzte, man ließ sich zu Boden sinken, man wälzte sich in den Zigarettenkippen. Ab und zu unterstrich eine Möwe Katzens Worte mit einem Siegesschrei. Pedro torkelte auf der Tanzfläche umher, er hatte eine Sporttasche unterm Arm, bückte sich, richtete sich wieder auf, ich verstand den Zweck seiner ungeordneten Bewegungen nicht. Schließlich sah ich ihn von vorn: Er sammelte die Schuhe ein. Er kam jetzt auf den Bühnenhintergrund zu, wahrscheinlich um seine Ernte hinter dem Vorhang abzuladen. Da drehte sich Katz, ohne daß es vorauszusehen gewesen wäre, zu mir um. Mit einem gebieterischen Zeigefinger wies er auf die Kulissen. Ich kreuzte die Finger, wie um seiner Macht zu entgehen – oder seiner Technik, seiner wissenschaftlichen Technik, denn mit diesem Wort bezeichnete er die Gesamtheit seiner Handlungen. Er wiederholte seine Geste. Ich stellte mir seine armen Nägel unter dem weißen Stoff vor. Pedro blieb besorgt vor Bernard stehen, der sich ebenfalls den Anweisungen des Meisters widersetzte und seine Positur beibehalten hatte. Als einziger aufgerichtet zwischen den schlaffen Gliedern, ähnelte er einem Pudel, der eine Belohnung erwartet. Katz berührte im Vorbeigehen seine Schulter und befahl ihm, sich hinzulegen. Bernard gab klein bei. Pedro ergriff die Mokassins. Ich rührte mich nicht.

«Und diejenigen, die bleiben sollen, wo sie bleiben sollen, mögen dort bleiben!» sprach er mit einem durchbohrenden Blick zu mir.

Ich lächelte. Katz erinnerte mich an den Léo Robin der ersten Unterhaltung im Umkleideraum. Den hilflosen Léo, der auf die Mädchen meines Alters schimpfte. Katz ging in meine Richtung. Ich zählte seine Schritte. Eins, zwei, bald drei, indem er langsam über die Körper stieg, glaubte er mich zu beeindrucken. Es wäre mir leichtgefallen, ihm zu trotzen, aber ich hatte Mitleid mit ihm, mit diesem Zorn, der seine Verletzbarkeit bewies. Außerdem kam in mir das Verlangen hoch, ihn zu beschützen. Man sollte nicht eine ganze Vorstellung wegen solch einer Kleinigkeit stören. Das Publikum war da und wartete darauf, daß es weiterging, daß die Versuchspersonen sich auszogen oder rohe Kartoffeln verspeisten. Ich gehorchte Katz. Würde er eines Tages begreifen, daß ich so gehandelt hatte, um ihm einen Gefallen zu tun? Ich schlüpfte hinter den Bühnenvorhang. Der siegreiche König der Hypnose machte kehrt. In diesem Augenblick warf Pedro die Mokassins von Bernard auf den Schuhstapel.

Ich konnte nicht widerstehen. Die rechte Quaste hing nur noch an einem Fädchen. Ich riß sie ab und flüchtete in die Garderobe.

Zehn Minuten vergingen. Ich hörte einen Knall, es gab Beifall, drei Vorhänge, dann wurde alles von der Musik übertönt. Ich stellte mir fünfzig Personen vor, die barfuß über die Tanzfläche irrten auf der Suche nach ihren Schuhen. Mit einer Stentorstimme dankte der Ansager dem König der Hypnose und kündigte die nächste Vorstellung an, eine einmalige Verwandlungsnummer. Ich begann, ungeduldig zu werden. Endlich wurde die Klinke gedrückt. Katz steckte den Kopf durch die Tür. «Ah, gut», rief er aus, «du bist ja da.»

Das Duzen überraschte mich. Der König der Hypnose

persönlich ließ sich auf das Sofa fallen, ein paar Zentimeter von mir entfernt.

«Stimmt es, daß du Cora heißt?» fragte er mit ärgerlicher Miene.

Ich bejahte. Katz wurde noch finsterer. Er hätte vielleicht Cécile vorgezogen, oder Marion.

«Dieser Trottel kannte also deinen Vornamen», zeterte er und klatschte auf ein Kissen unter dem Vorwand, ihm wieder Volumen zu geben. Ich konnte mir das Lachen nicht verkneifen.

«Und sie findet das komisch», bemerkte er. «Wer war also dieser Typ, dein Freund oder was?»

Ich beruhigte ihn, indem ich ihm von meiner Unterhaltung mit Bernard berichtete. Katz schnitt mir das Wort ab.

«Wenn ich recht verstehe», schloß er, «bist du allein gekommen.»

Ich versenkte mich in die Betrachtung des am Nagel hängenden Nikolauskostüms. Die zerknautschte Kapuze war mit falschem Hermelin besetzt. Katz erhob sich. Er nahm mein Kinn zwischen Daumen und Zeigefinger und zog mein Gesicht zu seinem. Ich war genötigt, meinerseits aufzustehen. Komisch, diese Art zu verführen, nicht indem man sich dem begehrten Objekt nähert, sondern indem man sich von ihm entfernt. Seine Pupillen weiteten sich.

Wir küßten uns. Sein Mund schmeckte nach Lippenstift. Seine Wangen waren zart, wahrscheinlich wegen Puder und Make-up. Vielleicht, dachte ich, war mein Jungfernhäutchen geschmolzen, vor Hitze und Feuchtigkeit, vor Begierde. Ein kleiner Bodensatz von Zucker in einer Tasse, eine kleine Ablagerung, die man mit dem vordersten Zeigefingerglied aufnimmt, Katz streichelte mich. «Ich werde mit der Hand unter dein Kleid gehen», flüsterte er, «du wirst sie spüren, sie wird an deinen Schenkeln entlanggleiten, du bewegst dich nicht, Pedro wird uns nicht stören vor zwei Uhr morgens, ich habe ihm Geld gegeben, damit er sich amüsiert. Du weißt, daß du hinreißend bist – antworte nicht, ich möchte den Klang deiner Stimme nicht hören, nur dich berühren, einfach so, du erregst mich schrecklich.»

Ich hatte die Lider gesenkt, so glaubte ich, weniger verwundbar zu sein. Vielleicht hatte sich mein Jungfernhäutchen im Gegenteil verstärkt, um meine Tugend besser zu schützen, eine dicke Wand, die den Gefahren angemessen war, ein Bollwerk zwischen mir und mir selbst, das mir das versammelte Sagny aufgezwungen hatte. Man hält zusammen, unter Nachbarn, man unterschreibt Petitionen. Der Nachbar im Abseits saugt an seinem Korken, er lutscht daran, die Wörter sind davon durchtränkt, aber bei ihm ist es nicht dasselbe, man hört ihm nie zu. Katz beharrte darauf, mir alles zu erklären, eine Berufskrankheit zweifellos, zum Glück waren seine Kommentare von ganz zärtlichen Küssen begleitet. «Ich werde meine Hose ausziehen», murmelte er, «ich ziehe sie aus, du wirst sehen, es ist nicht so schrecklich.»

Ich schlug die Augen wieder auf. Tatsächlich, es war nicht so schrecklich. Katz hüstelte. Ich hätte ihn gern darauf hingewiesen, daß es das erste Mal sei, er lächelte mir zu, und ich traute mich nichts zu sagen.

Der König der Hypnose hatte immerhin sehr lange Füße, genau wie seine Hände, Pharaonenfüße mit flachen Nägeln. Das Buch lag auf dem Tisch. Ich klammerte mich daran, als hätte ich im entscheidenden Moment Angst gehabt, es zu verraten. Die Wörter zogen sich zusammen, die Sätze, bald war in der Mitte jeder Seite nur noch ein extrem schwarzes Loch. Perles Blick, die Spur ihres Pinsels. Katz schob mein Kleid hoch. Der Gürtel, elastisch wie er war, hakte sich schließlich auf. Der weiße um meine Schulter gefältelte Stoff bildete zwischen meinem Gesicht und dem übrigen Körper eine heilbringende Barriere. Ich war blind – beinahe unschuldig.

«Deine Haut ist so fein, siehst du, wie du dich mir entgegenreckst...»

Katz drückte seine Lippen zwischen meine Brüste und blieb so, regungslos. Ich dachte, es sei zu Ende, doch nein, er schwieg nur. Eine in der Schule gelernte Folge von Sprichwörtern kam mir ins Gedächtnis. Ich sagte sie mir mechanisch auf, besser der Spatz in der Hand als die Taube auf dem Dach, steter Tropfen höhlt den Stein. Katz bewegte sich. Ohne Fleiß, aber nun wurde es ernst, Katz zog mich zu Boden, er rieb sich an mir, es brannte ein bißchen, seine Zunge, seine Finger, der Teppichboden aus Kunstfasern, ich stöhnte, und diesmal bat er mich nicht zu schweigen.

Ein Zwicken, sehr weit weg, ein sanfter Widerstand. Ich war gerührt, Katz liebte mich. Mit einer Hand zog er meine Schamlippen auseinander, mit der anderen schien er etwas zu suchen. «Du bist eng», sagte er, «du darfst dich nicht so verschließen, du mußt es dir gefallenlassen, denn das ist der einzige Weg für dich, befriedigt zu werden, ich möchte, daß du Spaß hast, ich möchte dir Lust verschaffen», und seine Finger glitten hinein, Katz streichelte mich, spiralförmig, ich fühlte mich abdriften, weit weg von ihm und vom Futurclub, mir drehte sich der Kopf, eine sanfte Raserei überkam mich, ich war im Zimmer meines Onkels, und anstatt brav zu warten, daß er einschlief, erregte ich ihn unter der orangefarbenen Decke, niemand verdächtigte uns, die Logopädin betrat das Zimmer, der Arzt, die Krankenschwestern und die Sozialarbeiterin, sie merkten nichts. Katz atmete immer heftiger. «Ich werde kommen», entschuldigte er sich, «rühr dich nicht, ich komme.» Das war ein bißchen lächerlich, diese hastigen Worte, ich sah nicht, worauf er hinauswollte, denn darum ging es: zu kommen, und ich war schon so weit weg.

Das Wasser lief. Katz reichte mir das Handtuch. Es war warm und klebrig. Etwas Blut war dabei. Ich rollte das Handtuch zu einer Kugel zusammen und versteckte es hinter dem Kissen. Der König der Hypnose spülte sich den Mund aus. Er wiederholte, ich sei enorm angespannt, deshalb sei er nicht lange geblieben. Ich wartete ungeduldig, daß er das Thema wechselte. «Das nächste Mal», versicherte er, «werde ich es anders anstellen.» Es sollte eine Überraschung werden. Schließlich fragte er mich, ob ich Studentin sei.

«Laß mich raten», unterbrach er mich, «also, ich weiß» – er blickte mir in die Augen – «du studierst Sprachen, bald wirst du Übersetzerin sein, oder nein, Dolmetscherin. Ich sehe gemalte Buchstaben, mit Zeichen bedeckte Seiten...»

Als ich ihm sagte, daß ich noch auf dem Gymnasium sei, runzelte er die Stirn. Sein Mienenspiel war genauso gewesen, als das Tischchen auf die Bühne gekommen war und das Publikum gelacht hatte. Als könnte das seine Enttäuschung mildern, erzählte ich, daß ich eine amerikanische Freundin hätte, eine Malerin, und daß ich ihr auf englisch schriebe. Er hörte mir nicht zu. Warum hatte ich Perles Namen ausgesprochen? Er wurde wütend, als er mein Alter erfuhr, was, mit sechzehneinhalb allein in einem Nachtlokal, er nahm es mir übel, daß ich ihn nicht gewarnt hatte, und befahl mir, alles zu vergessen. Er sprach wieder im Tonfall der Vorstellung, zog sich an, ohne ein Wort zu verlieren, und begleitete mich über die Hintertreppe zu meinem Roller.

Am Straßenrand angekommen, wurde er umgänglicher. Das hindere ihn nicht daran, an mir zu hängen, er sei nur überrascht. Ich gratulierte ihm zu seiner Nummer. Er trat einen Schritt zurück und betrachtete mich von Kopf bis Fuß, als sähe er mich zum erstenmal.

«Und wenn ich dir vorschlagen würde, mit uns zusammenzuarbeiten?» flüsterte er.

Katz legte mir die Hände auf die Schultern und schüttelte

mich ein bißchen vor und zurück. Ich seufzte. Er zog mich an sich.

«Ich habe große Pläne für das nächste Programm», fuhr er fort, «aber ich bräuchte eine Assistentin, jemand Sensiblen, der meine Arbeit versteht und schätzt. Ich habe es nicht eilig, Cora, der Terminkalender für dieses Jahr ist voll, ich werde mit Pedro zurechtkommen, aber dann...»

Ich stellte mir vor, wie ich meinen Eltern die frohe Botschaft verkündete.

«Du wirst sehen», versicherte er, «es ist nicht sehr schwierig, hübsch wie du bist. Man verdient gut seinen Lebensunterhalt, man ist immer unterwegs. Das würde dir gefallen, ich bin davon überzeugt. Es genügt, mir zu vertrauen, und du vertraust mir doch, nicht wahr?»

Katz redete schnell, er hatte es eilig, in seine Garderobe zurückzukehren, doch er schaffte es nicht, sich von mir zu trennen. Eine geheimnisvolle Zärtlichkeit hielt uns verbunden. Er hätte mich lieber gleich bei sich behalten, flüsterte er, aber wir müßten vorsichtig sein. Ich gab ihm meine Adresse. «Du wirst es nicht bereuen», versicherte er wieder, «das sind Dinge, die man spürt, wir sind geboren für die Zusammenarbeit, wir werden es weit bringen, sehr weit, du bist ein tolles Mädchen, Cora, du bist die Person, auf die ich gewartet habe.»

Ich war ein bißchen benommen. Katz half mir, meinen Helm zu befestigen. Er holte seine Brieftasche hervor. Ich stutzte. Er nahm ein Foto heraus, das er küßte. «Damit du mich nicht vergißt», schrieb er, bevor er eine breite Unterschrift über sein Gesicht legte. In Großbuchstaben fügte er hinzu: «Warte auf mich.»

Katz schaute meinem Roller nach. Er schwenkte den Arm. Ich sah ihn im Rückspiegel. Seine Gebärde verlor sich in der Nacht.

Ein Motorrad überholte mich. Ich hielt am Straßenrand

und drehte mich um. Katz war immer noch da, ich ahnte seine Silhouette unter dem blinkenden Neonschild des Futurclub. In diesem Augenblick begriff ich, daß er nicht gelogen hatte.

Es fing an zu regnen, ein feiner Regen, der im Licht der Scheinwerfer glitzerte. Ich hatte beschlossen, zu meinem Onkel zu gehen. Ich spürte dauernd ein Unbehagen in meinem Innern, ein Stechen, als wäre etwas zurückgeblieben, ich hatte Lust, nackt zu sein und mich an jemand anzuschmiegen, weiter zu küssen. Warum hatte mir Katz vorgeschlagen, mit ihm zu arbeiten? Der Gedanke zu reisen gefiel mir. Sagny, den sterilen Rhythmus der Fußgängerzone verlassen, in der Nacht leben, unter dem Schutz des Königs der Hypnose – aber ich müßte anderthalb Jahre warten und mir nichts anmerken lassen, die Tage, die Minuten zählen, die mich von der Volljährigkeit trennten. Jungfrau oder nicht, die Frist blieb die gleiche. Ich hatte mich getäuscht, als ich an das Wunder der zwei Quadratzentimeter glaubte. Es war meine ganze Haut, die noch der Gemeinschaft gehörte, mein Leben. Ich hatte nicht das Recht, meinem Leben ein Ende zu machen, wie meine Mutter schamhaft sagte, nicht das Recht, den Familienwohnsitz ohne Erlaubnis meiner Eltern zu verlassen, nicht das Recht, mich von einer Klippe zu stürzen noch in dieses Auto zu rasen, das mir entgegenkam. Nicht das Recht, aber ich konnte es trotzdem tun. Ich sah den Fahrer an. Katz würde mir schreiben. Ich bremste. Und wenn ich nichts bekam, und wenn er meine Adresse verlor?

Nur mein vom Helm geschütztes Haar war trocken. Ich zog im Flur mein Kleid aus und hängte es zu den Mänteln – dem auberginefarbenen von Tante Josy und dem grauen Regenmantel meines Onkels. Das Foto mit der Widmung hatte unterm Regen gelitten. Die Tinte war zerlaufen, das Glanzpapier wellte sich. Ich legte es ins Buch, ans Ende des siebten Kapitels. Es würde mir als Lesezeichen, als Uhr, als Zeuge dienen. Noch mehr als zwei Lektionen zu entdecken, dachte ich, anderthalb Jahre, um zu wiederholen, bevor ich mit dem König der Hypnose zusammen wegging. Mit oder ohne Abitur. Mit oder ohne Segen meiner Eltern. Lieber, und aller Wahrscheinlichkeit nach, ohne.

«Josette», rief mein Onkel, «bist du es, mein Schnuckilein?»

Ich hätte nicht die Spülung ziehen dürfen. Es kam noch ein bißchen Blut. Mein Schnuckilein, und was denn noch.

«Josette, stell dich nicht dumm, was machst du denn?»

Seine schläfrige Stimme machte mir Lust, ihn zu küssen. «Cora», hörte ich endlich, «bist du es, mein Schatz?»

Ich errötete. Welche Zärtlichkeit, warum all das verderben nur wegen einer abwegigen Bemerkung über ein Buch, ich hätte es ihm erklären sollen, er hätte verstanden, daß es nicht nur um eine billige Broschüre ging, ich hatte mich lächerlich verhalten.

«Ich komme», rief ich. «Es ist spät, die Nummer hat gar nicht mehr aufgehört, es war sehr gut, ich bin durchnäßt!»

Ich nieste. Lautlos kletterte ich auf das Bett meines Onkels. Das Licht war gelöscht.

«Mir ist kalt», murmelte ich zur Entschuldigung. Paul zuckte zusammen, als meine eisigen Hände ihn berührten. Ich legte mich auf die richtige Seite.

«O nein», stammelte er, «du wirst im Wohnzimmer schlafen, es kommt nicht in Frage, fang nicht wieder damit an ...»

Ich beruhigte ihn. Ich hätte nicht die Absicht, die Nacht

mit ihm zu verbringen, anstelle seines Schnuckileins. Ich käme nur, um guten Abend zu sagen und mich zu entschuldigen. Ich beschrieb den Futurclub, die riesige Leinwand, die über den Autos hängende Bar, ich sprach von der Vorstellung, und ohne den Ton zu ändern, verkündete ich meinem Onkel, daß ich nicht mehr Jungfrau sei, und fragte ihn, ob er angesichts dieser Nachricht etwas von mir wissen wolle. Ich weiß nicht, woher ich den Mut nahm, meine Begierde so klar auszudrücken, vielleicht hatten mich Katzens Sätze inspiriert, diese Art, mir ohne falsche Scham und ohne zu zögern seine Welt aufzudrängen, ich werde mich an dich schmiegen, befahl ich, und du wirst mich nehmen.

Paul stieß mich zurück. Ich erwartete eine ungestümere Geste. Um ihn zu provozieren, ließ ich mich ans Fußende des Betts rollen. Mein Körper fiel mit einem dumpfen Geräusch auf den Teppich.

«Alles in Ordnung?» sorgte sich mein Onkel.

Da ich gelernt hatte, daß Schweigen eine wirksame Folter war, blieb ich stumm. Mein Onkel wehrte sich, wie eine Frau, der man den Hof macht, es hätte tun können, er zierte sich, ermunterte mich mehr, als daß er mich abschreckte, er drehte sich um, zog Laken und Decken übers Gesicht und zeigte mir den Rücken. Katz führte mich, ich war nicht mehr ganz allein, ich war unter so vielen anderen erwählt und bemerkt worden. Ich drückte meinen Kopf gegen das Kreuz meines Onkels und beendete das Schweigen, wie man eine Bestrafung beendet.

«Ein einziges Mal», beharrte ich, «danach, ich schwöre, gehe ich woandershin zum Schlafen.»

Mein Onkel streckte den Arm aus, er zögerte, ich kam noch näher, doch er hielt sich zurück und berührte mich nicht. Das Licht ging an.

«Du bist vollkommen verrückt», protestierte er halb lachend.

Ohne jede Scham starrte ich ihn an. Er senkte den Blick. Ich nützte seine Verwirrung, um wieder aufs Bett zu steigen, diesmal auf der unbeachteten Seite. «Dann bin also ich krank», stellte ich fest, «mich muß man pflegen. Na gut, jeder zu seiner Zeit, kümmere dich um mich!»

Mein Onkel wurde immer verlegener. Er fragte mich, was ich getrunken hätte, drohte mit tonloser Stimme, meine Eltern anzurufen. Ich hatte Durst. Ich folgte ihm zur Küche. Er im gestreiften Schlafanzug, ich in einfarbiger Unterhose, wir beide barfuß auf dem Fliesenboden. Ich nieste wieder. Er fand die Mineralwasserflasche nicht und fluchte – sie stand links in der Kühlschranktür. Ich verrückte sie um zwanzig Zentimeter. Er holte sie heraus, ohne mir zu danken, griff nach einem Glas und flüchtete sich in seinen Sessel am Wohnzimmerfenster. Derart in Sicherheit, faßte er sich wieder. Er riet mir mit wenig überzeugender Stimme, mich anzuziehen, da mir kalt sei. Ich könne mir eins von Josettes Unterhemden ausleihen. Ich zog den grauen Regenmantel meines Onkels an und schnallte den Gürtel eng. In der Innentasche steckte einer meiner Briefe.

«Sein», las ich, «Kopula, die das Attributiv mit dem Subjekt verbindet.»

«Sondieren, strangulieren, streicheln», fuhr ich fort. Mein Onkel sah erschöpft aus.

«Das ist eine Gewissensfrage», gestand er, «das kann ich deinem Vater nicht antun.»

Er sagte nicht: dir oder Josette, nein, wieder beschwor er eine Vergangenheit, die mir unbekannt war, die Geschichte der Halbbrüder, der eine gewinnt, der andere ergibt sich, der eine redet, während der andere die Stimme senkt. Welche Komplizenschaft in der Rivalität, welcher Respekt!

Ich kauerte mich zu seinen Füßen hin. Er legte seine Hand auf meinen Kopf. Noch eine Sekunde, und er würde hinzufügen, wenn es nur an ihm läge...

«Ich möchte hinzufügen...»

Ich ließ ihm nicht die Zeit, seinen Satz zu beenden. Ich saß rittlings auf seinem Schoß. Er öffnete mir die Arme.

Sehr rasch brach ich auf, schlüpfte in mein nasses Kleid, ohne es zuzuknöpfen. Der im Flur vor dem Bücherregal zurückgelassene Regenmantel behielt einen Augenblick eine menschliche Gestalt und sackte dann zusammen. Ich hörte noch die Stimme meines Onkels. «Ich habe dich doch auf die Welt kommen sehen», sagte er, «mein Baby, meine kleine Cora...»

Die Bilder verwirrten sich. Ich wußte, daß Paul ein paar Monate mit uns zusammengewohnt hatte, ich mußte zwei oder drei sein, aber vorher? Ich ging noch nicht in die Schule, er hütete mich, während meine Mutter sich um den Laden kümmerte. Ich erinnere mich sehr gut an den Geruch des karierten Morgenrocks, den er oft anhatte. Da hörten meine Erinnerungen auf. Sie setzten deutlicher wieder ein zum Zeitpunkt des Umzugs. Alle unsere Möbel standen auf dem Trottoir vor dem neuen Haus, gegenüber dem Hôtel des Voyageurs. Man hatte mich eine Weile auf der Straße zurückgelassen, wo ich auf einem zu hohen Schemel neben einem Spiegelschrank saß und auf die Sachen aufpassen sollte. Ein Passant war auf mich zugekommen und hatte mich angestarrt, als wollte er mich entführen. Ein paar Sekunden hatte ich die Augen zugemacht und meine Handflächen aneinandergepreßt. Ich hatte gebetet, er möge es tun. Als meine Mutter zurückkam, war ich immer noch da. Der Passant hatte es vorgezogen, die Schatulle mitzunehmen, die das Tafelsilber enthielt.

Mein Onkel zog aus unbekannten Gründen nicht mit uns in die neue Wohnung. Ich könnte nicht sagen, wo er wohnte, nachdem er Sagny verlassen hatte und bevor er nach Le Kremlin-Bicêtre kam. Zu Hause sprachen wir nie mehr von ihm. Da wurde etwas auf geheimnisvolle Weise ausgeklammert, irgendeine Reise, ein Streit. Eines Tages würde jemand die Geschichte vervollständigen – doch dieser Augenblick ließ auf sich warten. Paul hatte ein sicheres Talent für zweideutige Enthüllungen. Und als wir zur Tat schritten, entlud sich die eindrucksvolle Maschine, ehe man piep sagen konnte.

Ich brauchte nur die Klinke herunterzudrücken, Léo hatte die Tür offengelassen. Wenn du ihn schlafen läßt, dachte ich, wirst du es dein Leben lang bereuen. Und wenn du ihn weckst?

Das Parkett knarrte. Ich sprang von einem Leben ins nächste, ich war auf der Flucht – in Freiheit. Alles schien schrecklich einfach nach dem, was bei meinem Onkel geschehen war. Die Wohnung roch nach Bohnerwachs. Ich hatte den Eindruck, nach einem langen Auslandsaufenthalt nach Hause zurückzukehren. Ich fand meine Familie wieder, die wahre, diejenige, die beschützt und tröstet, die einem den Weg zeigt, ohne es nötig zu haben, einem ihren Stempel aufzudrücken, und die einem nichts verbirgt. Léo oder das Gefühl der Zuflucht: einfache, Wärme ausstrahlende Möbel, über ein Sofa geworfen ein großes buntes Tuch, Bilder, weiter hinten das weiß-blau gekachelte Badezimmer. Ich hielt meinen Helm unterm Arm. Léo hatte sich mir lautlos genähert. Er nahm mir das Ding ab und legte es mit dem Knopfbeutel auf die Ablage über dem Heizkörper. Die Wanne war schnell voll. Ich spürte wieder dieses schmerzhafte Ziehen, ich hatte das Bedürfnis, mich hinzulegen. Ich sah den Sekundenzeiger, den Minutenzeiger vorrücken, ich war im Wasser, dann stand ich auf dem Vorleger, und jetzt, als Léo mir seinen Bademantel reichte, dachte ich wieder an Katz. Er kommentierte die Szene, du beugst dich nach vorn, sagte er, du brauchst keine Angst zu haben. Mein Onkel war auch da, im Morgenrock, und Josette sah mir zu.

Die Falte auf Léos Wange verschwand allmählich.

Ich knabberte das belegte Brot, das er für mich vorbereitet hatte (mit welcher Eilfertigkeit Léo meinen Wünschen zuvorkam). Eine unwiderstehliche Lust, die Nacht in einer Umarmung zu beenden, hatte mich zu ihm getrieben. Ich entdeckte, was weder Katz noch Paul mir hatten bieten können: eine strahlende, tiefe, unverkrampfte Zärtlichkeit. Ich seufzte vor Freude, vor Unbekanntem. Der Schlaf übermannte mich plötzlich. Gegen neun Uhr morgens weckte mich Léo. Er riet mir, nach Hause zu gehen, bevor meine Eltern sich Sorgen machten. Ich erzählte ihm, daß man annehme, ich hätte bei meinem Onkel geschlafen – und daß mein Onkel aus schwierig zu erklärenden Gründen nur schweigen könne. Léo sagte: Bis nächste Woche. Am Montag hatten wir zusammen Sport.

Müde machte ich mich wieder auf den Weg. Während ich meinen Roller vor dem Haus abstellte, sah ich mir gegenüber, wie einem Traum entstiegen, Pedro Santino auf seinem Rennrad daherkommen. Ich versteckte mich im Eingang. Er sah nicht zu mir herüber, doch er bremste, ließ den Lenker los, steckte einen Finger jeder Hand in den Mund und stieß einen gellenden Pfiff aus. Unter dem Schild des Hôtel des Voyageurs ging ein Laden auf. Katz erschien am Fenster.

XI

DER ARZT DIAGNOSTIZIERTE eine Bronchitis. Lange blieb ich im Bett mit dieser Vision von Katzens Kopf, der zwischen den halbgeschlossenen Fensterläden auftauchte. So war der König der Hypnose nach der Veranstaltung also uns gegenüber abgestiegen. In Wahrheit nicht besonders erstaunlich, da das Hôtel des Voyageurs das einzige ordentliche Etablissement der Stadt war, doch in meiner Aufregung wollte ich ein Zeichen des Schicksals darin erkennen. Ich hätte mich gern gezeigt, unser Wiedersehen gefeiert, aber wie sollte ich meinen Aufzug rechtfertigen, denselben wie im Futurclub, wie meine hohlen Wangen erklären und die Tatsache, daß ich nicht zu Hause geschlafen hatte? Am Vortag hätte ich nicht gezögert, nicht widerstanden, sollte man sagen, ich wäre Pedro entgegengestürzt, hätte Helm und Roller fahrenlassen, aber nachdem der Morgen gekommen war, wählte ich den Schatten und die Stille. Ich war in einer Nacht sehr gealtert.

Diese ungeheuere Entwicklung hatte nicht nur günstige Auswirkungen – sie war sogar die einzige, kurzfristig, versteht sich. Ich fieberte, verfiel abwechselnd in Zustände der Betäubung und des Überschwangs, Launen, die ohne jeden Übergang und ohne daß ich ihren Grund verstehen konnte, Besitz von mir ergriffen. Ich weinte oft. An der Wand meines Zimmers, an der Stelle von Perles Augen, zeichneten sich drei Punkte ab, die bald von geraden Linien verbunden wurden. Katz, Paul und Léo nahmen die Scheitel des Dreiecks ein. Ihre nach außen gewandten Blicke trafen sich nicht. Ich hüpfte von einem zum andern – und wenn ich bei einem war, dachte ich an die beiden anderen. Der gleiche

Alptraum wiederholte sich jede Nacht: Die Spirale von M. A. Pearl stützte sich auf diese drei Zentren, sie wickelte sich um mich, ich erstickte. Meine Mutter, alarmiert von meinen Hustenanfällen, kam an mein Bett. Sie klopfte nicht mehr an die Tür, bevor sie in mein Zimmer trat; ich haßte diese neuen Manieren. Sie hatte immer etwas in der Hand – wenn es nicht umgekehrt war: der Gegenstand hielt sie aufrecht, sie organisierte sich um ihn, er war ihr Vorwand, ihr Argument. Oft handelte es sich um einen Löffel Sirup (wie es ging, das Mütterchen, vorsichtig atmend, um das kostbare Naß nicht zu verschütten) oder um ein Thermometer, das sie mit geschäftiger Miene heftig schüttelte. Im besten Fall brachte sie mir ein *Calisson*, Marzipankonfekt, das sie mir wie eine Hostie auf die Zunge legte. Ich ließ die weiße Raute schmelzen, die glatte Seite am Gaumen. Allmählich entwickelte sich der Mandelgeschmack.

Trotz der Antibiotika wich die Infektion nicht; sie verlagerte sich. Ich tat nichts, um den Heilungsprozeß zu beschleunigen. Mir schien, als hätte ich die verlorene Zeit reichlich eingeholt, ich war meinem Alter voraus, ich gewährte mir eine Pause. Die Natur meiner Pläne veränderte sich nach chaotischem Muster. An dem einen Tag verließ ich mein Elternhaus und fuhr die Landstraßen ab auf der Suche nach dem König der Hypnose, am nächsten Tag machte ich erschöpft kehrt. Neben Kälte und Geldmangel stießen meine imaginären Fluchten auf ein großes Problem: Katz würde mir Post schicken, und ich wäre nicht da, um sie zu lesen.

Zwei Wochen nach der Vorstellung im Futurclub hatte ich seinen ersten Brief erhalten – eine kurze Botschaft, geschrieben auf den Rücken eines Faltblatts, das seinen *außerordentlichen* Auftritt im Jugendhaus von Mandelieu ankündigte. Das strenge «Warte auf mich» des signierten Fotos war sanfter geworden.

«Ich warte auf dich», schrieb Katz, «bis bald, in achtzehn Monaten.» Diese Umkehrung entzückte mich und fegte blitzartig das Gleichgewicht des Dreiecks hinweg. Paul und Léo wurden langweilig. Die geometrische Figur zog sich auseinander, wurde flach, wellte sich und verschwand schließlich in der Wand. Nur ein Punkt blieb übrig, die unveränderliche Achse, um die von nun an mein Denken kreisen sollte. Mehr als sein Blick beherrschte mich die Erinnerung an Katzens Stimme: dieser gleichförmige Ton, diese Art, seine Handlungen in einfache Worte zu hüllen, die krudesten Situationen zu beschreiben, ohne mit der Wimper zu zucken. Ich hätte ihm gern geantwortet.

Katz hatte mir weder seine Adresse noch das Programm seiner Tourneen hinterlassen.

Obwohl er sein Einmachglas fast nie verließ, bestand Paul darauf, mich bei meinen Eltern zu besuchen. Ich beschwor ihn, sich nicht zu bemühen. Ich legte keinen Wert darauf, daß er mich in diesem Zustand sah. Tante Josy persönlich überschritt die Demarkationslinie, um sich für ihn einzusetzen. Ich lehnte höflich ab. Wie um sich zu bedanken, schickte sie mir ein Buch.

Wider Erwarten gab Léo kein Lebenszeichen von sich. Er mußte erfahren haben, daß ich Bronchitis hatte, Angina, was weiß ich, Komplikationen. Seine Abwesenheit überraschte mich mehr, als daß sie mich betrübte. Ich fürchtete mich vor dem Tag, an dem ich wieder zum Sportunterricht gehen müßte. Schwebebalken, Kletterseil, Kugelstoßen... Léo würde meinen Körper mit neuem Blick arbeiten sehen. Schon der Gedanke, mit ihm zu reden, war mir unbehaglich. Vielleicht fühlte ich mich ihm zu Dank verpflichtet für das Vergnügen, das er mir gewährt hatte.

Sobald ich mich aus meinem Zimmer entfernte, wurde mir schwindlig. Ich konnte es nicht mehr ertragen, mit meinen Eltern am selben Tisch zu essen, ihrem leeren Gerede über die Kosten der Dinge beizuwohnen, zu sehen, wie sie anschließend in ihren Zähnen herumstocherten und mit dem Holzstäbchen irgendwelche Fasern aus ihrem Mund zogen, wie um ihre Unterhaltung mit diesen greifbaren Rückständen auszufüllen – Speiseresten, die sie flüchtig ansahen.

Ein zweiter Brief traf ein. Ich stellte in Katzens Schrift eine Nervosität fest, die mir bisher nicht aufgefallen war. Er habe eine traumhafte Woche «mit mir» an der Côte d'Azur, in der Nähe von Cannes, verbracht. Er werde mir bald den Entwurf für mein Bühnenkostüm schicken. Die Aussicht auf unsere Zusammenarbeit lasse seiner Phantasie Flügel wachsen. Das neue Programm würde alle landläufigen Vorstellungen über Hypnose zunichte machen. Es würde Epoche machen, wir wären die ersten, Katzens Begeisterung sprenkelte das Blatt mit lauter Ausrufezeichen und Auslassungspunkten. Ein Foto, auf dem er neben einer Bronzestatue posierte, war mitten auf die Seite geheftet. Die Skulptur stellte einen Greis von sonderbarer Schönheit dar. Magerer Oberkörper, leicht gebeugte Knie, so schien er auf die ganze Erde urinieren zu wollen. Unter seinem rechten Fuß ruhte der Kopf einer Frau mit langem Haar. Ihre Augen waren offen. Sie lächelte mit frecher Anmut. Auf dem Sockel betrachtete ein Engelchen seinen Nabel. Ein fröhliches kleines Mädchen zeigte mit dem Finger darauf. «Ich wohne in einem Schloß», schrieb Katz. «Die Fenster meines Zimmers gehen aufs Meer hinaus. Die *Joseph Conrad* hat zwei Masten. Es ist das schönste Schiff des Hafens. Wir könnten den Besitzer über Bord werfen, die Schiffsjungen behalten und zu einer Kreuzfahrt aufbrechen.»

Ich hatte nichts dagegen.

Die Tage wurden immer kürzer. Perle kam mir wieder mächtig in den Sinn. Ich hatte Lust, ihre Geschichte aufzuschreiben. Sie malte immer noch, aber ihre Arbeiten hatten sich sehr verändert. Ihre Palette war karger geworden. Ihre Figuren waren verschwunden. Übrig blieben flüchtige Formen, wie Körperabdrücke. Nach sechs Jahren Haft bereitete ihr Handelsvertreter sich darauf vor, seine Zelle zu verlassen. Er war in den Genuß eines Straferlasses gekommen. Er würde zu den Festtagen entlassen. Welche Tristesse, was für ein Geschenk, mitten im Winter mit leeren Händen – wieder in Freiheit.

Der Fußboden meines Zimmers war mit Papieren und Büchern übersät. Mein Französischlehrer brachte mir Arbeit nach Hause. Auf dem Boden liegend, folgte ich von weitem seinem Unterricht. Ich stellte mir das Klassenzimmer vor, die Stuhlrücken und ihre obszönen Graffiti, die Erdkundekarten. Manche Mädchen schreiben mit violetter oder südseeblauer Tinte. Ich hatte Lust zu reisen. Bald war Weihnachten, und die Kugeln wurden vom Speicher geholt, die Girlanden, die Tanne entflammt und erlischt, man wünschte, sie würde richtig brennen, doch nein, er wird nur gelb, der armselige Baum, bevor er die Nadeln auf den Teppich fallen läßt. Seit langem verzichtet man auf echte Kerzen. Die Fassade des Hotels war schon erleuchtet. All dieses Blinken verursachte mir Übelkeit. Ich war abgemagert. Der Arzt ordnete eine zweite Reihe von Untersuchungen an, bevor er mit seiner neuen Geliebten (ein Gerücht, nichts Gesichertes) aufs Land fuhr, drei Reagenzgläser mit sehr rotem Blut, eine Entnahme aus dem Hals, ausnahmsweise begleitete mich mein Vater ins Labor. Diese Geste freute mich. Seit ein paar Wochen zeigte er sich fast liebevoll. Mehr als meine Krankheit und die wiederholten Rückfälle beunruhigte ihn die Hartnäckigkeit, mit der ich die Besuche seines Halbbruders zurückwies. Mein Vater verbrachte seine Abende an meinem

Bett, und ich fragte mich, wer von uns beiden dem anderen Gesellschaft leistete. Er versuchte zweifellos, etwas nachzuholen. Ich bewunderte seine Ausdauer, aber wie sollte ich ihm erklären, daß es ein bißchen spät war, um all das zu bekommen, was er mir bisher vorenthalten hatte? Ich erwartete nur eines: daß er mit mir redete. Endlich entschloß er sich und fragte mich, ob in der Nacht, als ich bei Paul geschlafen hätte, nicht etwas Schlimmes vorgefallen sei. Nein, erwiderte ich, nichts Schlimmes.

Mein Vater fragte nicht weiter, entschuldigte sich sogar und ging zu meiner Mutter ins Wohnzimmer. Am nächsten Abend versuchte er es noch einmal. «Ich habe den Eindruck», erklärte er, «daß du uns gar nicht mehr siehst.»

Was sollte ich antworten. Ich war woanders, mein Vater hatte recht. Daß er es nach so vielen Jahren der Gleichgültigkeit merkte, weckte in mir Emotionen, die ich während meiner Kindheit kaum Gelegenheit gehabt hatte zu empfinden, eine Gefühlsaufwallung zu diesem durchsichtigen Vater hin. Ich wollte mich erheben, aber er ließ es nicht zu. Er kam zum Bett, zog die Decke hoch, die weggerutscht war, steckte sie um mich fest. Dann legte er mir die Hand auf die Stirn, wie Paul es hätte tun können. Ich fühlte mich ganz klein.

«Du bist jetzt groß», murmelte er. «Ich muß dir etwas gestehen. Du sagst es niemand weiter, nicht wahr?»

«Niemand.»

«Also gut. Ich...»

Er strich mir übers Haar. Seine Handfläche war feucht. Ich ergriff sein Handgelenk. Ich konnte diese mechanische Geste nicht ertragen.

«Paul», stammelte er, «kannte deine Mutter vor mir.»

Der Ring um meinen Hals wurde enger. Was wissen, wen kennen und warum? Meine Mutter, Akkusativobjekt, mein Onkel, vorher. Das Subjekt, vorher. Kennen, inwieweit?

Man mußte die Sätze analysieren, ihre Struktur verstehen, doch die Dunkelheit breitete sich allmählich im Zimmer aus. Perles Bilder waren nie mehr gerahmt. Sie glichen Vorhängen, Ländern, die wie der Nikolausmantel an Nylonfäden aufgehängt waren. Ein Onkel, eine Mutter, man hätte sie unter Glas stellen, sie eingrenzen sollen, Schluß machen mit der Vergangenheit, den Lügen und den Unterschiebungen.

Gleichsam eine verzweifelte Anstrengung, eine Erinnerung wiederzufinden.

Wir gingen zusammen, Perle war müde, die Spuren verwischten sich unter unseren Schritten. Ich wurde nicht gern geschüttelt, warum schüttelte man mich, der Boden brach ein, ich kam wieder zu mir. Mein Vater war immer noch in meinem Zimmer. Er fragte mich, ob ich mich besser fühlte. Ich hatte ein Kribbeln in den Armen. Würde er mich nicht in Ruhe lassen? Blitzartig sah ich die Szene vor mir. Ein Streit. Der berühmte karierte Morgenrock lag auf dem Boden und ich darauf, glaube ich, oder eher zugedeckt, eingewickelt. Meine Mutter in Holzsandalen versuchte die beiden Brüder zu trennen. Ihre Beschimpfungen versetzten mich in Angst und Schrecken. Mein Vater gab mir eine Ohrfeige, weil ich weinte. Mein Onkel verteidigte mich. Er wollte mich mitnehmen. Ich reckte mich mit meinem ganzen Wesen ihm entgegen, doch in dem Augenblick, als er mich hochheben wollte, packte ihn mein Vater von hinten, er würgte ihn, Paul ließ sich fallen, um sich aus der Umklammerung zu lösen, die beiden Männer wälzten sich zu meinen Füßen.

Mein Onkel und sein Halbbruder, zu meinen Füßen. Meine Mutter trug mich zum Ehebett. Sie wollte mir den Morgenrock aus den Händen reißen, ich klammerte mich mit aller Kraft an den seidenen Aufschlag eines Ärmels.

Von diesem Tag an war Paul aus dem Haus verschwunden. Mein Vater übrigens auch, obwohl er dablieb, ein bleicher und schweigsamer Hausherr, selbst in Angst und Schrecken versetzt durch die Erinnerung an diese Schreie.

Fieber und Schwindelanfälle wichen erst beim Lesen des dritten Briefes von Katz. Der Befund des Labors kam gerade recht, um meine wiedergewonnene Energie zu rechtfertigen. Alles war normal, so normal, daß es anormal erschien. Konnten die Reagenzgläser falsch etikettiert worden sein? Meine Mutter schien enttäuscht, wie gedemütigt. Ihr blieb nichts mehr zu befürchten, nichts Greifbares, was eine brauchbare Grundlage für ihre Sorgen abgegeben hätte. Mein Vater machte eine Flasche Champagner auf. Auch ich hatte etwas zu feiern: Katz gab mir in seinem letzten Brief endlich eine Adresse, die von Pedro Santino, seinem Assistenten. Er wohnte in Chevilly-Larue, in einer Sackgasse. Er selbst würde mir von nun an postlagernd schreiben.

Wie rasch ich wieder zu Kräften kam! Munter trank ich auf das Wohl aller, schenkte der Kamera ein unvorhergesehenes Lächeln – denn meine getröstete Mutter wollte ein Foto machen, ich werde es den Stammkunden von Crinoline schikken, sagte sie, überglücklich, endlich ein strahlendes Bild der Familie präsentieren zu können. Mütterchen, sie hatte nicht viel Glück mit uns gehabt, zwischen mir und meinem Onkel... Ich gab mein Bestes vor dem Objektiv. Ich legte meine Hand auf ihren Schädel. Ich dachte an Bib. Mein Vater kam zu uns gelaufen. Er hatte seine Brille abgenommen. Der Apparat war mit einem Selbstauslöser ausgestattet. Wir wußten noch nicht, daß das Foto unscharf sein würde.

Es gelang mir mit meiner guten Laune nicht, den Argwohn meines Vaters völlig zu zerstreuen. Wie jeden Tag seit dem Beginn meiner Krankheit verbrachte er einen Teil des

Abends an meinem Bett. Ich schlief erst ein, wenn er das Zimmer verließ. Etwas an ihm machte mir angst. Ich wahrte lieber Abstand, und das war nicht mehr nur eine Frage der Gewohnheit: die Erinnerung an den Streit mit Paul, diese Ohrfeige, seine Art, den eigenen Bruder von hinten anzugreifen und ihn dann aus dem Haus zu jagen, verstärkten meine Befürchtungen.

Auf die Bitternis, die es bedeutete, Katz nicht antworten zu können, folgte das Vergnügen, mit vollen Händen geben zu dürfen. Nachricht zu geben, Eindrücke mitzuteilen. Nach und nach sich anzuvertrauen, wie nur Briefe es zu tun erlauben, mit kleinen endgültigen Pinselstrichen.

Eine Legende muß genährt und gepflegt werden. Katz kannte sich aus auf dem Gebiet. Er erzählte mir von seinen Nächten, den vollen Sälen, dem Rauhreif und den Rutschpartien Pedro Santinos. Er zog mich an, zog mich aus, phantasierte von den Veränderungen meines Körpers und seines Programms. Wir schrieben uns so viel, daß bald zwischen allen Seiten von *Hypnose für jedermann* eine Botschaft von ihm steckte.

Neben dieser Korrespondenz – die meine Tage zur Hälfte und meinen Geist fast ganz in Anspruch nahm – ging ich wieder zur Schule. Dort wurde ich zumindest nicht durch Thermometer und anderes unpassendes Eindringen in meine Privatsphäre gestört. Mir schien, die Beziehungen zu meinen Lehrern waren unverkrampfter geworden. Unter den Schülern interessierten sich nur wenige für mich. Die Jungen wagten sich nicht an mich heran. Mein Ernst schreckte sie ab. Ich hatte es einrichten können, bis zum Ende des Schuljahrs vom Sportunterricht befreit zu sein. Ich sah Léo also nur in der Mittagspause, ganz angezogen, was die Sache erleichterte. Ich legte mir in seiner Gegenwart einen kleinen chronischen Husten zu, um ihn auf Distanz zu halten, wie ein Hund, der knurrt oder die Zähne zeigt. Er war zu verführerisch, als daß ich nicht meine Vorkehrungen traf. Ein bißchen Asthma, seufzte ich, die Folgen des Infekts. Mehrmals lud er mich zu sich ein. Ich lehnte ab. Er schenkte mir ein Flaschenschiff – Léo hatte seine Weihnachtsferien allein auf der Insel Mauritius verbracht. Er muß mich etwas verwirrt gefunden haben in der Art, wie ich mich bedankte. Meine erste Reaktion war zu versuchen, den Korken herauszuziehen. Er war mit rotem Wachs versiegelt. Ich hatte Lust, den Hals abzuschlagen. Ich dachte an die *Joseph Conrad*, den Zweimaster im Hafen von La Napoule, in der Nähe des Schlosses.

Léo erklärte mir, er fühle sich schuldig, weil er mir nichts geschickt hatte, während ich krank war. «Es war zu riskant», entschuldigte er sich, «wenn deine Eltern entdeckt hätten, daß wir, daß du und ich...»

Seine Schuld diente als Vorwand für meine Gleichgültigkeit. Wir sprachen kaum miteinander. Er sagte, daß er mich liebe.

Zum siebzehnten Geburtstag schenkte ich mir eine annehmbare Note in der Französischprüfung des Abiturs und die Lektüre des vorletzten Kapitels des Lehrbuchs. Zuerst wehrte sich etwas in mir. Vielleicht hatte Paul recht. Das Buch war alt, seine Form aus der Mode gekommen, und ich war größer geworden. Ich war nicht mehr das von den magischen Formeln faszinierte kleine Mädchen und auch nicht die Jugendliche, die sich gegen die Befehle des Verfassers auflehnte. Ich las mit einer gewissen Gleichgültigkeit, manchmal belustigt, doch bald war ich durch eine dieser Verkürzungen, die M. A. Pearl beherrschte, einmal mehr von seinen Worten gefangen. Diese Vorliebe fürs Paradox, diese Fähigkeit, die Situationen umzukehren und dich auf dein Privatleben zu verweisen, als könnte sich das Gesagte nur an dich, und an dich allein, wenden, das war faszinierend. Das war mehr als die Darstellung einer Technik: eine Handschrift, ein

Universum, Intuitionen. Das vorletzte Kapitel hieß «Die wiedergefundene Geburt» und begann so: «Die Hypnose hat die Fähigkeit, die Versuchsperson in einen früheren Zustand zurückzuversetzen. Wenn Sie die unten beschriebenen Übungen täglich ausführen, wird es Ihnen bald gelingen, wo immer Sie sind und ohne besondere körperliche Disposition, eine momentane Unterbrechung zu erreichen. So werden Sie die Grenzen Ihres Gedächtnisses erweitern und allein durch Ihre Haltung einen Raum für fruchtbare Phantasien schaffen. Vergessen Sie nie: Sie wissen viel mehr, als Sie glauben. Die Unwissenheit hemmt Sie. Das verborgene Wissen ist gefährlicher als eine scharfe Klinge. Zögern Sie nicht, die Verbindung zwischen Ihnen und Ihrer Vergangenheit wiederherzustellen.»

Es folgte eine Reihe von Übungen, die all dem ähnlich waren, was ich bisher ausprobiert hatte. Abschließend erwähnte der Verfasser die Möglichkeit, unter Selbsthypnose zu schreiben, er sprach von der Persönlichkeitsspaltung – wobei die beiden Personen in dir zusammenarbeiten – und davon, wie leicht es war, die Informationen zu hören und zu analysieren, die man dann bekam. Von diesen Empfehlungen angeregt, begann ich, mein Tagebuch im Zustand der Lethargie zu schreiben. Meine Hand ließ sich vom tintengefüllten Federhalter führen, an manchen Tagen eilte die Feder übers Papier, dann wieder blieb sie faul stehen, bis ein Loch im Papier war. Beide Varianten erschienen mir im Augenblick gleichbedeutend.

Ich getraute mich nie, dieses Verfahren anzuwenden, um dem König der Hypnose zu schreiben. Seine Sätze waren kurz, seine Worte derart abgewogen. Ich meinerseits hatte nicht viel zu erzählen. Ich wartete brav. Das Wesen meines Glücks ließ sich mit einem Satz benennen: Seit meiner Begegnung mit Katz hatte ich etwas zu verlieren.

XII

DIE HÄUFIGKEIT, MIT DER ICH zur Post ging, weckte die Neugier meiner Eltern. Ich belog sie, und sie merkten es – daher war ich gezwungen, in einen anderen Raum als den meiner Einbildungskraft zu fliehen.

Seit dem Vortag bedrängte mich meine Mutter mit Fragen. Nun beschuldigte sie Paul, irgendwelche unerhörten Verführungskünste auf meine Person angewandt zu haben, die zur Folge gehabt hätten, mich «gegen sie aufzuhetzen». Sie trieb die Lächerlichkeit so weit, daß sie mir befahl, ihr die Briefe auszuhändigen, die ich zweimal in der Woche heimlich erhielt. Meine Mutter hatte Nachforschungen angestellt – die Postangestellten würden bei Crinoline von jetzt an zu konkurrenzlosen Preisen einkaufen.

War ich in meinem Alter meinen Eltern noch Rechenschaft schuldig? Ich nutzte einen Augenblick, als sie beide vor der Mattscheibe saßen, gebannt vom Bild eines Landes im Aufruhr, um mich davonzumachen. Mein Roller lief noch gut.

Bevor ich ging, leerte ich den Knopfbeutel in die elektrische Friteuse und stellte sie an, als Huldigung an Bernard, Tante Josette, meine so wunderbaren Eltern und alle Mokassins der Erde.

Um meine Beziehung zu Katz nicht zu gefährden, bat ich ihn, mir bis auf weiteres keine Post mehr zu schicken (eine unvorhergesehene Reise, gab ich vor, bald würde er verstehen). Es war zu spät, um mich mit ihm zu verabreden, aber ich war überzeugt, daß durch jenen Zufall, der uns immer günstig gewesen war, unsere Wege sich kreuzen würden. Seine letzte Postkarte war zwei Tage zuvor in Charleville-

Mézières aufgegeben worden. Sie stellte das bläuliche Gesicht eines Rimbaud dar, das über einem Chrysanthemenbeet aus den Wolken auftauchte. Nächste Etappe, schrieb er, Waterloo. Als Unterschrift hatte Katz ein Schiff und eine Flasche Champagner gezeichnet. Die Polizei nahm mich am nächsten Morgen fest, als ich versuchte, die belgische Grenze zu passieren.

Nach Belgien abzuhauen, das verstand kein Mensch. Ich wartete lange in einem Glaswürfel, wo ich einem neurasthenischen Zollbeamten gegenübersaß, den allein schon das Kaugummikauen zu erschöpfen schien. Manchmal läutete das Telefon. Er blickte seufzend zum Apparat. Noch am selben Nachmittag kehrte ich in meine Heimatstadt zurück, eskortiert von zwei uniformierten Polizeibeamten. Ich hatte mich so gewehrt, daß sie gezwungen gewesen waren, mir Handschellen anzulegen. Als Gefangene kam ich zurück, und ich hatte keinerlei Verlangen, unbemerkt zu bleiben. Wir überquerten den Marktplatz. Vor dem Gymnasium rief ich den Namen eines Mädchens aus meiner Klasse. Fenster gingen auf, es war die Stunde des Philosophieunterrichts. Ich war entzückt: endlich hätte ich dem König der Hypnose etwas zu erzählen.

Das Wiedersehen mit meinen Eltern verlief allzu ruhig, um nicht schmerzlich zu sein. Sie machten mir keinen Vorwurf, wollten sich damit begnügen, wie sie sagten, das Geld für eine neue Friteuse in mehreren Monatsraten von meinem Taschengeld einzubehalten. Das war der Preis, den ich zahlen mußte, rein materiell, es fiel kein lautes Wort, man sprach weder von den Knöpfen, ihrem Geruch oder der Brandgefahr noch von dem heimlichen Briefwechsel. Nichts. Leere, um zu versuchen, das Übermaß einzudämmen. Stummer Zorn, hinuntergeschluckte Worte, gerunzelte Stirn – die Masken folgten einander, das roch nach Sozialfürsorge, Einkaufszentren und Angst vor schlechtem Umgang. Meine Mutter starrte mich mit ihren roten Augen an. Sie wartete darauf, daß mein Vater endlich seine Verantwortung übernahm. Ihre Tochter war straffällig. Vielleicht nahm sie Drogen, wie sollte man sonst ihren verschwommenen Gesichtsausdruck und ihre blasse Haut erklären? Meine Eltern hatten sich die Rollen geteilt – endlich einmal zwang sie etwas, sich zu verständigen. Ich begriff, daß meine Haltung notwendig, um nicht zu sagen unerläßlich war für das Überleben ihrer Ehe. Dieser Gedanke vertrieb jedes Schuldgefühl in mir. Sie wollten wissen, ob mich jemand gedrängt habe, das Haus zu verlassen. Man sprach den Namen des Halbbruders nicht aus. Ich blieb ungerührt. Katz stand mir bei. In Gedanken schrieb ich den Brief, den ich ihm am nächsten Tag schicken würde.

Ich verwendete einen guten Teil der Nacht darauf. Die Antwort kam postwendend. Der Inhalt überraschte mich. Katz hielt mir eine Strafpredigt, wie meine Eltern es nicht gewagt hatten. Barsche Sätze, an denen nichts durchgestrichen war, Fragen. Ausreißen, und was denn noch? Ich würde alle seine Pläne kaputtmachen, er war verzweifelt, hielt mich für vertrauenswürdiger, Pedro wäre niemals in der Lage, ihm bei seinem neuen Programm zu assistieren – einer Folge von speziell für mich konzipierten Nummern, schrieb er noch, belohnte ich so seine Geduld?

Er küßte mich nicht, beschränkte sich darauf, mit einem wütenden Initial zu unterschreiben.

Katzens Entrüstung rührte mich. Seine Vorwürfe ließen mich meine Eskapade nicht bedauern, im Gegenteil. Zum erstenmal seit unserer Begegnung behandelte er mich wie eine wirkliche Person – jung, gewiß, aber fähig zu existieren, groß zu werden und ihm zu entwischen. Je näher das Datum meines Geburtstags kam (und damit die Möglichkeit, mich ihm anzuschließen, ohne das Gesetz zu übertreten), desto mehr verspürte ich das Bedürfnis, das Bild ein wenig zurechtzurücken. Ich war nicht sein Eigentum, ich war nicht Perle, und vor allem war ich nicht allein. Da war noch mein Onkel, auch wenn ich ihn lange nicht gesehen hatte, und Léo blieb ein treuer Verbündeter. Er unterrichtete jetzt an einer anderen Schule in der Gegend, aber er wohnte immer noch in Sagny. Wir sahen uns oft in der Stadt. Ein einziges Mal hatte er versucht, mit mir über unsere Nacht zu sprechen. Ich hatte getan, als verstünde ich nicht. Ich mochte ihn auch gern.

An meinem achtzehnten Geburtstag packte ich meine persönlichen Dinge in einen Rucksack – ein paar Kleidungsstücke, Kugelschreiber, Papiere. Während ich auf den Zug nach Paris wartete, las ich den Schluß des Lehrbuchs. Ein Mann bat mich um Geld. Seine Knöchel waren mit Lappen umwickelt, die von roten Schnürsenkeln gehalten wurden. Eine große Traurigkeit überkam mich. Ich dachte an den Bärtigen, der mir den Besuch des Futurclub ermöglicht hatte. Arbeitete er immer noch bei der Eisenbahn? Ohne ihn hätte ich den König der Hypnose nie kennengelernt.

Katz wäre an der Gare de l'Est. Er hatte es mir versprochen. Wir würden gleich am nächsten Tag in die Normandie, in die Nähe von Lisieux, fahren, wo er einen Auftritt hatte. Ich würde ihm als Versuchsperson dienen. Zwei Monate zuvor hatte er mir angeboten, ein paar Tage in Sagny zu verbringen, damit wir uns besser kennenlernen könnten. Ich glaube, als das entscheidende Datum näherrückte, wurde ihm das Gewicht seiner Verantwortung für mich bewußt. Leider wurde er krank und mußte seine Reservierung im Hôtel des Voyageurs rückgängig machen. Seine letzten Briefe waren weniger begeistert als die früheren, meine Antworten kürzer, unsere Sprache unbeholfen. Wir redeten von Perspektiven und beruflicher Organisation. Die Proben würden am Stadtrand von Paris stattfinden. Für den Anfang hätte ich mein Zimmer bei Pedro Santino in Chevilly-Larue. «Du wirst sehen», schrieb er, «das hat gar keine Ähnlichkeit mit Sagny. Hier ist es ruhig, aber nicht tot. Es gibt viele Kinder und graugekleidete Schwestern, den Markt von Rungis, die Scherben auf der Nationalstraße und ein kleines Bistro in der Cité des Sorbiers, wo man einen köstlichen Kir mit Sancerre trinkt, also, ich bin sicher, daß es dir gefallen wird.» Er erzählte mir noch von den Hochspannungsleitungen, die den Himmel durchschnitten, von der Bücherei («Du liest doch gern») und vom Radrennpreis des Stadtrats, 23 Runden, 80 Kilometer, Pedro würde teilnehmen, er trainierte jeden Abend bei den Markthallen. Diese Lawine von Informationen über mein zukünftiges Leben machte mich nachdenklich, es fiel mir schwer, mir vorzustellen, wie so disparate Elemente sich verbinden könnten. Beim Blick auf die Karte sah ich, daß die frühere Werkstatt meines Onkels sich nicht sehr weit von dort befand, man brauchte nur L'Haÿ-les-Roses und Villejuif zu durchqueren. Diese Nähe tröstete mich. Nur eine Sache beunruhigte mich: Katz hatte mir immer noch nicht seine private Adresse geschickt. Ich fürchtete mich vor der Ankunft in Paris. Warum sollte ich bei Pedro Santino wohnen?

Manchmal machte ich mir angst. Ich sagte mir, er sei verheiratet. Wäre es nicht vernünftiger gewesen, einen Beruf zu erlernen, etwas, das mir allein gehörte, damit ich nie wieder von jemandem abhängig wäre?

Es war zu spät. Ich hatte meine Schlüssel und die von Paul bei meinen Eltern gelassen, gut sichtbar an einen Nagel gehängt zwischen dem Dreieck und der Spirale, der Achse Katzens und den Augen meiner toten Freundin – im Zentrum meiner ganz persönlichen Geometrie, dort, wo mein Vater immer nur eine schmutzige Wand sehen würde, eine Wand, die gestrichen werden müßte. Ich war fortgegangen, ich konnte nicht nach Hause zurück, ich hatte keinen Wohnsitz mehr.

Aus einer Telefonzelle in der Nähe des Schalters rief ich im Laden an. Meine Mutter flötete: «Crinoline, guten Tag, einen Augenblick bitte.» Als sie meine Stimme erkannte, fragte sie mich in einem ganz anderen Ton, was ich denn schon wieder wolle, und ich nahm ihr dieses *Schon wieder* sehr übel, wo ich doch so selten das Wort an sie richtete. Sie entfernte sich vom Telefon. Ich hörte, wie sie die Farbe einer Seidenbluse pries, «helles Khaki, das ist hübsch», gurrte sie. Ihre Kundin mußte schwerhörig sein, sie wiederholte den Satz schreiend. Es gab eine lange Pause. Hatte sie mich vergessen? Die Münzen fielen ins Gehäuse des Apparats. Die Kundin schien nicht überzeugt. Erneut kam es lautstark: «Das ist Mode, helles Khaki», meine Mutter ereiferte sich, «und außerdem paßt es zu allem! Helles Khaki und Gelb, helles Khaki und Fuchsia, helles Khaki und Himmelblau...»

Wenn man sie hörte, paßte alles zu allem. Ich hatte fast kein Kleingeld mehr. Ich beschwor meine Mutter, mir ein paar Sekunden zu gewähren. Sie hörte nicht. Es klirrte. Ich legte auf. Sie würde meinen Zettel auf dem Küchentisch finden. Ich hatte versucht, die Bedeutung meines Weggehens herunterzuspielen, indem ich den Umfang der Erklärungen einschränkte. «Ich bin achtzehn», hatte ich geschrieben, «erwartet mich nicht zum Abendessen. Danke.»

Beim Durchlesen hatte ich gefunden, daß der Dank überflüssig sei, vielleicht kränkend, sicherlich ungerecht. Meine Eltern verdienten etwas Besseres. Ich strich die fünf Buchstaben aus und fügte hinzu, sie sollten sich keine Sorgen machen, sie würden von mir hören.

Die Absicht war gut, aber die Formulierung konnte Verwirrung stiften. Ich merkte es leider erst, als ich die Haustür zugeschlagen hatte.

Eine gleichgültige Stimme kündigte an, daß der Zug nach Paris zwanzig Minuten Verspätung haben würde. Die Wartenden schleppten ihre Koffer zu den Bänken. Es gab nicht genug Platz für alle. Die Auslese fand statt, ohne daß ein Wort gewechselt werden mußte. Ein einsamer Rothaariger setzte sich auf seinen Katzenkorb. Ich ließ mich am Nebengleis nieder und vertiefte mich erneut in das Buch von M. A. Pearl.

Das letzte Kapitel analysierte die Vorgänge der posthypnotischen Suggestion, jene Art und Weise, im eigenen Gehirn oder in dem der anderen eine Idee zu säen, die fähig ist, ohne unser Wissen zu keimen und sich ohne die Hilfe – oder die Hemmung – unseres Willens zu entwickeln. «Die Entfaltung der Persönlichkeit», schrieb der Autor, «geschieht dann über die Betäubung eines gewissen Teils von uns selbst.» Man war wieder bei den Lehren der ersten Lektion. «An das Gehirn zu denken», schrieb M. A. Pearl, «an das Gehirn, das uns dazu dient, an das Gehirn zu denken; es durch die Luke zu beobachten, es kennenzulernen, es innig zu lieben, durch Übertragung und nach dem gleichen Verfahren seinen ganzen Körper zu öffnen, das heißt auch, aufzubrechen zur Entdeckung des Universums. Die in diesem Werk nur knapp dargestellten Techniken gehen dann über das Stadium des Gesellschaftsspiels hinaus. Sie gewähren nicht nur Zugang zu einem uralten Gedächtnis der Menschheit, sondern auch zu einem mikroskopischen Gedächtnis im Maßstab der Zellen.

Der bewußte Teil unserer grauen Substanz geht nur zu einem winzigen Teil in diese doppelte Wahrnehmung ein.»

Ich übersprang ein paar Seiten. Ich konnte mich nicht konzentrieren, ich war mit dem Kopf anderswo. Jetzt verließ ich also Sagny. In meiner Abwesenheit würde alles im selben Rhythmus, nach denselben Traditionen weitergehen: der Reigen der neuen Mode und die Werbewochen in der Fußgängerzone, die Lieferung der Schlachtteile, die überfüllten Mägen vom Sonntagnachmittag, der Ausverkauf, die Sportschau, die Langeweile – vor allem die Langeweile. Sagny, oder eine gewisse Seelenruhe im Nichtsehrschönen, Wohlgenährten, kein Schandfleck (aber auch nichts Herausragendes), ein vom Wiederkäuen schweres Gleichgewicht, das weder das Schwimmbad noch die Müllverwertungsanlage in seinen Grundfesten erschüttern konnten.

Die Durchfahrt eines Zuges auf dem Nebengleis wurde angekündigt. Die Lautsprecher begannen zu pfeifen. Man sollte sich von der Bahnsteigkante entfernen. M. A. Pearl äußerte sich nebulös über die Geburt einer neuen Spiritualität. Kein Kreuz und keine Buße mehr, sondern die Ankunft einer Spirale, weich und weit wie ein Streifen lockerer Erde. Der Wille ist nichts, hieß es, gegen die Macht der Einbildungskraft! Das Buch schloß mit diesem kursiv gedruckten Zitat von Edgar Allan Poe: «Die Organe sind notwendige Käfige, in denen die unfertigen Lebewesen eingesperrt sind, bis sie mit all ihren Federn geschmückt sind.»

Ich sagte den Satz halblaut vor mich hin. Meine Arme wurden leicht. Ich wiederholte ihn noch einmal. Es war schön, sich mit Federn zu schmücken, zu fliegen, von der Bahnsteigkante davonzufliegen. Die anderen Fahrgäste sahen anderswohin, zur anderen Seite. Einen Augenblick lang war ich versucht, mich aufzuschwingen, eine Lokomotive, gefolgt von einigen Wagen, fuhr in den Bahnhof ein, sie würde nicht anhalten. Ich trat an die Kante, holte tief Atem und warf *Hypnose für jedermann* auf die Gleise.

Der Wind, der Eisengeruch. Meine Beine begannen zu zittern. Ich mußte mich niederhocken. Ich konnte gerade noch sehen, wie das Buch sich unter dem ersten Räderpaar krümmte, dann wurde ein zerfetzter Teil in die Luft geschleudert. Die Papierflut umspülte die Seitenwände des letzten Wagens, stagnierte eine Sekunde zwischen Himmel und Erde, bevor sie auf den Schotter niederging.

Der Zug transportierte Kühe. Ein feuchtes Maul, eingekeilt zwischen dicken Stangen, hatte sich hin und her bewegt, als wollte es ein Stück Lehrbuch auffangen.

Etwas war gestorben, und doch blutete nichts, keine Flüssigkeit war aufgespritzt. Weder ein grünliches Rinnsal noch eine rote Lache. Ein trockenes, herzzerreißendes Zermalmen. Mehrere Wochen lang konnte ich kein zugeschlagenes Buch ansehen, ohne das Gefühl zu haben, ich müßte erstikken. Die aufeinandergepreßten Blätter, diese vollkommen reproduzierbaren und so gut organisierten Zeichen, diese eingepaßten Gedanken verursachten mir ein Unbehagen.

Schrilles Bremsenquietschen. Man drängte sich auf dem Bahnsteig gegenüber. Ich riß mich los von dem Schauspiel des Lehrbuchs – dessen, was davon übrig war, und mir war bewußt, daß ich im Grunde nur mir selbst zusah – und stieg in den Zug nach Paris. Ein Mann, der dem Besitzer der Confiserie von Sagny ähnelte, ließ die Tür seines Abteils aufgleiten. Er musterte mich, wie man mit der Hand in einen Schuh faßt, um die Qualität des Leders zu prüfen. Ich schauderte. Die Katze des Rothaarigen miaute in ihrem Korb. Man mußte ihr zu fressen geben, armes Tier. Meine gefangenen Lungen füllten sich und leerten sich wieder. Rosafarbene weiche Masse. Der Süßwarenhändler sah mich immer noch an. Ich entfernte mich von ihm, hin und her geschüttelt, keuchend, hastig die Durchgänge zwischen den Wagen passierend. Endlich setzte ich mich auf einen Klappsitz im Gang. Wie viele Kilometer trennten mich noch von Katz? Ich malte mir diesen Raum zwischen uns aus, diesen Raum, der kleiner wurde, je länger ich ihn mir vorstellte, während der, der mich mit dem Süßwarenhändler verband, gleichblieb. Ich zählte die Masten, die Autos, die Häuser, ich schätzte die Höhe der Bäume – und die Tunnels verschluckten mich und meine ziellosen Rechnungen.

Die Nacht brach herein. Ich versuchte wach zu bleiben. In der Gare de l'Est sollte ich einen normalen Eindruck machen.

XIII

ZUERST SAH ICH DAS RAD EINES FAHRRADS über der Masse der Reisenden in die Luft ragen. Kaum aus meinen schweifenden Eisenbahngedanken erwacht, wurde ich in einen Strudel gerissen. Pedro ergriff meinen Rucksack und schob mich zu Katz. War es ein Überlebensreflex oder geteiltes Gefühl? Wie zwei Chamäleons, die die Farbe der Umgebung annehmen, um der Gefahr zu entgehen, fielen wir einander in die Arme. Es war sanft und brüderlich, viel weniger einschüchternd, als ich es mir vorgestellt hatte. Katz sagte mir nicht, ich sei groß geworden oder ich sähe gut aus. Er mied alle Fallen, seine Rede strömte warm, und ohne daß ich wußte, wie mir geschah, fand ich mich auf dem Rücksitz eines Taxis wieder und dann, nach endloser Fahrt, in einem Restaurant in der Nähe von Pedro Santinos Wohnung. Es gab Hummer mit Sauce Cardinal auf der Karte und dieselben im Wasser mit zusammengebundenen Scheren am Eingang. Katz bestellte Champagner. Pedro, erklärte er mir, würde bald zu uns stoßen. Er kam nach den Froschschenkeln, schweißgebadet, in der Hand hielt er immer noch sein Rad, das er unter den Tisch legte. Er ließ es nie am Rahmen, aus Angst, es könnte gestohlen werden. Die Nacht brach herein. Auf der dreieckigen Terrasse gingen die Lampions an. Pedro hob ab und zu das Tischtuch hoch und schaute nach, als erwartete er, jemand auf allen vieren zwischen unseren Füßen zu überraschen. Ich schlug die Beine übereinander. Er zeichnete ein apokalyptisches Bild von der Organisation der Verbrecher in der Pariser Region. «Sie operieren in Gangs», versicherte er, «daneben ist Chicago harmlos.»

Das Bild von Chouquette, die ihren Gummiknochen zwischen den Zähnen festhielt, kam mir in den Sinn, während Pedro seinen Einschüchterungsversuch fortsetzte. Ich warf ihm ein breites Lächeln zu. Meine gute Laune paßte nicht zu seinen düsteren Voraussagen. «Sie können sich über mich lustig machen», sagte er, «aber Sie werden sehen, bald wird man sich nicht mehr getrauen, auf der Straße spazierenzugehen.»

Ich schaffte es nicht, wieder ernst zu werden.

«Man muß natürlich sein Lager wählen», schloß Pedro mit geheimnisvoller Miene, bevor er sich ostentativ dem König der Hypnose zuwandte. Katz schüttelte gutmütig den Kopf. Er sah uns an wie zwei streitende Kinder. Chouquette legte ihr feuchtes Maul auf meinen Schenkel. Sie wollte ein Stückchen Kuchen. Die Blätter der Bäume begannen sich rot zu färben. Mein Onkel strich mir übers Haar. Wir saßen auf einer Bank im Square Malassis, Paul erzählte mir grauenhafte Dinge über das Hospiz von Bicêtre. Im 18. Jahrhundert zeigte man dort die Irren wie seltsame Tiere, für sechs Kupferstücke. Die Gefangenen waren in feuchten Rattenlöchern angekettet. Er sprach von jenem 1836 freigelassenen burgundischen Pfarrer, der seine Geliebte zerstückelt hatte. Ich hörte ihm fasziniert zu. Bald mußte ich wieder mit dem Bus zur Gare de l'Est fahren, meine Mutter treffen, nach Sagny und zu dem Leben ohne Geschichte zurückkehren.

Ich hatte Fisch bestellt. Katz hatte angefangen, von der letzten Reise zu berichten. Jede Anekdote verwies auf die nächste, jede Stadt auf eine andere Stadt. Unsere Tischnachbarn ließen sich kein Wort entgehen. Als er leiser redete, beugten sich ihre Körper schräg zu unserem Tisch herüber. Ihr Linsengericht wurde kalt. Ich konzentrierte mich auf das Verhältnis zwischen diesen drei Gegebenheiten: die Temperatur des Essens und die Intensität von Katzens Stimme verhielten sich umgekehrt proportional zu der Neigung der beiden Oberkörper (eine schwindelerregende Gleichung, deren Lösung vielleicht ich war, die ich aufrecht vor meinem in brauner Soße schwimmenden Fisch saß). Mir drehte sich ein bißchen der Kopf, ich hätte gern gehabt, daß man die Lichter gelöscht hätte. Was sollte ich meinen Eltern sagen, wenn sie mich fanden? Ihre Tochter war dem König der Hypnose auf die Straße gefolgt. Sie wollte weder Kontoristin noch Kinderschwester werden. Seit sie fortgegangen war, bekam die Welt um sie herum einen Sinn.

Um sie herum, um mich herum... Ich bekam jetzt schwer Luft. Die Nachbarn nahmen zuviel Raum ein, sie drangen in unsere Welt ein, füllten jede Lücke, schweigend, zwischen den Punkten torkelnd wie honigtrunkene Bienen. Zum Glück machte Katz dieser Plage ein Ende. Ohne daß es vorauszusehen gewesen wäre, schlug er mit einem energischen Satz den aufdringlichen Menschen vor, die Tische näher zusammenzustellen, damit sie auch alles mitbekämen von unserem Gespräch.

Es herrschte eine gewisse Unschlüssigkeit. Pedro gluckste. Die Frau, ein sehr sauberes Geschöpf mit spitzen Ohren, stürzte sich auf ein Würstchen, aus dem der Saft quoll, wo die Gabel die Haut durchstochen hatte. Sie führte ein Stück zum Mund und verschlang es mit einem Schluck Wasser. Ihr Partner, weniger gefräßig oder von einer andersgearteten Gier getrieben, holte ein Buch aus einer glänzenden Ledermappe, die auf der Bank zwischen uns lag. Er schlug es irgendwo auf und begann zu lesen. Es ging um Zierfische. Ihr Leben, ihre Aquarien. Ein bißchen verlegen aß ich meinen Lachs. Der letzte Satz des Lehrbuchs kam mir wieder in Erinnerung. Die Organe sind notwendige Käfige, in denen die unfertigen Lebewesen eingesperrt sind...

Das Essen zog sich in die Länge. Pedro Santino redete nicht viel und aß noch weniger. Er bereitete sich auf das Rennen vor und sollte bis zum Monatsende drei Kilo verlieren (verlieren, um zu gewinnen, das hätte M. A. Pearl gefallen). Katz überwachte streng die Ernährung seines Schützlings. «Das ist ein Charakter», rief er und traktierte ihn mit freundschaftlichen Fausthieben. Besagter Charakter verzog sein Gesicht. Er rieb sich die Schulter und rückte von seinem Trainer ab. Jedesmal wenn ich etwas äußerte, so unbedeutend es auch war, zwinkerte Katz, wie um ihm zu sagen: «Siehst du, sie ist gekommen!» Endlich verlangte er die Nachtischkarte.

Pedros Beine baumelten unter dem Tisch. Unsere Eisbecher wurden gleichzeitig mit seinem koffeinfreien Kaffee serviert. Er blickte neidisch darauf. Katz legte ihm nahe spazierenzugehen. Pedro fügte sich wiederwillig. Sein Rad vor sich hertreibend wie einen Reifen, verließ er das Restaurant unter den belustigten Kommentaren der Wirtin.

«Bis gleich», rief er, bevor er in der Nacht verschwand.

«Ja, ja», antwortete Katz. Der Kellner füllte unsere Gläser.

Ich machte mich ohne großen Appetit an meine Eisschokolade, während Katz argwöhnisch seine Birne Hélène betrachtete. Wir tranken auf das Gelingen unseres zukünftigen Programms. Ich fürchtete mich vor dem Augenblick, in dem wir aufstehen und auf die Straße gehen müßten. «Drinnen verkümmert Pedro», seufzte Katz. Dann begann er mir zu erzählen, wie sie sich kennengelernt hatten. Die Geschichte hatte etwas Melodramatisches: Pedros Eltern hatten sich gerade illegal in Frankreich niedergelassen, als sie beide als Opfer eines Verkehrsunfalls starben. Der kleine Junge wurde von Nachbarn adoptiert, einem kinderlosen Paar, das, wie Katz es ausdrückte, sein Bestes wollte.

«Du weißt, was ich meine», sagte er und hob die Augen zum Himmel.

Ich blickte in die Luft und sah nichts anderes als eine Decke ohne Riß. An diesem Punkt der Geschichte legte Katz eine

Pause ein. Er schien verwirrt. Ich respektierte sein Schweigen. Nervös stocherte er in der Schlagsahne. Die weißen Wülste sanken zu beiden Seiten der Birne herab. Katz schabte die Schokolade ab, die zu erstarren begann. Ich sah, wie er rot anlief, als er die Frucht umdrehte. Ich begriff nicht die Gründe für diese plötzliche Erregung. Er roch daran, schnitt etwas ab, versuchte es widerstrebend und rief endlich: «Eine Birne aus der Dose, Herrgott noch mal, halten sie uns für Touristen?»

Seine Hand mit den abgenagten Nägeln stieß heftig die Schale zurück. Ich dachte, sie würde auf dem Boden zerschellen (das Klirren des zerbrochenen Glases, die Schreie der Nachbarin, das Toben ihres bespritzten Begleiters). Da ich nichts hörte, machte ich die Augen wieder auf. Durch eines jener Wunder, die einen vorübergehend beruhigen, war die Schale genau an der Tischkante stehengeblieben.

Dabei blieb es nicht, der alarmierte Koch wurde aufgefordert, eine Erklärung zu liefern. Er versuchte sich nicht zu rechtfertigen. Leutselig band er seine Schürze über seinem runden Bauch auf und wieder zu und beteuerte, das Haus verwende normalerweise nur frische Produkte. Die Blicke des ganzen Restaurants waren auf uns gerichtet. Katz, ganz vollendeter Mann der Bühne, wandte sich an sein Publikum.

«Die anderen», deklamierte er, «haben das Recht auf eine köstliche, auf der Zunge zergehende pochierte halbe Birne, aber für mich hat man sich ausnahmsweise die Mühe gemacht, eine Konservendose zu öffnen, und man glaubt, er wird das einfach schlucken, der Idiot, ohne etwas zu sagen. Hören Sie doch auf, an Ihrer Schürze herumzufingern!»

Der Koch wußte nicht wohin mit den kleinen Würsten, die ihm als Finger dienten, er schüttelte sie ein Weilchen, bevor er sie in seine große Schürzentasche steckte. Der Tischnachbar schielte auf das Eis.

«Bitte, essen Sie», forderte Katz ihn vertraulich auf, «essen

Sie, Dosenbirne, Fertigschlagsahne, das Ergebnis ist umwerfend, Sie werden sehen, wie das schmeckt!»

Katzens Ton war von unverhältnismäßiger Härte. Er lachte höhnisch, als die Wirtin uns zwei Gläser Champagner brachte, schien sich dann aber mit dieser kümmerlichen Entschädigung zufriedenzugeben. Ich verschlang schleunigst meine Eisschokolade, aus Angst, er könnte einen Vorwand für eine neue Szene finden. Die Tischnachbarn standen auf.

«Das ist wie beim Pfirsich Melba», sagte Katz, «man träumt davon, das Wasser läuft einem im Mund zusammen, und wenn man ihn dann vor sich hat...»

Seine Stimme war plötzlich traurig. Er spielte nicht mehr.

«Und Pedro?» fragte ich, um das Thema zu wechseln.

«Ein guter Pfirsich Melba», sagte er noch, dann antwortete er mir. Pedros Adoptiveltern fanden wohl, daß er nicht genug Ähnlichkeit mit ihnen hatte, denn sie gaben ihn zu einem Fahrradhändler in die Lehre und kümmerten sich nicht mehr um ihn.

Als die Gäste vom Nebentisch gegangen waren, dämpfte Katz die Stimme. Am Ende seiner Ausbildung stand Pedro Santino wieder auf der Straße. Er hatte weder Freunde noch Eltern, selbst seine Vergangenheit entzog sich ihm. Da spezialisierte er sich auf Zweiraddiebstahl.

Ich sah Pedro vor mir, wie er ängstlich unter den Restauranttisch schaute, und konnte nicht umhin zu lächeln. Katz nahm meine Hand.

«Sie waren eine ganze Bande», fuhr er fort. «Dank seiner Erfahrung übernahm Pedro den Rennradmarkt. Er ging nie ohne seine Ausrüstung fort, eine riesige Zange und eine Metallsäge, die er in einem zweckentfremdeten Klarinettenetui über der Schulter trug.»

Die Rechnung war bereit, sie lag zusammengefaltet in einem Teller, der gut sichtbar neben den Hummern stand. Die anderen Tische waren abgeräumt. Zweimal hatte Pedro den Kopf durch die Tür gesteckt, doch Katz hatte ihn mit einer gebieterischen Geste weggeschickt. Nach dem Zwischenfall mit der Birne Hélène wagte die Wirtin nicht mehr, uns zu drängen. Sie ordnete Papiere, während sie uns aus dem Augenwinkel beobachtete. Ich hatte Katz in Verdacht, seinen Bericht in die Länge zu ziehen, nur weil es ihm Spaß machte, sie am Schließen zu hindern. Als er die Rechnung verlangte, wußte ich viel über die Art und Weise, die Schlösser zu knacken und die Fahrräder umzufrisieren, aber ich wußte immer noch nicht, wie der König der Hypnose seinen Assistenten kennengelernt hatte.

Katz wartete nicht auf das Wechselgeld und bestand darauf, meinen Rucksack zu tragen. Pedro stieß zu uns, als wir an der Kirche Sainte-Colombe vorbeigingen. Katz hatte mir das Kloster und das Missionsseminar gezeigt, er nahm sich sehr ernst in seiner Rolle als Führer.

«Na», quengelte Pedro, «ihr wärt wohl ohne mich gegangen, hm, das ist aber nicht nett!»

Katz verpaßte ihm einen dieser berühmten Rippenstöße. «Du masturbierst zu oft», sagte er lachend, «das wirst du alles hübsch bleibenlassen, wenn du das Rennen gewinnen willst.»

Ich tat, als hätte ich nicht gehört. Pedro fuhr auf seinem Fahrrad davon. Wir würden uns in einer Viertelstunde direkt bei ihm treffen.

Pedro wohnte in einem Häuschen mit Garten, das zwischen zwei modernen, von tristen Balkonen flankierten Mietshäusern eingeklemmt war. Es war verboten, wegen der Gefahr von Sickerwasser, im Garten etwas anzupflanzen. Ich erfuhr wieder nichts darüber, wie Pedro Santino von der Straße in dieses für einen angehenden Radrennfahrer doch luxuriöse

Haus gekommen war. Obwohl seine Geschichte ziemlich unzusammenhängend war, kam es mir nicht in den Sinn, die Worte des Königs der Hypnose in Zweifel zu ziehen. Ich war verzaubert und einigermaßen betrunken.

Katz hatte die Schlüssel. Wir setzten uns ins Wohnzimmer, einen Raum, der an allen Seiten vollgestellt war mit einer Unmenge von verhüllten eckigen Gegenständen. Ein überladenes Bücherregal bedeckte die hintere Wand. Ich dachte an das Hypnosebuch. Mir wurde leicht schwindlig. Wie konnte man es Tag für Tag ertragen, all diese gefangenen Wörter aufzubewahren? Ich rief Chouquette zu Hilfe, aber ich sah nur die Karikatur eines Hundes. Es handelte sich um eine Zeichnung meines Onkels, Chouquette saß mit hängender Zunge da und betrachtete eine Blume, die in einem kleinen Topf wuchs. Der Boden war übersät mit Sportjournalen. Katz ließ nicht locker. Ich antwortete in einer Wolke, ja, es sei alles in Ordnung. Über dem Sofa mit geschnitzten Beinen, die wie Elefantenfüße aussahen, lag eine Leopardendecke. Ein Suppenteller mit dem Bild von Federico Bahamontès, genannt der Adler von Toledo, diente als Aschenbecher. Um das Bestiarium zu vervollständigen, hing eine aufblasbare Plastiksirene von der Decke. Rosa- und silberdurchwirkte Kissen gaben dem Ganzen das Aussehen einer Absteige für phlegmatische Junggesellen. Ich dachte an Katzens Bemerkungen über die schlechten Gewohnheiten seines Assistenten. Wie konnte er vor mir in diesen Worten sprechen? Scherzte er, oder gab sich Pedro mehr, als gut war, dem einsamen Vergnügen hin – und wenn etwas daran war, konnte nicht jeder über seinen Körper und seine freie Zeit allein bestimmen, allein verfügen? Pedro Santino schimpfte, zog an der Leine, gehorchte aber schließlich seinem Herrn. Ich wollte ihm nicht gleichen. Seine Folgsamkeit war erschreckend.

Katz ging in die Küche. «Ich schenke mir inzwischen einen

Whisky ein», sagte er, «Pedro wird nicht lange auf sich warten lassen. Wenn er nur regelmäßig trainieren würde, wäre er ein Champion, das kannst du mir glauben. Aber er ist faul, das ist es, man muß ihn immer drängen, ihm verbieten, Oliven zu essen. Jeden Tag auf den Sattel, es ist kein Geheimnis dabei. Bist du sicher, daß du nichts trinken willst?»

Ja, ich war sicher. Ich hörte Katz die Treppe hinaufgehen und die Wasserspülung ziehen. Dann waren nur noch Schritte zu hören. Nichts sagte mir, daß er die Nacht mit mir verbringen würde.

Pedro kam atemlos, sein vollständiges Fahrrad vor sich herschiebend, aus einem Gang, den ich vorher nicht bemerkt hatte. Seine von der Anstrengung geröteten vorspringenden Wangenknochen erbleichten, als Katz zu uns ins Wohnzimmer trat. Der König der Hypnose hatte sich ausgezogen und trug als Lendenschurz nur eine Socke, die mit einem Stück blauem Kabel um seine Hüften gebunden war.

Ich lachte nicht. Katz setzte sich auf meine Knie, als verstände sich das von selbst. Ich schloß die Augen, um den Anblick der Socke zu meiden, die von selbst hochkam. Ich spürte, wie mir eine Hand übers Haar strich. Katzens Gesten waren feinfühlig. Als ich die Lider wieder öffnete, nachdem ich bis zehn gezählt hatte, war Pedro verschwunden. Katz kniete zu meinen Füßen nieder. Ich ließ mich gehen. Ich hatte keine Entschuldigung mehr, es gab keinen Grund mehr dazusein, ohne dazusein, mich zu entziehen, auszuweichen. Es gab kein Lehrbuch mehr, kein neues Kapitel zu entdecken. Chouquette, Bib oder Josettes Hyazinthe konnten nichts für mich tun. Mein Traum war da, sehr damit beschäftigt, mir Lust zu verschaffen. Ich konzentrierte mich. Léo erschien, nackt, er warf mich auf den Stapel der Gymnastikmatten, meine Shorts waren zerrissen. Als ich kurz vor dem Höhepunkt war, stand Katz auf. Seine Knie knackten. Er grunzte. Ich nahm es ihm übel, als hätte er mir etwas gestohlen. Die

Socke landete auf dem Teppich, und bald spürte ich eine warme Flüssigkeit über meine Schenkel laufen. Katz sah mich mit einem seligen Ausdruck an. Sein Kopf sank auf meine Schulter, und alsbald wurde sein Atem ruhig. Hätte ich in Entzücken ausbrechen sollen? Er schlief. Ich hatte das Gefühl, als wollte sich sein Schädel in meinen Körper hineindrücken, er war so schwer, sein ganzes Leben in diesem Knochengehäuse, sein ganzes Leben wie eine Dosenbirne, und dieser sprießende, rauhe Bart, der in meine Haut stach.

Ich hätte mich gern bewegt, aber ich wollte Katz nicht stören. So leise wie möglich weinte ich.

Ich hatte es also geschafft. Ich war weit weg von Sagny.

Schließlich wachte Katz auf. Er fragte mich, ob ich geträumt hätte. Ich glaube, ich war gerade eingenickt. Er half mir, meine Sachen in den ersten Stock zu tragen. «Hier ist dein Zimmer», sagte er und stieß eine Tür am Ende des Flurs auf, «ich hoffe, es gefällt dir.»

Links die von Katz hinterlassene Leere, obwohl sich die Erinnerung an seinen Rücken noch auf der Matratze abzeichnete. Wir hatten zusammen in diesen Ehebetten geschlafen, die durch eine gemeinsame Decke verbunden waren, Pantherfellimitation diesmal. Alle Tiere der Savanne würden drankommen. Auf meiner Seite stand ein Nachttisch auf einem Bettvorleger aus Kunsthaar, das nichts anderes darstellte als sich selbst, staubiggrünes Fell, das auf nichts Besonderes verwies. Ich hatte Kopfschmerzen. Zuviel Wein, zuviel Worte... Vorsichtig glitten meine Beine aus den Laken. Ich stand auf. Vor dem Fenster waren auf einem lackierten Brett Töpfe aufgereiht, in denen Pflanzen in schlechtem Zustand rankten. Neugeborene Mücken kreisten um die

Blätter. Erste Schritte, erste Flügelschläge – arme Kreaturen, trunken von Luft, wie ich. Sie flogen träge, wußten nicht, ob sie sich weiter vorwagen oder auf die trockene Erde niedersetzen sollten. Ein schöner Schrank prangte dem Bett gegenüber. Er war voll mit Männerkleidern, es gab nicht einen Bügel, um meine Sachen aufzuhängen. Eine Glühbirne hing mitten im Zimmer von der Decke. Da erinnerte ich mich, daß Katz mir in seinem letzten Brief von einem Auftritt in der Normandie, einer Hypnosevorführung, geschrieben hatte, und es war abgemacht, daß wir noch am selben Nachmittag aufbrächen, ich wäre das Versuchskaninchen.

Meine Kleidungsstücke vom Vortag lagen aufgehäuft auf einem Stuhl. Ich faltete sie zusammen und legte sie in mein Gepäck. Ich wählte für meine erste Reise mit Katz eine kurze und bunte Toilette: grüne Strumpfhosen, schwarzes Kleid und zinnoberrote Stiefeletten. Anstelle einer Handtasche knotete ich eine zu den Schuhen passende rote Plastiktüte an den Gürtel. So ausgestattet machte ich mich an die Erforschung von Pedro Santinos Haus.

Ich verspürte große Erleichterung, als ich die Toilette frei, dann das Badezimmer, schließlich das ganze Haus leer fand. Die Tür zu Pedros Zimmer stand offen. Ein Dutzend Fahrradrahmen hingen wie Kälberhälften von Haken an der Decke. Ich stellte mir Pedro als Fleischer vor, der seine Ware betrachtet, Reifen, Gedärm, Ketten und Schläuche. Ein durchgesessenes Sofa diente als Bett. Es gab weder Laken noch Kopfkissen, sondern einen Schlafsack und wieder silberdurchwirkte Kissen. Die Trikots, Lederlappen und anderes Kleidungszubehör waren an einer Tafel von grober Leinwand festgesteckt, die man extra dafür angefertigt hatte. Oben war Pedros Name aufgestickt, in verschnörkelten Buchstaben, die ein rotes Herz krönte.

Dieses Zeichen der Zuneigung überraschte mich. Ich ließ die Fahrräder an ihren Haken hängen und ging in die Küche.

Ich hatte Hunger. Die Schränke waren voll: Äther, Vaseline, Kernseife. Kaliumpermanganat. Antiseptische Salben, Vitamine. Überall Tuben und Flaschen.

Ich öffnete das Fenster, um zu sehen, ob es nicht im Fliegenschrank etwas Eßbares gab. Eine Staubwolke erhob sich von dem Gebäude gegenüber – kein Teppich, kein gelbes Tuch, das über den Balkon geschüttelt wurde, nur Staub, als hätten die Bewohner das Getriebe ihres Staubsaugers umgedreht, damit er den Inhalt in die Luft blies.

Ich ging ins Wohnzimmer hinunter. Ein schwarzer Koffer wartete im Flur. Sollte auch ich meinen Rucksack nehmen oder ihn im Zimmer oben lassen? Dein Zimmer, hatte der König der Hypnose gesagt, «hier ist dein Zimmer». Ein Würfel ohne Kleiderablage. Ich setzte mich mit dem Rücken zum Bücherregal. Ich versuchte, mir das erste Kapitel des Lehrbuchs vorzusagen. Ich war in Saint-Nizier, Sandrine flehte mich an, sie zu hypnotisieren, doch die Wörter kamen nicht heraus, ich blieb stumm. Ich hatte sie vergessen.

War es nicht besser so? Jeder an seinem Platz, Katz in der Rolle des Meisters und ich seine Assistentin, die ihm half. Ich hatte Vertrauen. Nur Pedro Santino, Pedro, der Störenfried und sein Bataillon toter Fahrräder, nur Pedro beunruhigte mich. Würden wir ihn von Stadt zu Stadt mitschleppen, seinen Speiseplan überwachen, den lieben langen Tag sein paranoisches Gerede eines reuigen Verbrechers ertragen müssen?

Ich merkte plötzlich, daß er allen Grund hatte, mir das Leben schwerzumachen: Ich nahm ihm seine Arbeit weg und die Aufmerksamkeit seines Freundes, ich schlief bei ihm, vielleicht sogar in seinem eigenen Zimmer, das Katz für diesen Anlaß requiriert hatte – das andere Zimmer war ja nur die Werkstatt –, und schließlich war ich ein junges Mädchen und hatte keine Leidenschaft für Rennen welcher Art auch immer.

Die Türen waren von außen verschlossen. Die Zeit wurde mir allmählich lang. Sie hatten mich im Haus zurückgelassen wie einen Hund, der Wache hält, man stellt ihm einen vollen Freßnapf hin, das Futter trocknet auf dem Plastikrand, es wird rosa und dann grünlich, man säubert ihn nicht jedesmal gründlich. Ich dachte wieder an Chouquette, die glückliche Gefangene von Le Kremlin-Bicêtre, behaglich auf dem Sofa liegend – sie starrt ihr Spiegelbild auf dem ausgeschalteten Fernseher an, träumt von besudelten Wänden und Clowns in der Manege...

Ein Schlüssel drehte sich im Schloß der Haustür. Ich sprang auf. Der Schwanz von Chouquette schlug auf die Kissen. Ich schämte mich für meine Ungeduld. Ich hielt mich zurück, um nicht meinem Befreier in die Arme zu stürzen. Es war Katz, was für ein Glück, er war es!

Dicht gefolgt von Pedro Santino. Und von dessen Fahrrad.

XIV

KATZ SCHIMPFTE AUF DIE STAUS. Pedro Santino döste. Er hatte mir aufgetragen, sein Fahrrad zu bewachen, das hinten am Auto befestigt war. Wir hatten Verspätung. Katz erzählte mir, auf welche wenig orthodoxe Weise er zu dem Titel des Königs der Hypnose gekommen war – ein Titel, den er sich selbst zuerkannt hatte, wie er nach einigen Ampeln und vielen Abschweifungen gestand. Das dunkle Timbre seiner Stimme machte mich schläfrig. Ich stellte mir die Dicke der behaarten Haut vor, die seinen schweren Kopf bedeckte, vielleicht drei Millimeter, dann die Luke M. A. Pearls, das Rechteck aus Licht, das sich bei jedem Atemzug in der Mitte des von der königlichen Krone begrenzten magischen Kreises öffnete. Ich dachte an Perle. «Einer meiner ältesten Freunde», erzählte Katz, «führte eine Piano-Bar. Dort habe ich debütiert. Ich hypnotisierte als Amateur, zum Spaß. Ich hatte alles gelesen, was ich über die Frage finden konnte. Ich habe das Laster sogar so weit getrieben, daß ich Fernunterricht nahm! Ich war begabt, ich machte mir schnell einen kleinen Namen, man lud mich als Unterhalter zu Hochzeiten oder Geburtstagen ein. An einem dieser Abende in einem reichen Haus an der Marne lernte ich Pedro Santino kennen.»

Katz drehte sich zu seinem Assistenten um. Endlich würde ich des Rätsels Lösung erfahren.

«Sag ihm nie», flüsterte er, «daß ich dir das erzählt habe. Er würde mich umbringen!»

Ich rührte mich nicht. «Unser Pedro, stell dir vor, war dabei, das Schloß eines Zimmers im Erdgeschoß aufzubrechen, während im ersten Stock das Fest in vollem Gang war! Es war eine Freude, seine Entschlossenheit zu sehen. Hätte ich die Hausbesitzer warnen und die Polizei anrufen sollen? Dieser Junge war mir sympathisch. Um ihm nicht angst zu machen, habe ich eingewilligt, seine Beute zu teilen, ein bißchen Bargeld, ein paar Schmuckstücke, Kleinigkeiten. Danach ist er mir gefolgt. Damals war ich noch Handelsvertreter, ich reiste viel durch die Provinz, Pedro leistete mir Gesellschaft.»

Ich schreckte hoch. Handelsvertreter, Katz! Einen Augenblick hatte ich mich in dem Glauben gewiegt, es genüge, meine Heimatstadt zu verlassen, um dieses schwere Gefolge loszuwerden, diese Wesen und Gegenstände, die mich überallhin begleiteten, Chouquette, die Geschichten des Lehrbuchs, Josette, den Mörder von Perle, all die Dinge, die den Lauf der Spirale markierten und zyklisch zum Leben erwachten. Einen Augenblick.

«Hinter Mantes», sagte Katz, «läuft es besser.»

Auf der Straße tauchte eine Wasserlache auf, ein silbriger Reflex, der unter den Sonnenstrahlen zitterte. Ich glaubte zu entkommen: ich ertrank. Jeder Kreis zeichnete sich deutlich vor mir ab, ließ den Horizont ferner rücken, je näher wir kamen, jeder Kreis war größer als der vorhergehende und brachte mich zur alten Geschichte zurück, unserer Geschichte – und in der Mitte Bibs Schnabel, ein Kreisel aus angemalten Federn, der leichte Bib, der im Himmel umherwirbelte.

Ich kämpfte gegen den Schlaf. Katz machte das Radio an. Eine Stimme, die der meiner Mutter glich, erläuterte das Rezept für Drosseln auf Kanapee. Rupfen, flämmen, umwickeln, aufspießen, so viele Wörter für einen so kleinen Vogel. Die Brotscheiben sollte man in die Saftpfanne legen, um die Ausscheidungen aufzufangen. «Wenn die Drosseln gar sind», schloß die Journalistin, «entleeren sie sich.»

Katz beschleunigte, wir hatten Vorfahrt, und er fuhr

zweimal um den Platz, bevor er die richtige Richtung einschlug. An meinen Sitz geschweißt durch den Gurt, eine beruhigende Diagonale in dieser kreisenden Welt, warf ich einen Blick nach hinten. Pedros Fahrrad hatte sich nicht bewegt.

«Ich habe alles und jedes verkauft», fuhr der König der Hypnose fort, «Rasiermesser, Camembert, Papierwaren. Mein Vater war auch Vertreter, er hat mir die Kniffe des Berufs beigebracht. Er hat sein ganzes Leben im Süßwarenhandel gearbeitet, ‹mit diesen Dingen, die den Reichtum der Zahnärzte und, vorübergehend, die Lust der Schüler ausmachen›, wie er sagte. Das erste Mal nahm er mich an meinem siebten Geburtstag mit zur Arbeit. Es war unvergeßlich. Ich hatte mich gut angezogen, ich wollte, daß mein Vater stolz auf seinen Sohn wäre. Er brauchte sich nicht zu beklagen: Meine bloße Gegenwart genügte, seinen Umsatz zu verdoppeln. Von da an nahm er mich regelmäßig mit. Ich folgte seinem Rat und stürzte mich mit gespielter Gier auf die neuen Produkte – wie alle Kinder bevorzugte ich in Wirklichkeit die großen Klassiker: Kaubonbons, Bärchen, die man köpft und die innen weiß sind, Krokodile aus Fruchtgummi ...»

Katz nahm meine Hand und legte sie auf seinen rechten Schenkel.

«Die Bonbonhändler, die in mir den würdigen Vertreter (schon!) einer ganzen Generation sahen, konnten den Angeboten meines Vaters nicht widerstehen. Abends kam ich nach Hause, um die Füße unter den Tisch zu stellen und nichts zu essen, meine Zunge war rot von Farbstoff, mir war übel, und zugleich war ich erfüllt von dem Glück, einen ganzen Tag mit ihm verbracht zu haben. Zur Belohnung stopfte er mir die Taschen mit Süßigkeiten voll. In der Pause hofierten mich meine Kameraden. Schlechte Gewohnheiten nimmt man schnell an. Du kannst dir nicht vorstellen, wozu ein Kind imstande ist, um eine Lakritzrolle, selbst ohne die Murmel, zu bekommen.»

Ein schwarzes Band, um den kleinen weißen, grünen oder rapsgelben Kieselstein gewickelt, Katz mußte dieses Beispiel wählen. Ich konnte es kaum erwarten anzukommen.

«Nun denn. Nach meiner Ausbildung, zwei gut angelegten Jahren, bin ich meinerseits in den Kreislauf eingetreten. Ich habe mich nicht gelangweilt, ich hatte den Glauben – denn es geht um Glauben –, aber etwas störte mich: die Leichtigkeit, mit der ich die Ware an die Leute brachte. Ich hatte den Eindruck, daß meine Worte in weiche Butter fielen. Mein Stolz litt darunter. Meine Technik war einfach: Ich sah meinem Gesprächspartner direkt in die Augen, was meine Konkurrenten sich nie getrauten, und ich sprach mit ihm im Präsens. Ich übernahm seine Wörter, seine Redewendungen. Die Händler erkannten sich wieder, ich gab ihnen Selbstvertrauen, sie stellten sich vor, wie sie meine Worte vor ihren eigenen Kunden wiederholten. Ich vermittelte ihnen das Verlangen, ja, das Bedürfnis, mir zu gleichen. Aus diesem Spiegelspiel gingen beide Parteien als Gewinner hervor. Siehst du, es geht nicht darum, jemanden zu zwingen, übrigens auch nicht ihn zu überzeugen, sondern ihn zu beeindrucken.»

Anhaltendes Hupen unterbrach seine Ausführungen. Katz beschleunigte. Er hatte nicht die Absicht, sich überholen zu lassen.

«Zu beeindrucken, wie man ein Bild auf einer fotografischen Platte zurückläßt. Ich behauptete etwas, man glaubte mir. Angesichts des Erfolgs meiner Methode wollte ich mein eigenes Unternehmen aufmachen. Ich hätte mich auf die Vermarktung von Ladenhütern spezialisiert. Mein Vater erklärte sich bereit, mir zu helfen. Anscheinend gab es auf seinem Gebiet einiges abzusetzen, Berge von Süßigkeiten, die auf dem Markt nicht angekommen waren. Ich hätte Mitarbeiter ausgebildet, einen Stil, eine Schule geschaffen. Doch nein. Eines Morgens ist mir mein Projekt aus den Händen geglitten. Ich war dabei, mit meinem Bankier über ein mögliches Darlehen zu verhandeln, als ich seinen winzigen Schreibtisch, seinen Drehstuhl, seinen Anzug ansah. Ich fing an zu lachen. Unmöglich, ein Wort zu sprechen, man konnte mich nicht mehr stoppen. Er war gezwungen, mich unter Gelächter zur Tür der Filiale zu begleiten, damit die Kollegen nicht dachten, ich machte mich über ihn lustig. ‹Was sind Sie doch für ein Witzbold›, sagte er immer wieder, wobei er mir auf die Schulter schlug (in Wirklichkeit stieß er mich vorwärts), ich hätte ihn am liebsten geküßt, so dämlich sah er aus. Ich verdanke ihm viel, diesem Dummkopf, ah, was für ein Dummkopf! Durch ihn bin ich der König der Hypnose geworden.»

Katz hustete. «Was für ein Dummkopf», sagte er noch. Ich dachte an Bernard.

«Als ich nach Hause kam, verbrannte ich als erstes meine Visitenkarten. Sie waren mit einer Plastikhaut überzogen und rollten sich im Feuer wie Spinnen zusammen. Ich hatte das Gefühl, in mir zu verschwinden. Nun mußte ich mir nur noch einen neuen Namen, ein Sigel und Slogans erfinden. Am amüsantesten war es, mir ein glaubhaftes Dossier auszuarbeiten, eines mit Erfahrung und einer Laufbahn, kurz, mir eine Vergangenheit zurechtzulegen. Ich arrangierte die Wirklichkeit ein wenig, ich sagte mir, kein Veranstalter würde überprüfen, ob ich tatsächlich wissenschaftliche Studien getrieben hätte – und in der Tat, niemand überprüfte es. Mein Freund von der Piano-Bar machte mir den Vorschlag, Vorstellungen in Nachtlokalen zu geben. Ich nahm sofort telefonisch Kontakt mit Diskotheken auf, gab mich dabei aber als meinen Agenten aus. Ich trat sehr professionell auf, bot eine Probevorführung an, Hypnose gelungen oder Geld zurück. Ich war mein eigenes Produkt geworden, darin lag eine Herausforderung, und ich bekam wieder Spaß am Verkaufen. Am Anfang half mir Pedro Santino sehr. Später ermutigte er mich, meine Nummer durch ein Tonband, dann durch den Film und die Lichteffekte anzureichern. Eine Fundgrube, dieser kleine Pedro.»

Katz grinste.

«Er finanzierte das Ganze», fuhr er fort, «auf die Weise, die du dir denken kannst. Ah, die Häuser an der Marne! Nogent, Chennevières, Champigny... Eine Wonne für Pedro. Er wollte sich unbedingt in Großaufnahme auf der Leinwand sehen. Innerhalb von fünf Jahren haben wir unsere Wette gewonnen. Heute verlangt man in ganz Frankreich nach dem König der Hypnose. Wir müssen sogar Auftritte ablehnen. Nur ein entscheidender Schlag bleibt mir noch zu führen: Paris, das Olympia, was weiß ich, die internationalen Tourneen, aber dazu brauchte ich eine Assistentin, die diesen Namen verdient. Nicht eine dieser Schauspielerinnen, die auf die Uhr schauen und einem mit ihren Theatererfahrungen das Leben vergiften, nein: eine echte Mitarbeiterin. Und nun bist du da. Dank dir wird die Welt sich uns öffnen.»

Pedro Santino änderte seine Lage. Er begann zu schnarchen, was Katz auf die Nerven ging. Er wollte mir in aller Ruhe von seinen Plänen erzählen, doch dieser Dummkopf hinderte ihn daran, sich zu konzentrieren. Er riß das Steuer herum. Wir fanden uns auf dem Seitenstreifen der Landstraße wieder. Ferienhaus, Gemüseschnitzler. Pedro wachte auf.

«Hm, wie, was ist los?» stammelte er und zog einen Kamm aus der Tasche. Komischer Reflex, sagte ich mir, er ließ mich an meine Mutter denken, die immer ein Höschen zum Wechseln in der Handtasche hatte, für den Fall eines Unfalls. Katz stellte den Motor ab. Er stieg aus und band das Fahrrad los. Als Pedro, ganz benommen, protestierte, packte er ihn am Kragen und zwang ihn, den Rücksitz zu verlassen.

«Ich biete dir eine kleine Sauerstoffzufuhr, kapiert?»

Verdutzt blickte Pedro abwechselnd den Sattel und den Autositz an. Was hatte er getan, was hatte er im Schlaf gesagt, das eine so grausame Strafe verdienen mochte?

«Auf geht's, Faulenzer», befahl Katz, «aber ein bißchen plötzlich! Treffpunkt in anderthalb Stunden am Rathaus, keine Minute später. Hier ist der Stadtplan, sieh zu, wie du zurechtkommst. Los.»

Mit diesen Worten warf er ihm den Helm zu und startete. Ich sah, wie Pedro sich bekreuzigte, bevor er aufs Fahrrad stieg.

«Er hätte uns nur nicht zu stören brauchen», sagte Katz. «Außerdem mag er das, wenn man ihn mißhandelt. Man könnte meinen, er legt es darauf an.»

Er beobachtete seinen Schützling im Rückspiegel. «Du fängst zu schnell an, mein Junge», knurrte er, «bei diesem Wind gebe ich dir keine zehn Kilometer...»

Pedros Bild wurde kleiner, bis es sich in der Landschaft auflöste. «Wo waren wir stehengeblieben?» fragte Katz. Er sah traurig aus. Ich wagte immer noch nicht zu schlafen. In Sagny trainierte meine Mutter auf der Stelle, während das Hühnchen schmorte. Sie starrte auf den Drehzahlmesser. Man hätte sie Pedro Santino vorstellen sollen. Er und sein Kamm, sie und ihre Unterwäsche, die nach Waschpulver roch, die beiden und ihre Fahrräder.

XV

DER EMPFANGSSAAL DES RATHAUSES war zweigeteilt. «Dieses Jahr haben wir die Fotoausstellung auf der einen Seite aufgebaut», erklärte uns die Zuständige, eine echte Blondine mit milchigen Augen, «und auf der anderen das Büfett. Die Toiletten befinden sich im Zwischengeschoß, eine Treppe höher.»

«Ja, ja», erwiderte Katz. Ich glaube, er begann die ersten Auswirkungen des Lampenfiebers zu spüren. Im Hintergrund prangte ein Tisch voller Speisen, um den schon an die hundert Gäste wimmelten, die herrliche petrolblaue Plastikbecher schwenkten. Es roch nach französischem Parfum und Kriegserinnerungen. Sie verwendeten beträchtliche Energie darauf, dem Essen so nahe wie möglich zu kommen und gleichzeitig den Eindruck zu erwecken, als interessierten sie sich nur mäßig dafür. Jahrhunderte von Lebensart, um dahin zu kommen, zu diesem empfindlichen Gleichgewicht, wo jeder, ohne es sich einzugestehen, dasselbe Ziel verfolgte wie sein Vordermann: unauffällig seinen Platz einzunehmen, ihn zu verdrängen. «Das nennt man sozialen Zusammenhalt», sagte Katz. «Bewundernswert, sieh dir das an, es gibt kein anderes Wort dafür, bewundernswert. Wie sagt man gleich wieder? Ein bescheidenes Mahl unter Freunden, ohne Umstände – und wir können krepieren, niemand würde uns einen Teller herrichten.»

Katz zog mich zärtlich an seine Schulter, wie um mich vor dem Einfluß dieser Leute zu schützen. Ich dachte an Paul, an seine Art, Chouquettes Maul in die Hände zu nehmen und zu schütteln. Ich mußte weinen. Gerührt und erstaunt über die Heftigkeit meiner Gefühlsregung, überließ ich mich seiner Umarmung. Er wich zurück. Die Körper wurden zutraulicher. Katz kam wieder näher. «Ich frage mich, ob Pedro vor dem Ende der Vorstellung ankommt», bemerkte er mit heiterer Miene.

Was war daran lustig? Dieser Pedro Santino ging mir allmählich auf den Wecker.

Die zuständige Dame führte uns in einen Gang, eine Art Balkon vielmehr, der um den ganzen Saal herumlief und von dem die Büros abgingen. Dort sollten wir auf den Zeitpunkt unseres Auftritts warten. Wir waren nach der Rede des Bürgermeisters vorgesehen, und der Bürgermeister hatte seinen Text bei seiner Sekretärin vergessen. Wir sollten also die Verspätung entschuldigen, wir wüßten alles, wenn wir etwas bräuchten...

Katz hörte nicht zu, er neckte mich. Die Dame gab einen kleinen schnaubenden Ton von sich, bevor sie wieder hinunterging und sich unter das Publikum mischte. Nichts, wo man sich hinsetzen konnte. Die Türen der Büros waren abgeschlossen. Über die Balustrade gelehnt, begann ich, das Karussell derer zu beobachten, die bald unsere Zuschauer werden würden. Katz schmiegte sich von hinten an mich. Eine einzige Frau trug einen Hut – aber was für einen Hut! Arme schlängelten sich zwischen den perkalumhüllten Häuten, man hatte sein gefüttertes Kostüm, sein Übergangsensemble angezogen, nicht zu warm und nicht zu leicht: gemäßigt. Ich erkannte ein Kostüm, das bei Crinoline lange im Schaufenster gelegen hatte. Die Architektur des Rathauses glich der der neuen Müllaufbereitungsanlage. Hatte ich meine Heimatstadt wirklich verlassen?

Der König der Hypnose knabberte an meinem Hals. Jemand hörte mich lachen, blickte erzürnt zu uns hoch, doch Katz machte weiter. Ich spürte, daß er mich begehrte. Eine Handvoll lackierter Nägel, die auf die Minipizzas zielte, tauchte aus Versehen in eine Schüssel mit Joghurtsoße ein.

Katz war entzückt. Die Hand verschwand. Ein paar Sekunden später tauchte sie mehr oder weniger sauber wieder auf, um endlich ihr Ziel zu erreichen. Meine Eltern wären nicht aus dem Rahmen gefallen, sie hätten sich genau wie die anderen betragen, meine Eltern, dachte ich, die ohne mich weiterlebten, eine leichte Erhöhung ihrer Schlafmitteldosis gestern abend wird mich ersetzt haben. Katz küßte mich ins Ohr. Das Stimmengewirr schwoll an, als könnten die Worte, wenn sie laut genug ausgesprochen würden, das schreckliche Kauen abschirmen. Man hamsterte, für alle Fälle.

Die Veranstaltung fand zugunsten einer Organisation statt, die gegen den Hunger in der Welt kämpfte.

«Man glaubt sie zu besitzen, aber sie sind es, die sich einen schnappen», murmelte Katz. Ich drehte mich um. Er war plötzlich in einer Welt verloren, von der ich vollkommen ausgeschlossen war. «Wie sollte ich die Gesichter all der Leute im Gedächtnis behalten, die meiner Macht unterlagen? Sie werden sich lange an mich erinnern, o ja, darauf werden sie nicht verzichten. Sie werden mich im Gedächtnis behalten, sich meinen Körper, meine Worte, meine Intonation aneignen, notfalls werden sie mich noch einmal erfinden. Der König der Hypnose? Eine Stunde, gewiß, zwei Stunden höchstens, dann werde ich ihre Beute.»

Katz warf sich in die Brust, recht zufrieden mit seinen Formulierungen. Ich senkte den Blick. Ich mochte es nicht, wenn er für sich allein redete.

«Das ist das Schicksal desjenigen, der sich exponiert», schloß er, «andere, sehr viele andere zu werden. Sie verschlingen dich wie Lachsbrötchen und geben dich wieder von sich bei Unterhaltungen, wo sie nur daran denken, sich selbst herauszustreichen.»

Armer Katz. Er zündete sich eine Zigarette an, zerknüllte das Päckchen und wollte es übers Geländer werfen. Ich hielt seinen Arm zurück. Seine langen Hände zitterten. «Ich würde ja gern einen Whisky trinken, aber niemand denkt daran, uns etwas zu trinken zu bringen, man könnte verdursten wie ein Hund, ein Hund, waff, waff, mit hängender Zunge.»

Wo war der, der sich ein paar Minuten zuvor an mich geschmiegt hatte? Ich hockte mich schmollend nieder. Katz kaute an den Nägeln. Schließlich faßte er mich am Kinn und zwang mich aufzustehen. Ich muß ihm ein ziemlich ratloses «Was ist los?» entgegnet haben, daß er es nötig fand, einen anderen Ton anzuschlagen.

«Ich erzähle Unsinn», entschuldigte er sich, «sei unbesorgt, Pedro kann es bestätigen, ich bin immer schlechter Laune vor dem Auftritt. Du mußt nicht auf mich hören. Das ist meine Art, mich warmzureden. Du wirst sehen, ich bin überzeugt, daß es sehr gut gehen wird. Ich verlasse mich auf dich.»

Es war wieder viel Zärtlichkeit in seinen Worten.

«Was soll ich denn machen?» fragte ich und wiegte mich hin und her.

«Machen? Nichts, mein Vögelchen, nichts. Laß mich machen, das ist alles. Und dir diese Plastiktüte vom Gürtel nehmen. Was schleppst du bloß darin herum?»

Ich brauchte nicht zu antworten. Eine Bewegung brachte die Ordnung unten durcheinander. Ich beugte mich hinab, Katz nutzte es aus, um mir den Hintern zu streicheln. Ein Nachzügler versuchte, sich einen Weg durch die Menge der weichen Bäuche zu bahnen. Welche Dreistigkeit! Da, er strebte der Käseplatte zu, seinen Teller vor sich ausgestreckt, einfältig, zuversichtlich drang er vorwärts, bemüht, die anderen nicht anzurempeln. Wie Austern, wenn man Zitrone daraufträufelt, zuckten die Gäste zusammen, blinzelnd sah man sich an, drängte sich aneinander. Wie konnte man die elementarsten Regeln der Heuchelei derart ignorieren? Einen Augenblick hing die kollektive Aggressivität in der Luft, bevor sie auf den Mann niederging. Beschimpfungen, ein Becher kippt um, der Fremde duckt sich. Er entläßt einen Schwall Entschuldigungen in den Raum. Zum Glück wählt der Bürgermeister diesen Augenblick, um aufzutauchen. Er schwenkt ein Blatt Papier in der Luft. Katz war es gelungen, meinen Rock hochzustreifen. Nun stürzte ein Angestellter im grauen Kittel aufs Podium, preßte seine Lippen ans Mikrophon und schrie: «Eins, zwei – Probe – eins, zwei», was unmittelbar zur Folge hatte, daß die Versammlung in feierliches Schweigen fiel. Katz flüsterte mir ins Ohr, er wolle sich ein paar Minuten in der Toilette konzentrieren. Während er sich mit ungelenken Schritten entfernte, kam aufgeregt die zuständige Dame, um uns abzuholen. «Sie müssen sofort hinuntergehen», befahl sie. Ihr Gekrächze paßte schlecht zu ihrem Pfirsichteint. «Sofort», wiederholte sie. Katz schob sie beiseite. «Ich komme, Mademoiselle», sagte er schroff, «Sie sehen doch, daß ich mich vorbereite, einen Augenblick, bitte.»

Unten löste sich die Insel aus Körpern auf, um sich vor der Bühne wieder als Rechteck zu formieren. Der Vorhang, der das Zimmer zweiteilte, bewegte sich. Jemand wäre fast gefallen, als sich sein Fuß im Saum verfing. Das neue kollektive Ziel war, einen Ort zu finden, wo man sich niederlassen konnte, nicht zu nah am Podium, um nicht in Gefahr zu kommen, und nicht zu weit weg, um dennoch das Gefühl zu haben, man riskiere etwas. Etwa dreißig Plätze entsprachen dieser Definition. Schließlich waren alle Plätze besetzt.

Die Rede des Bürgermeisters interessierte nicht viele Leute. Die Verstärkeranlage versah ihre Aufgabe mit Unterbrechungen, und als sie beschloß zu funktionieren, mußte man diesen Übereifer mit einem grauenhaften Pfeifen büßen.

Nur gewisse mit schmetternder Stimme gesprochene Formeln drangen durch: das Vorrecht des Herzens, die Solidarität unter den Völkern, die Schrecken des Schicksals, Hoffnungsschimmer, unterbrochen von eintönigen Stränden, trostlosen Gegenden, zu denen die städtischen Stuhllehnen knarrten. Ich dachte an Léo, die Art, wie seine Turnhose zwischen den asymmetrischen Holmen hin und her schwang, die Geräusche von Holz und Metall, dieses Lächeln, das uns schließlich einander nähergebracht hatte.

Plötzlich erscholl ein «Bühne frei», das allgemeine Unruhe auslöste. Fotoapparate zielten in meine Richtung. Ich stürzte zur Toilette und trommelte gegen die Tür. Eine heisere Stimme ertönte. Katz bat mich, sie warten zu lassen. Ich würde doch nicht auch so anfangen wie die Blondine, fügte er hinzu, er habe nicht anderthalb Jahre auf mich gewartet, damit ich ihn dränge: er komme schon.

Ich beharrte nicht und ging gemessenen Schrittes die Treppe hinunter, ich zählte die Stufen und hoffte, Katz würde mich einholen. Meine Beine zitterten. Was sollte ich dem Publikum sagen? Man hätte die Sprüche des Ansagers im Futurclub wiederholen müssen, «und nun, meine Damen und Herren, sonderbar und geheimnisvoll, der König der Hypnose! Er macht das Unmögliche wahr, überwältigt jedes Jahr Tausende von Menschen», aber ich konnte mich nicht dazu aufraffen, diese Worte zu wiederholen, ich war nicht angezogen für die Rolle, ich hatte immer noch meine rote Tüte am Gürtel, ich versuchte sie abzumachen, der Knoten widersetzte sich, ich hörte Applaus. Nur eins fiel mir ein, während ich aufs Podium stieg, die Worte von M. A. Pearl, diese Sätze, die mit verblüffender Klarheit aus meinem Mund kamen. Der Augenblick war da, seine Lehre anzuwenden.

«Die Hypnose», sprach ich, indem ich mir die Überlegungen des letzten Kapitels zu eigen machte, «ist kein von Scharlatanen ausgeübtes Gesellschaftsspiel, sondern eine Wissenschaft, die dazu beiträgt, unsere Kenntnisse über die Funktionsweise der menschlichen Psyche zu erweitern. Es ist eine Technik, die auf der ganzen Welt nach genauen Regeln gelernt und praktiziert wird.»

Ich legte eine Pause ein. Hier unten kam mir die Versammlung weniger kohärent vor. Es gab Leute jeden Alters. Ich nahm es mir übel, daß ich so negativ über sie geurteilt hatte. Diese Personen schenkten mir ihre Aufmerksamkeit, obwohl sie nichts dazu zwang, und aus dieser Konzentration entsprang eine beruhigende Kraft. Ich erkannte den Nachzügler, der ganz links auf einer der mittleren Bänke saß. Er starrte mich mit gerunzelter Stirn an. Ich stieg vom Podium. Während ich in meinen Erläuterungen fortfuhr, näherte ich mich ihm. Ich sah ihn unverwandt an, und als ich ihm bedeutete, mir auf die Bühne zu folgen, erhob er sich ohne zu zögern, sichtlich betört durch die Bestimmtheit meiner Worte. «Die Hypnose», versicherte ich, «verbessert das Gedächtnis und erlaubt, zahlreiche Leiden zu heilen.» Ohne den Tonfall zu ändern, bat ich, das Licht zu dämpfen. Der Mann im grauen Kittel lief zum Schalter. Das plötzlich in Dämmerlicht getauchte Publikum keuchte wie ein Tier in der Falle. Man hustete, man schlug die Beine übereinander. Zum erstenmal merkte ich, daß es viel einfacher war, ein Lebewesen einzuschläfern, als vor zwei auf eine Zimmerwand gemalten schwarzen Kreisen seinen Text zu proben. Der Fremde befolgte meine Anordnungen sehr genau. M. A. Pearl hätte ihn in die Kategorie der guten Versuchspersonen eingereiht, zugleich friedlich und neugierig, leicht zu beeindrucken. Ich forderte ihn auf, den Arm zu heben, und sein Arm konnte nicht umhin, sich zu heben, ihn sinken zu lassen, und er fiel reglos herab. Ich fieberte, wie besessen von dem Vergnügen, diesen unbekannten Körper zu manipulieren. Wir atmeten zusammen. Ich suggerierte ihm, die Augen zu schließen.

«Ihre Lider sind fest geschlossen, EINS, so schwer, daß nichts sie mehr auseinanderbringt, ZWEI, Sie atmen ruhig ein, DREI, Sie sind ruhig, ruhig, entspannt. Sie schlafen.»

Der Mann schwankte. Als ich nach einem Stuhl verlangte, erscholl die dunkle Stimme Katzens. Ich hatte beinahe vergessen, daß er da war, daß wir auf ihn warteten – daß er erwartete, daß wir ihm zuhörten.

«Wir kennen uns kaum», deklamierte er, «doch ich bin überzeugt, daß wir uns verstehen werden. Warum sollte es anders sein?»

«Ich schlage Ihnen vor, eine Reise zu unternehmen», fuhr ich fort, «es steht jedem frei, auf dem Bahnsteig zurückzubleiben und sein Taschentuch zu schwenken.»

Unsere Anweisungen vermischten sich ganz natürlich, aber bald merkte ich, ohne daß ich es bewußt beschlossen hätte, daß ich nicht mehr sprach. Ich hatte dennoch das Gefühl weiterzureden, aber aus meinem Mund kam kein Ton. «Wir sind genauso imstande», behauptete der König der Hypnose, «uns zu zerstören wie uns aufzubauen, mit der gleichen Kraft, der gleichen Verbissenheit.»

Ich sah Katz nicht, wo war er? Ich blickte um mich. Meine Aufmerksamkeit galt nur belanglosen Dingen, dem aufgehenden Saum des Vorhangs, der Maserung des Holzes links vom Podium. Bald hörte ich keine Sätze mehr, sondern Gruppen von Tönen, Bleiperlen, die zwischen den Fingern durchrannnen, Knöpfe, bemalte, geschliffene, geklebte, geduldig sortierte Knöpfe, die in Bernards Cocktail versanken. Stoisch verharrte ich, voll von diesen Bildern, die sich aufdrängten, lauter Ereignissen, die niemand bewußt waren. Draußen ahnt man nichts, und drinnen läuft es frei herum, ein Drinnen weit hinter den Gittern, geschützt durch die perfekte Sprechweise des Königs der Hypnose und die Speichen der Räder von Pedro Santino, bald Champion, immer schneller, fahren, fahren bis zum Rathaus. Er schwitzt, Pedro beeilt sich. «Sie beginnen diese Liebkosung zu spüren», sagte Katz, «diese Liebkosung, die Sie entspannt.» Ein weißbehandschuhter Finger tauchte vor meinen Augen auf, da begriff ich, daß diese Worte an mich gerichtet waren. Der hypnotisierte Hypnotiseur, dachte ich, das wird dem Publikum gefallen. Ich sah einen Stuhl in der Mitte des Podiums. Der Fremde hatte dort Platz genommen. Er schlief, vornübergesunken, mit offenen Händen. Ich hatte meine Aufgabe erfüllt. Beruhigt wehrte ich mich nicht mehr gegen Katzens Suggestionen.

Würde er mir die Wangen mit seinen funkelnden Nadeln durchbohren? Ja, ich glaube sogar, er war dabei, es zu tun, aber ich spürte nur ein Zwicken in der linken Achselhöhle, einen Insektenstich. Ich wollte die Mücke vertreiben. Ich machte die Augen auf. Ich ging allein durch den Mittelgang, man berührte mein Gesicht, wie um zu sehen, ob ich wirklich existierte, dann fotografierte man mich auch noch. Die Frau, die das Kostüm von Crinoline trug, bat mit erhobenem Finger ums Wort. Der Bürgermeister erteilte es ihr. Katz warf ihm vernichtende Blicke zu. Was mischte er sich da ein? Die Frau protestierte. Ihrer Meinung nach war ich nicht in Trance, die Nadeln waren manipuliert, ich war die Gehilfin des Königs der Hypnose – der Beweis, wir waren zusammen gekommen, im selben Auto, sie hatte uns ankommen sehen. Und der Mann auf dem Stuhl, wer kannte ihn, woher kam er? Alle beide Komplizen, die Komödie hatte für ihren Geschmack lang genug gedauert.

Ich verstand, ich begriff, aber ich war außerstande zu antworten. Ich hätte gewünscht, man böte mir einen Sitzplatz an, Katz machte mir angst. Er hatte wieder diesen Ton vom Vortag angeschlagen, den von der Birne Hélène. «Was suchen Sie», sagte er, «Sie wollen mich in der Öffentlichkeit demütigen, Sie beleidigen meine Mitarbeiterin, Sie beleidigen diesen Mann dort, diesen Mann, der sich nicht einmal wehren kann. Aber hören Sie, Madame, genieren Sie sich nicht, uns die Vorstellung zu verderben, Sie werden sich nur noch lächerlicher machen. Also, noch ein kleiner Vorwurf, nein, nichts mehr?»

Das Publikum wurde unruhig. Der Herr Bürgermeister drehte sich um. «Frankreich« », sagte er, aber Katz schnitt ihm das Wort ab.

«Nun, da Sie Wert darauf legen, werde ich Ihnen das Gegenteil dessen beweisen, was Sie behaupten. Kein Simulant besteht die Feuerprobe. Haben Sie ein Feuerzeug? Beeilen Sie sich ein wenig, der Herr Bürgermeister wartet, machen Sie Ihre Tasche wieder zu... So ist es gut. Treten Sie näher, Madame, wir werden wieder auf die Bühne gehen, damit alle etwas von der Vorführung haben. Folgen Sie mir, bitte.»

Katz half uns aufs Podium. Er befahl mir, meinen Arm nach vorn auszustrecken, Richtung Publikum, und eine Faust zu machen. Ich glaube, ich tat es. Eine unendlich lange Zeit verstrich zwischen dem Augenblick, da er mir ankündigte, daß man mir ein paar Tropfen Eiswasser auf die Hand träufeln würde, und dem Augenblick, da die Frau ihn anflehte aufzuhören. Katz ließ das Feuerzeug los. Er hatte es brennend ganz nah an meine Haut gehalten, doch ich hatte nur ein angenehmes Gefühl der Kühle verspürt.

Die Frau entschuldigte sich in aller Form. Jemand pfiff. Katz sagte mir noch, ich solle schlafen, ruhig, mit offenen Augen. Er entfernte die Nadeln, die meine Wangen durchbohrten, und legte sie auf die Knie der anderen Versuchsperson. Einen Moment vergaß ich, was geschehen war. Es roch nach Äther. Ich fror, ich rieb mir die Augen, der Mann im grauen Kittel ging zum Vorhang, schob ihn zur Seite. Der Saum ging immer noch auf. Dann sah ich auf der anderen Seite des Saals die schwarzen Schuhe Pedro Santinos, seine flachen Radfahrerschuhe. Mit immenser Anstrengung brachte ich meinen Blick dazu, seine Beine hinaufzuwandern, allzulange blieb er auf seine Waden geheftet, bevor er zu seinem Gürtel, seinem hohlen Bauch gelangte, bald erkannte ich den Helm …

«Niemand», bekräftigte Katz, «kein Simulant besteht die Feuerprobe.»

Er nahm mich um die Taille und zog mich an sich. Die Zuschauer applaudierten. Die Neonlichter gingen an, und die lauernde Silhouette wurde noch deutlicher. Mir entfuhr ein Schrei der Überraschung. Pedro Santino hatte als guter Assistent auch den Arm ausgestreckt und die Faust geballt. Aber am Ende dieses Arms war ein Revolver, und er war auf uns gerichtet.

XVI

ES WÄRE MIR LIEBER GEWESEN, die Geschichte wäre hier zu Ende gewesen, doch etwas rief mich unablässig ins Leben zurück: Im Halbschlaf sah ich den Mann, den ich hypnotisiert hatte, den Nachzügler, wie er zusammengesunken auf seinem Stuhl saß. Hatte Katz sich die Mühe gemacht, ihn zu wecken, bevor er das Rathaus verließ? Ich stellte ihn mir vor, allein, schlafend, und diese Abwesenheit tat mir weh. Ich hatte nicht das Recht, ihn im Stich zu lassen, er hatte mir sein Vertrauen geschenkt, ich war für ihn verantwortlich. Ich mußte aufstehen, hingehen und ihn aus seiner Lethargie befreien, aber alles vermischte sich, die Wörter fehlten mir, ihre obskuren Definitionen schwirrten mir im Kopf herum. Ich versuchte, mir die Texte von M. A. Pearl ins Gedächtnis zu rufen, die Liste der Sprichwörter, ich mußte zählen, zählen, um wieder auf den Boden zu kommen. Ich rezitierte: Aus eins mach zwei, wenn zwei sich streiten, freut sich der dritte, aller guten Dinge sind drei. Die Welt zerfiel in schwindelerregende Gleichungen, die Spirale forderte wieder ihr Recht. Ich versank in Zahlen. Nur mein Onkel hätte mir aus dieser klebrigen Hölle heraushelfen können. Warum war er nicht hier, an meinem Bett?

Mein Zimmer roch nach Whisky. Die Tür ging oft auf. Ich rührte mich nicht. Pedro Santino beugte sich über mein Bett, eine muskulöse böse Fee, die ihren ausziehbaren Stab schwang, er betätigte die Fahrradpumpe, als wollte er irgendein großes Insekt vertreiben. Die schlechte Luft drang direkt in meine Nasenlöcher. Ich nieste. Ich hatte Hunger. Man gab mir Schokolade, Butterbrote, faden Käse und Tütensuppen, Champignoncreme, Spargelcreme oder Minestrone. Die zerrissene Tüte lag in einer Ecke des Tabletts. Die Brotkrümel sammelten sich zwischen den grünen Haaren des Teppichs.

Bevor er wieder ging, fragte mich Pedro, ob ich auf die Toilette wolle. Der Gedanke, ich könnte seine Laken besudeln, schien ihm mehr Sorgen zu machen als meine Gesundheit. Die bedrückende, hartnäckige Vision des auf die Bühne gerichteten Revolvers quälte mich, sobald die Erstarrung sich wieder meiner bemächtigte. Zwischen dem sitzenden Fremden aus dem Rathaus und dem stehenden Radfahrer, zwischen der freundlich trägen Masse und der Silhouette, die nahe dem Vorhang mit dem aufgehenden Saum, im toten Winkel, aufragte, konnte ich kaum atmen.

Unten schlugen die Türen. Meine rechte Hand war verbunden wegen der durch das Feuerzeug verursachten Verbrennungen, sie nahm viel Platz ein, wahrlich enorm viel Raum, viel mehr als mein restlicher Körper – dieser Rest, der sich seit der Vorstellung im Rathaus um die Wunde herum organisierte. Da war auch noch der Verband auf der Schulter, aber er störte mich nicht, im Gegenteil, er schützte mich. Je nach der Tageszeit wickelten Katzens lange Finger die blau eingefaßten Binden auf oder ab. Léo Robin, wo war Léo?

«Das muß Luft bekommen», sagte Katz und nahm den Mull ab. Er pustete auf die Brandblasen. Pedro legte einen Stapel trockener Tücher ins Wohnzimmer. Sie sind zerknittert, die Haut ist so zart, er stellt das Dampfbügeleisen an. «Kein Schmerz», wiederholte der König der Hypnose, «dein Arm ist schwer, sehr schwer, ein angenehmes Gefühl der Wärme durchströmt dich.» Ich versank in der Matratze, meine Augen fielen zu, Katz bügelte mich. Die Vorhänge waren zugezogen, was die Nachbarn nicht hinderte, ihre Staubsauger durchs Fenster zu leeren und heimlich die Begonien herauszuholen. Ich stellte mir ungern all die Dinge vor, die sich ohne mein Wissen zusammenbrauten.

Statt Fahrradrennen zu gewinnen, gewann Pedro Santino zentimeterweise Wadenumfang. Ich hörte die Ermahnungen von Katz. Seine Ratschläge verwandelten sich immer in Drohungen, wenn Pedro sich anschickte, das Haus zu verlassen, um zu trainieren. «Wenn du nach acht Uhr zurückkommst», warnte er, «schicke ich dich zu deinem alten Trainer nach Puteaux zurück!» Pedro kam fünf vor acht, er sah mitgenommen aus. Nach dem Essen fanden sich die beiden Männer wieder in meinem Zimmer ein, um zu diskutieren. Katz leerte mit langsamen Schlucken sein Whiskyglas. Er hatte die Lampe mit einem violetten Tuch abgedeckt. An meinem Bett sprach man leise. Eines Abends sank Pedro an Katzens Schulter. «Ich finde die Schaufel nicht», schluchzte er, «ich weiß nicht mehr, wo ich sie hingeräumt habe, ich weiß es nicht mehr.»

Er wollte sein Fahrrad im Garten vergraben wie Brambilla. Der erschöpfte Pedro beklagte sich, wieder große Schmerzen zu haben wegen des Sattels. Katz warf ihm vor, seine Sachen nicht pfleglich zu behandeln. «Wenn du dein Waschleder mit Vaseline einfettest», erklärte er, «wird es sich beim Trocknen aufblähen. Man muß es erst mit Äther reinigen, das ist doch keine Hexerei!»

Wo hatte er das gelernt? Ich hatte ihn im Verdacht, irgendwas zu erzählen. Pedro setzte sich in die Nähe des Kleiderschranks. Katz befahl ihm, sein Trikot auszuziehen, indem er das Gespenst jener Mikroben beschwor, deren köstliche Bezeichnung in der Unterhaltung regelmäßig wiederkehrte: Staphylokokken. Er begann ihm mit einer der Salben aus dem Küchenschrank die empfindlichen Teile zu massieren. Er glaubte wohl, daß ich schlief. Von meinem Bett aus konnte ich, wenn ich mich leicht zur Seite neigte, nicht Katzens Gesicht unterscheiden, aber ich sah seine Finger über etwas gleiten, das einem großen Furunkel glich. Pedro, vielleicht ein bißchen verlegen, wollte die Schenkel schließen.

Katz hielt sie mit seinem Ellbogen auseinander. Da nahm Pedro mit einer Bewegung, die von jedem affektiven Beigeschmack frei sein sollte, sein Geschlechtsteil und drückte es an seinen Bauch, um seine Erregung zu verbergen. Was das Verheimlichen angeht, sind die Mädchen besser dran. «Es ist eingedrungen», stammelte er, «ich spüre es, das tut gut, ich glaube, es genügt jetzt, ich komme allein zurecht» – und Katz drückte lächelnd noch einmal auf die Tube, und die Creme spritzte. «Kein Getue unter uns, ich flehe dich an», sagte er mit gespielter Verdrießlichkeit, «wenn du glaubst, daß mir das Spaß macht...»

Ganz offensichtlich erregte ihn Pedros Verlegenheit. Ich schob meine Hand zwischen meine Beine, wie um mich zu schützen. Ich verstand nicht, warum der Anblick der beiden Männer mich derart verwirrte. Da gab es ein Gebiet, auf das M. A. Pearl sich nur widerwillig einließ, wenn er sich im fünften Kapitel vorsichtig die Frage stellte: Sind wir verantwortlich für die Verirrungen unserer Einbildungskraft?

Ich hätte eifersüchtig sein müssen, was sage ich, schockiert über das Betragen von Katz und seinem Assistenten, jeder andere wäre gegangen und hätte die Tür zugeschlagen, aber nein, ich blieb still liegen und beobachtete die beiden. Ich überraschte sie nicht zum erstenmal in zweideutigen Situationen.

Die Salbentube landete auf dem Teppich. Pedro hatte sich umgedreht. Katz kam zu mir. In der Hand hielt er eine Schachtel Präservative. Pedros Hose, seine Socken und sein Trikot waren über mein Bett verstreut. Katz fegte alles hinunter. Er gab mir eine kleine Ohrfeige und befahl mir, wieder einzuschlafen. Meine Kehle war trocken. Ich schluckte, aber der Speichel überzog nur das Innere meines Mundes mit einem öligen, etwas ekligen Film. Ich schloß die Augen. Katz nahm mich gern unter Hypnose.

Pedro kam am nächsten Tag mit seiner Anmeldung zum Radrennkurs in La Colle-sur-Loup. Der Bus würde in Créteil abfahren, er hatte Fotos der Gegend gesehen, es ging ununterbrochen die Berge rauf und runter, mit einem Wort: das Paradies – und die Aussicht, für die Meisterschaften der Île-de-France topfit zu sein. Um nichts unversucht zu lassen, befahl ihm Katz, sich die Beine zu rasieren, was er schimpfend tat. Er nötigte mich, sie anzufassen. Seine gepuderte Haut war sehr zart, wenn auch mit kleinen Kratzern übersät. Verschmierte Kompressen lagen zuhauf im Mülleimer. Ich dachte an den Kuchen im Rotkreuzzentrum. Ich hatte Angst, die Fliegen könnten ihr Hauptquartier dort einrichten. Ich wollte es Katz sagen, aber es gelang mir nicht, einen zusammenhängenden Satz zu bilden. Ich war zu müde. Meine schmerzenden Kiefer weigerten sich, mir zu gehorchen. Zusätzlich zu den wiederholten Hypnosesitzungen gab man mir winzige weiße Tabletten zu schlucken. Pedro geriet plötzlich in Feuer. «Den Preis der Stadt Ormesson, den habe ich gewonnen, ganz allein, unabhängig», wiederholte er, «und die Trophäe des Hoffnungslaufs, was machst du mit der Trophäe des Hoffnungslaufs?»

Wovon sprach er? Katz küßte meine Lider. Meine Wunden vernarbten langsam. Offenbar bewegte ich mich zuviel, stellte mir zu viele Fragen. Warum hatten wir den Rathaussaal so schnell verlassen, ohne das Ende des Beifalls abzuwarten? Die Verletzung am Oberarm rührte, Katz zufolge, von einem Sturz her. Während er mich zu wecken versuchte, war ich in Ohnmacht gefallen.

In seltenen Momenten der Klarheit erinnerte ich mich tatsächlich, gefallen zu sein, aber ich konnte auch die Vorstellung nicht aus meinem Gedächtnis löschen, daß ein Schuß gefallen war. Katz sagte mir unermüdlich immer wieder, daß ich mich irrte, er schläferte mich ein und befahl mir zu vergessen. Ich wäre seinem Wunsch viel lieber nachgekommen, doch diese Dinge lassen sich nicht kontrollieren. Jedesmal wenn er mich bat, ihm die Szene zu erzählen, fing ich wieder vom Revolver an. Nach dem Knall hatte Katz mich zum Notausgang getragen. Pedro Santino wartete draußen auf uns. Er schwenkte einen Umschlag, der unser Honorar und zwei blaue Zettel enthielt. Katz schien befriedigt, als er den Betrag auf dem Scheck las. Dann hatte er Pedro am Kragen gepackt, ihm einen Faustschlag versetzt und ihn als Kretin beschimpft. Ich erinnerte mich nicht mehr, was dann geschah.

Lange danach war ein Arzt gekommen. Pedro sprach von der Nase. Zwei blutgetränkte Wattepfropfen ragten aus seinen Nasenlöchern. Der Arzt erklärte mit tonloser Stimme, diesmal gingen wir zu weit. Er bat um eine Pinzette und warf in der Eile die Whiskyflasche um. Ich schrie, doch mir tat nichts weh, nur der Alkoholgeruch störte mich.

Nach Katzens Darstellung war der Revolver, den ich gesehen hatte, nur eine Schreckschußpistole. Er benutzte sie in seiner Vorführung, um zu beweisen, daß es möglich war, jemanden von einem Täter unter Hypnose töten zu lassen. Er wählte eine junge, empfindsame Person, und in neun von zehn Fällen gelang das Experiment. Am Anfang des Jahrhunderts hatten zahlreiche Verbrechen durch beauftragte Stellvertreter von sich reden gemacht. «Das war eine nachgiebige Person», las man, «sie war fürs Laster so gut wie für die Tugend.»

Meineide, Diebstähle, Erbschleicherei... Katz erzählte eine Geschichte nach der anderen. Ich driftete ab. Da legte er mit einem Jungmädchenseufzer, der schlecht zu seinem Äußeren paßte, seinen Mund auf meine Gummilippen. Ich preßte mich mit Leib und Seele an ihn, genau in diesem Augenblick existierte ich, ohne ein anderes Verlangen als das, ihn zu befriedigen. Wir waren uns ganz einig: was ich für einen Schuß gehalten hatte, war in Wirklichkeit das Geräusch eines Eisens unter einem trampelnden Schuh oder das Klatschen zweier Hände gewesen, die kräftiger waren als die anderen.

Seit Pedro Santino aus La Colle-sur-Loup zurück war, verbrachte er noch mehr Zeit damit, sich zu beklagen. Seine gallertigen Worte verfolgten mich bis in meine Träume. Ich sah Gruppen von behelmten, keuchenden Insekten, die von Autos mit Fahrrädern darauf verfolgt wurden. Das Proberennen war zu schwierig, jammerte Pedro. Seine Mannschaft mochte ihn nicht. Man warf ihm vor, drei Jahre zuvor den Unfall eines Polizeilastwagens provoziert zu haben, er war von einer Brücke gefallen, ein Toter und drei Verletzte. Die Schulkinder, die sich am Straßenrand drängten, hatten ihm Tulpenstengel in die Speichen geworfen.

Katz hörte sich betrübt die Litaneien an. Seine Geduld wunderte mich. Er schien wirklich besorgt um die Zukunft seines Assistenten. Er hatte ehrgeizige Pläne mit ihm. «Wie oft habe ich es dir schon gesagt? Du mußt lostreten, sobald du den Schuß hörst», riet er ihm, «das heißt, schon lange vorher, in Gedanken. Das Problem liegt da, im Kopf, verstehst du, im Kopf!»

Ich fuhr aus dem Schlaf hoch. Worüber sprachen sie, was heckten sie aus? Ein Schuß, in den Kopf... Ich war in Schweiß gebadet. Ich trug ein Trikot, das Pedro gehörte. Die Tür meines Zimmers schloß sich wieder.

Das Auftauchen von frischen Blumen, die eilig in die Töpfe vor dem Fenster gepflanzt waren, kündete von meiner Genesung. Zum erstenmal seit der Vorstellung im Rathaus stand ich auf und zog mich an. Aus dem Schrank waren die Sachen entfernt worden, die er bei meiner Ankunft enthielt: Endlich gestand man mir in diesem Haus einen Platz zu. Trotz meiner Schwäche wollte ich mit Katz Besorgungen machen. Er nahm mich mit in ein Einkaufszentrum – ein Zentrum, das sich, wie es sich gehört, am Stadtrand befand, vor der Welt geschützt durch einen Kranz von Autos. Dort gab es eine beeindruckende Konzentration verschiedenster Waren, vom Rinderfilet bis zum Verlobungsring, und dieses Sammelsurium rief bei mir eine ebenso dumme wie unerklärliche Euphorie hervor. Ich sah all diese Dinge, die man kaufen konnte, und all diese Leute, die von einem himbeerfarbenen Pfeiler zum nächsten liefen, und ich lachte. Zehn Kinos, hundertfünfzig Läden und – immer noch laut den Reklametafeln, die unseren Weg säumten – 300 Quadratmeter Röcke «auf einen Blick». Katz ging vor mir her. Er führte mich ohne zu zögern zu einem Sportgeschäft, das allein schon alle Läden der Fußgängerzone von Sagny hätte aufnehmen können. Hier sprach man nicht von Regal, Gang oder Abteilung, sondern von Universum und Reich. Hier war niemand, der mich hätte erkennen können. Niemand, der mich hätte fragen können, wohin ich ginge und ob ich in der Schule fleißig sei. Dort probierte ein Mann einen Taucheranzug an, er hatte seine Brille aufgelassen, weiter weg tänzelten zwei junge Mädchen vor den Tennisschlägern. Hinten befand sich die Fahrradabteilung. Bremsen und Gangschaltungen waren in verschlossenen Vitrinen ausgestellt wie wertvoller Schmuck. Wir kauften Fußhaken aus Duralumin und ein Paar Handschuhe, um sie Pedro Santino zu schenken und meine Genesung zu feiern. Ich sah nicht, was mich dieses Geschenk anging, aber schließlich war ich froh, eine Zeit mit Katz allein zu verbringen, fast draußen. Er lud mich zu einem Glas ein in eine Bar gegenüber der Rolltreppe mit Rundblick über die sechstausend Parkplätze. Wir beobachteten schweigend die anderen Gäste. Es gab viel zu sagen. Auf dem Weg zur Toilette blieb ich vor einem Telefon stehen. Ohne zu überlegen nahm ich den Hörer. Die Verbrennungen hatten häßliche Narben auf meinen Fingern hinterlassen. Ich wählte die Nummer des Ladens. Wie lange war ich schon fort? Meine Mutter hob sofort ab: «Hier Crinoline», ich antwortete: «Ich bin es, ich lebe noch.» Am anderen Ende der Leitung entstand eine lange Pause, als hätte ich eine schlechte Nachricht verkündet. Endlich befahl sie mir mit zitternder Stimme, ihr meine Adresse zu geben. Ich schwieg meinerseits. Meine Mutter wollte zumindest wissen, wo sie mich im Notfall finden könne. Ich stellte mir vor, wie sie im rosa und silberdurchwirkten Wohnzimmer Pedro Santinos auftauchte und machte ihren Fragen ein Ende.

Es war Zeit, mit der Arbeit am neuen Programm zu beginnen. Katz, der sich in seinen Briefen so stolz auf seine Ideen gezeigt hatte, war nun unschlüssig über die einzuschlagende Richtung. Er ertränkte seine Zweifel in einer Flut von Vorschlägen. Unsere Liebesspiele folgten umgekehrten Wegen. Alles schien von Anfang an genau festgelegt. Die Proben endeten in Socken auf dem elefantenfüßigen Sofa. Die Erinnerung an unser erstes Treiben in Pedros Haus hatte den Ort geprägt. Katz legte mich über die Armlehnen, dabei sagte er mir jeden Tag die gleichen Artigkeiten, und wenn ich ihm den geringsten Widerstand entgegensetzte, weil ich es müde war, ständig die gleiche Szene zu spielen, wurde sein Verlangen, sich mit mir zu vereinigen, noch dringender. Das einzige Mittel, das begriff ich bald, diese Begierde ohne Überraschungen von mir abzuwenden, war, Katz in seinen Gebärden zuvorzukommen. Wie ein Tier, das die Zuneigung seines Herrn sucht, drückte ich mich an ihn. Ich dachte an Chouquette, sie rieb sich an meinen Beinen, im Winkel ihrer hübschen Lefzen bildete sich ein Speichelrinnsal. Katz wich zurück. Ich flüsterte ihm zu, daß ich ihn liebte, da bekam er Angst, was hast du, fragte er beunruhigt, er sah mich verlegen an, sein kleines, ganz kleines Geschlecht versteckte sich so tief wie möglich in der Masse der schwarzen Haare. Ich beharrte, gerührt, ihn so hilflos zu sehen angesichts der simplen Liebkosungen eines jungen Mädchens.

Bei diesem Rhythmus kam das Programm kaum voran. Da wir bald zu einer ersten Tournee durch die Diskotheken aufbrechen mußten, entschloß sich Katz, unsere tägliche Arbeit, wenn man das Arbeit nennen konnte, zu unterbrechen und ernannte mich zur vorläufigen stellvertretenden Assistentin an der Seite Pedros. Er ließ mich ein Pagenkostüm anprobieren, Beinkleider und Hemd mit Halskrause, das ich sofort übernahm. Meine Person sollte den zweideutigen Charakter der Hypnosevorführung verstärken. Er ging mit mir zu seinem Friseur. Mit kurzgeschnittenem Bubikopf kam ich wieder heraus. Katz schien mit dem Ergebnis zufrieden. «Zunächst», sagte er, «wirst du mein zweiter Blick sein.» Ich hatte offenbar viel Präsenz, vor allem von hinten. Vorn stellten sich die Dinge bescheidener dar. Ich sollte meine Brust einschnüren – diese Liaison war entschieden von einer Überfülle elastischer Binden gekennzeichnet. Gleichzeitig mit dem Pagenstatus wurde mir eine Börse mit einigen hundert Francs zugeteilt. Ich trug sie an guter Stelle, am Gürtel befestigt. Nie hatten Katz und ich die Frage meiner Entlohnung angeschnitten. Ich glaube, er hatte nicht vor, mich regelmäßig zu bezahlen. Er unterhielt mich, gab mir Taschengeld, war das nicht genug? Als ich mich ein paar Monate später erkühnte, das Thema anzusprechen, antwortete er mir, ich machte ihm großen Kummer. Wenn ich eine Beamtentätigkeit suchte, sollte ich mich nicht genieren, ich könnte ja gehen, er würde nicht versuchen, mich zurückzuhalten.

«Wenn ich denke», kommentierte er kopfschüttelnd, «daß

ich ihr alles beibringe, umsonst, und daß sie die Dreistigkeit besitzt, einen Lohn zu verlangen!»

Er sagte auch, ich sollte mir nur nichts darauf einbilden, daß ich es geschafft hätte, den Kerl im Rathaus einzuschläfern. Zum erstenmal brachte er die Sprache darauf. Ich fragte ihn, was er von meiner Leistung gehalten habe. Ich wurde mit eisigen Glückwünschen abgespeist. Es war klar, daß meine Art, auf sein Territorium vorzudringen, ihm höchlichst mißfallen hatte. Ich betrachtete meine Narben mit neuem Blick. Einmal in Fahrt, bewies mir Katz anhand von Zahlen, daß er keinerlei Grund hatte, mich zu entlohnen, daß ich ja seine Schuldnerin war. Wenn man ihn hörte, schuldete ich ihm mehrere tausend Francs. Mit jedem Satz wurde meine Schuld größer. Ich nutzte einen kleinen Fleck auf der Wand, um mich zu entziehen. Ich dachte an Perle. Sie malte jetzt auf Bleiplatten. Endlich hörte Katz auf zu reden. Er nahm mich in den Arm. «Und du bist doch mein kleiner Page, nicht wahr?»

Er schob seine Hand unter mein Hemd. Ich getraute mich nicht, ihn zu fragen, ob er den Mann geweckt habe, bevor wir das Rathaus verließen.

Schließlich gingen wir auf Tournee.

XVII

DIE MACHE ICH FERTIG, die Arschlöcher», stieß Katz aus. Er riß mir den Spiegel aus der Hand, hielt ihn ein paar Zentimeter vom Gesicht weg, vollkommen reglos, und betrachtete sich unverwandt, als versuchte er, sich selbst zu hypnotisieren. Als er sich endlich von seinem eigenen Bild lösen konnte, waren seine Augen blutunterlaufen.

«Ich fühle mich topfit», sagte er und knackte mit den Fingern, «ich glaube, sie werden sich an mich erinnern. Hast du sie zappeln sehen, zusammengedrängt wie die Schafe, die reinste Hammelherde! Und das Komischste ist, daß sie dafür bezahlen, im Dunkeln zu sitzen, betäubt, eingezwängt, erstickt vom Zigarettenrauch... Was machst du eigentlich, hörst du mir wenigstens zu?»

Ich antwortete nicht und pomadisierte mir in Ruhe das Haar. Wie ein Tier im Käfig umkreiste Katz meinen Stuhl. Meine Ruhe reizte ihn. Die Luke M. A. Pearls öffnete und schloß sich auf seinem Schädel. Er atmete geräuschvoll. «Meine Handschuhe, wo sind meine Handschuhe?» fragte er schließlich. Das Ventil säuselt, meine Mutter dreht das Feuer kleiner. Die weißen Handschuhe waren an ihrem Platz im Außenfach der Reisetasche.

Zwar verletzte mich Katzens Zorn noch immer, aber ich hatte gelernt, es nicht zu zeigen. Der Countdown begann. Nach dem Slowfox der Feuerstoß, dann das Stroboskop – ein letztes Mal überprüfte ich, ob die Requisiten funktionierten. Pedro polierte sein Fahrrad auf dem Gang. Der Ansager sprach den rituellen Satz: «Und nun, meine Damen und Herren, Bühne frei für den König der Hypnose!»

Erleichtert sah ich Katz die Garderobe verlassen.

Es hatte Veränderungen gegeben seit dem Abend im Futurclub. Von Woche zu Woche war die Vorstellung gewalttätiger geworden. Katz hatte sein braunes Jackett gegen einen alten Lederblouson vertauscht, den er direkt auf der Haut trug und der, wie er sagte, besser zu seinem amerikanischen Armeegürtel paßte. Seine Hose war so eng, daß er sie nur mit anstrengenden Verrenkungen zubekam. «Es ist kein Geheimnis dabei, für die Menge muß es knapp sitzen», keuchte er, während er mühsam seinen Hosenschlitz zuknöpfte. Ich brachte ihm seine Schuhe, doch ich hatte mich immer geweigert, vor ihm niederzuknien, um sie zuzuschnüren. Katz nannte das eine ganz offensichtlich unangebrachte Ziererei, so als hätte ich plötzlich angefangen zu schielen. Er übertrug die Nervosität, die mein Widerstand hervorrief, später auf die Zuschauer. Ich willigte aber ein, meinen Zeigefinger auf die erste Schlinge zu legen, damit er die Schleife ordentlich binden konnte, das war mein kleines Privatvergnügen, den Finger schnell genug wegzuziehen, damit er nicht eingeklemmt wurde. Katz konzentrierte sich. Er zog mit einem kurzen Ruck, wobei er einen Knacklaut von sich gab, der die Anstrengung unterstrich. Es war ihm noch nie gelungen, mich zu fangen. «Das hätten wir», brummte er und führte mit seinen Füßen ein paar unwiderstehliche Drehungen aus, bevor er sich setzte, damit ich anfinge, ihn zu schminken. Dieser Augenblick, wenn er sein Gesicht meinen Bemühungen überlassen sollte, war ihm nach der Niederlage, die er gerade eingesteckt hatte, besonders schmerzlich, doch sobald er auf seinem Stuhl saß, ein Handtuch um den Hals geknotet, das den herabfallenden Puder auffing, wurde er wieder recht gefügig.

Ich redete langsam mit ihm. Pedro Santino, der diese Funktion vor mir ausgeübt hatte, hatte mir beigebracht, eine schwarze Linie oberhalb und eine dunkelrote innerhalb der Lider zu ziehen.

An Pedro war die Weiterentwicklung des Programms nicht vorübergegangen. Katz hatte ihn genötigt, sich das Haar abzurasieren. Für seine neue Rolle hatte er sich auch das rechte Ohr an drei Punkten durchbohren lassen – ein Ohr, das er weit abstehend trug, wenn auch auf weniger provokante Weise als den linken Zwilling (und es gab nichts mehr, um sie zu verbergen, weder das eine noch das andere, keine braune Locke, keine Mütze, nicht einmal verkehrt herum getragen). Man muß zugeben, daß Pedro, derart verwandelt, einen klaren Erfolg davontrug. Wenn er als Tänzerin kam, an den Lenker seines Fahrrads geklammert, um auf der glatten Tanzfläche nicht auszurutschen, mit seinem Rosenkranz aus Sicherheitsnadeln, war die Wirkung sicher. Bevor Katz auftrat, stieß er hinter den Kulissen wilde Schreie aus. Die Scheinwerfer erloschen. Die plötzlich in Dunkelheit getauchten Zuschauer folgten Pedros Beispiel. Der Lärmpegel wurde fast unerträglich. Die Schwarzlichtketten begannen zu blinken. Der König der Hypnose «persönlich» sprang auf die Tanzfläche. Ich präparierte die Nadeln. Ich hatte eine Art, sie zu desinfizieren, bevor ich sie Katz reichte, indem ich das Becken leicht von links nach rechts bewegte, was das Publikum aufheulen ließ. Diese Lebensform paßte gut zu mir. Weder Mädchen noch Junge, übrigens: Nomade bis ins Innere meines eigenen Körpers.

Manchmal überraschte ich mich dabei, daß ich von einem ruhigeren Leben träumte, aber sobald wir zwei oder drei Tage am selben Ort blieben, wurde mir schwindlig. In welcher Stadt wir uns auch aufhielten, früher oder später gab es ein Detail, das mich an Sagny erinnerte: die Betonkübel der Fußgängerzone oder die Architektur des neuen Hôtel des Postes, die klinische Beleuchtung in einer Bäckerei, die zwölf Sorten Brot verkaufte, die Schilder der Geschäfte und ihre identischen Schaufenster von Pontarlier bis Bernay, von

Louviers bis Pont-Saint-Esprit, eine Verkäuferin, die meiner Mutter glich – ihre kokette Aufmachung, ihre Sorgen und die ängstliche Frage, die sie mir am Telefon gestellt hatte, «Wo finden wir dich, wenn etwas passiert?», etwas Schlimmes, versteht sich (was konnte Freudiges geschehen, das eine solche Eilfertigkeit verdiente?), meine Mutter und ihre saubere Unterwäsche in der Handtasche, ihr «für alle Fälle, im Falle eines Falles» und ihr Fleischtopf; mein ruhiger Vater, so ruhig, daß es an Erstarrung grenzte, in den Sessel im Wohnzimmer zurückgezogen, während er auf den offiziellen Ruhestand wartete –, kurz, sobald wir unser Gepäck abstellten, kam mir das komplette Arsenal dessen, was Sagny ausmachte, wieder ins Gedächtnis. Meine Kehle war wie zugeschnürt, ich wurde blaß, ich mußte husten, niesen, etwas in der Hand kneten, ein Taschentuch, ein Gummiband, ich mußte ausgehen oder mich einschließen, um diese Bilder loszuwerden. Zum Glück waren wir bald wieder auf der Straße, und ich ließ mich erleichtert von der Auberge Napoléon in die Colonne de Bronze verfrachten, gebackene Muscheln zu jeder Tageszeit, die Thermosflasche mit Kaffee zwischen die Beine geklemmt. Pedro erholte sich auf die Rückbank hingefläzt von seinem Sattelschmerz. Ich vergaß schnell und glaubte noch, das wäre ein Vorzug.

Bei jeder Etappe unserer Tournee wiederholte sich das Ritual. Bevor wir uns in die Diskothek begaben, kaufte Pedro die Lokalzeitung, und Katz suchte wie besessen, ob ein Artikel über ihn darin stand. Er war sehr besorgt um sein öffentliches Image. Er klebte selbst die Presseausschnitte ins Goldene Buch und versäumte keine Gelegenheit, sie zu zeigen. Er paßte auf, daß seine Bewunderer nicht die erste Seite übersprangen, auf der die Unterschriften einiger Persönlichkeiten aus Kunst und Politik prangten. Er unterstrich mit seinem Zeigefinger die Zeilen, die, wie er sagte, der Innenminister eigenhändig geschrieben hatte. Sein Gruß, an einem Saufabend gänzlich von Katz verfaßt, endete so: «Meinem Freund Katz, der mir das Leben gerettet hat.»

Der König der Hypnose kniff die Augen zusammen. Er erzählte, wie sie sich kennengelernt hatten, in Nancy, in einer berüchtigten Bar der Rue d'Amerval oder, je nach Laune, in Nizza, in einer Mistralnacht, auf der Mole. Katz sagte alles mögliche mit unerschütterlicher Selbstsicherheit. Wenn seine Worte diesen Grad der Irrealität erreicht hatten, gehörten sie mehr ins Reich der Fabel als der Lüge. Katz lebte nach anderen Regeln, leicht abgehoben vom Rest der Welt, wenn er sie auch durchschritt wie ein Landvermesser, der jede Einzelheit, jede Krümmung des Bodens – jede Gehirnwindung – registriert. Er hatte sich von seinem Beruf als Vertreter die einzigartige Fähigkeit bewahrt, seine Geschichten nach dem Wunsch der Leute, die ihm zuhörten, auszurichten. Wollte man Horror? Er deklinierte die Dramen, als hätten wir uns im Mittelpunkt aller Explosionen befunden, derjenigen des Tanzlokals in Santiago de Compostella oder, näher bei uns, derjenigen des Macumba; er redete von den drei Arbeitern, die, weil sie von den Gorillas der Diskothek von Guyan-Mestras in der Gironde abgewiesen worden waren, versucht hatten, die Tür mit dem Schaufellader einzudrücken. «Zwei Verletzte», seufzte er, «drei, wenn man den Besitzer mitzählt. Ich hatte sie ja gewarnt, aber sie wollten mich nicht eingreifen lassen...»

Katz war ein großer Liebhaber von Lokalnachrichten. Die gesichtete Zeitung landete zu meinen Füßen. Wenn wir vor dem Ort ankamen, wo wir spielen sollten, stürzte er aus dem Wagen, wie von einer Macht gerufen, die ihm überlegen war. Pedro setzte sich ans Steuer. Ich mußte bleiben und mich ums Gepäck kümmern. Katz zog es vor, ohne uns in die Diskothek zu gehen, um von dem Raum Besitz zu nehmen. «Ich werde den Saal mit meiner Energie aufladen», erklärte er den erstaunten Veranstaltern. «Allein vor sechshundert Individuen in Trance, bin ich genötigt, alle Trümpfe auf meine Seite zu bringen, sonst gehen wir einer Katastrophe entgegen. Es hat Präzedenzfälle gegeben, ich werde keine Namen nennen, aber Sie wissen, wie gefährlich eine schlecht geführte Menge werden kann.»

Während er das sagte, vollführte er ein paar Taschenspielerkunststücke. Durch die bloße magnetische Kraft seines Blicks verbog er ein Fünffrancstück oder störte das Bild der elektronischen Spiele. Katz war ein glänzender Schwätzer. Man applaudierte, er verbeugte sich. Dann bat er die Anwesenden um einen Augenblick absoluter Stille, stellte sich in die Mitte des Nachtlokals und setzte, indem er mit aller Kraft die Fäuste ballte und wieder lockerte, in Gedanken zum Sturm auf die «negativen Schwingungen» an. Seine langen Finger mit den stets abgebissenen Fingernägeln streckten sich abwechselnd den Scheinwerfern, den Lautsprecherboxen, den Tischen oder den hinter der Bar aufgereihten Flaschen entgegen. Wenn ihn diese Übung erschöpft hatte, trank Katz gerne einen Aperitif, bevor er an die Einrichtung von Licht und Ton ging. Das war sein erster Tropfen Alkohol am Tag. Er setzte seine Ehre darein, der Versuchung nicht früher zu erliegen. Diesen Schluck Whisky, wie er ihn genoß! Nachher holte er auf, zwanghaft leerte er all die Gläser, die er sich während, vor und nach dem Mittagessen verweigert hatte. «Im Gegensatz zu dem, was du denkst, bin ich kein Alkoholiker», lallte er, wenn ich ihn spät nachts ins Hotel brachte, «ich bin besoffen, ein kleiner Unterschied. Und ich würde sogar sagen, ich bin nicht besoffen, wenn man den Dingen ins Gesicht sieht, statistisch bin ich betrunken, weil ich der König der Hypnose bin und weil ihr mich mal könnt.»

Ich sei zu jung, um zu verstehen, sagte er wiederholt und preßte sich an mich, zu jung. Wir verloren das Gleichgewicht. «Du bist nur ein kleines Mädchen, ein ganz kleines

Mädchen, aber wenn du bei mir bleibst, wird etwas aus dir, hm, Pedro, sag es ihr, du kennst mich doch, nicht eine Puppe aus dem Supermarkt, ein schönes Weib, das den Angebern das Maul stopft, sag es ihr, Pedro...»

So konnte er stundenlang monologisieren.

Für Katz begann die Vorstellung also genau in dem Augenblick, in dem er ins Innere der Diskothek eindrang. Das Personal war sein erstes Publikum. Es mußte genauso erobert werden wie später die Gäste. Eine halbe Stunde danach kam ich, als Junge gekleidet, den großen Requisitenkoffer hinter mir herziehend. Vom zweiten Whisky an begann Katz aggressiv zu werden, dann wurde meine Anwesenheit notwendig. Ich diente als Puffer. Katz stellte mich als seinen Lehrling vor – ein Begriff, der den Vorteil hatte, die Zweideutigkeit meiner Identität zu respektieren. Er behandelte mich streng. Selbst hinter den Kulissen erlaubte er sich keine zärtliche Geste mir gegenüber. Dafür wurde er umgänglicher, sobald ein weibliches Wesen in der Nähe war. Noch am Morgen, wenn wir nach einer zu kurzen Nacht unser Zimmer verließen, fand er die Kraft, trotz Kopfschmerzen und trockenem Mund den Hotelangestellten den Hof zu machen, sie zur Farbe ihrer Blusen zu beglückwünschen, seien sie nun gelb, marineblau oder alabasterweiß, was machte das schon, er mußte ein letztes kleines Häufchen auf die Matte setzen, bevor er ging. Auch die Empfangsdame hatte Anspruch auf ihr Couplet. «Seht euch doch diese Pupillen an», rief Katz, «ist Ihnen überhaupt bewußt, was für eine außergewöhnliche Iris Sie haben?», und schon war die Frau mit den braunen Augen seinem Charme erlegen. Er erzählte ihr von seinem Beruf. Sie bat um ein Autogramm. Er holte einen kompletten Satz signierter Fotos hervor. Für jeden Geschmack etwas dabei, außereheliche, die man in der Brieftasche verstecken konnte, und andere, größere in ganzer Figur, mit eng anliegender

Hose und schwarzem Blouson, die nur darauf warteten, auf der Kommode einer Ledigen neben das Bildnis der Eltern gestellt zu werden.

Ich blieb lieber abseits. Pedro Santino war genauso eifersüchtig wie ich. Verbunden gerade durch das, was uns trennte, kommentierten wir ausführlich die Fortschritte des Künstlers. «Ich wette mit dir, daß er sie um ihre Adresse bittet», flüsterte Pedro. Jedes dritte Mal nötigte mich Katz, die Pressemappe aus dem Koffer zu holen. Dann drückte er mir ein bißchen Geld in die Hand, damit wir einen Kaffee trinken gingen. Vom Gegenstand unserer Beobachtung abgeschnitten und verloren ohne ihn, hatten wir einander nichts mehr zu sagen und warteten schweigend. Ich wußte aus Erfahrung, daß diese morgendlichen Komplimente nicht viel bedeuteten (aber eben, warum äußerte er sie überhaupt, wenn wir gerade noch umschlungen, aneinandergeschmiegt und uns küssend im Bett gelegen hatten?). Dieses unaufhörliche Bedürfnis zu verführen machte mich sprachlos – und zum Glück schwieg ich, trotz meiner Lust, nebenbei, während ich beispielsweise die Mappe öffnete, eine perfide Bemerkung fallenzulassen. Katz ertrug keinerlei Vorwurf in bezug auf das, was er sein Privatleben nannte.

Denn Katz hatte ein Privatleben. Und wir, wo ordnete er uns ein? «Aber mit dir», beruhigte er mich, «ist es doch etwas anderes, du bist alles für mich, ich gebe dir, was du willst, ich verstehe nicht, was dir fehlt...»

Wieder einmal antwortete ich nicht. Meine Traurigkeit war nicht mit Begriffen des Fehlens und Mangels zu erklären. Gewiß, diese Unterhaltungen nahmen mir nichts weg, sie hätten mich im Gegenteil trösten müssen, denn trotz allem, was Katz an diesen Mädchen zu finden schien, war ich es, für die er sich jede Nacht entschied.

Jede Nacht, oder fast. Drei- oder viermal hatte er es vorgezogen, mit Pedro Santino im Auto zu schlafen. Sie hätten nicht die Kraft, bis ins Hotel zu gehen, sagten sie, und ich konnte nichts machen, sie weder überzeugen (sie hörten mir nicht zu) noch die beiden schwankenden Körper tragen. Katz hatte mir vorgeschlagen, bei ihnen im Auto zu bleiben. So weit war ich noch nicht.

Der Höhepunkt war im März erreicht, in einer properen Diskothek, die Schwarzer Diamant hieß. An diesem Abend wurde der schönste Busen des Départements Haute Savoie gewählt. Die süßliche Vulgarität des Plakats, das einen «Tittenabend» nach der Hypnosevorführung ankündigte, ließ das Schlimmste ahnen. Eine Reise auf die Balearen war zu gewinnen.

Die Wahl spielte sich öffentlich ab. Katz verausgabte sich völlig während der Vorstellung. Nie hatte er so sehr von seinen Händen Gebrauch gemacht, um seine Opfer in den Zustand der Lethargie zu versetzen. Auf diese Weise bildete er sich eine sehr persönliche Meinung über die jeweiligen Qualitäten der zukünftigen Kandidatinnen. Seine Tricks hätten mich belustigen können, wenn er nicht drei von ihnen eingeladen hätte, sich in unserer Garderobe zu entspannen – ein dunkles Zimmer, das den Angestellten auch als Kleiderablage diente. Als ich kam, um mich abzuschminken, lagen sie halbnackt auf dem Boden, eine Brünette und zwei platinblonde Zwillinge, und boten dem König der Hypnose nacheinander ihre Schultern zur Massage. Sie nahmen inspirierte Haltungen ein, während sie seinen Ratschlägen lauschten. Katz tat, als sähe er mich nicht. Da ich näher kam, stützte sich das brünette Mädchen auf die Ellbogen, wölbte die Brust und lächelte mich kokett an. Ich fühlte, wie sich in mir alles zusammenzog. Ich ging hinaus und schlug die Tür hinter mir zu.

Katz war Mitglied der Jury. Als das Defilee stattfinden sollte, verlangte er, ich möge mich nicht entfernen. «Du wirst uns zeigen, was du kannst», flüsterte er, «da du es wagst, diese Geschöpfe als deine Rivalinnen zu betrachten.»

Ich verstand nicht gleich den Sinn seiner Worte. Wie immer um diese Nachtstunde hatte Katz viel getrunken. Ich blieb reglos hinter seinem Stuhl stehen, bis die letzte Kandidatin erschienen war. Der Besitzer der Diskothek erklärte die Beratungen für eröffnet. Die Jury räusperte sich. Da stand Katz auf und kündigte mit dröhnender Stimme die Teilnahme eines Überraschungsgastes an. Er drehte sich um, faßte mich um die Taille und stellte mich wie einen großen Blumenstrauß vor sich auf den Tisch.

Meine Hemdknöpfe boten seiner Entschlossenheit nur schwachen Widerstand. Die elastische Binde kam zum Vorschein. Es gab Protestregungen im Saal, es war klar, der König der Hypnose handelte gegen meinen Willen, aber als die Zuschauer entdeckten, daß ich nichts von dem schönen Jüngling hatte, den sie sich vorstellten, als sie merkten, daß ich sie getäuscht hatte, nahmen sie keinerlei Rücksicht mehr auf meine Person. Auf allgemeinen Wunsch ergriff Katz das Ende der Binde, und langsam, langsam drehte ich mich um mich selbst.

Ich schluckte meine Tränen hinunter. Ich wollte ihm nicht die Freude machen, mich weinen zu sehen. Stolz, mit erhobenem Kopf, den Blick auf die mit glitzernden Spiegeln bedeckte Kugel gerichtet, die sich über mir ebenfalls, aber in umgekehrter Richtung drehte, setzte ich einen Fuß vor den anderen auf dem von der Spirale beschriebenen Weg. Was war so kostbar an mir, daß es verborgen werden mußte? Ich öffnete die Arme. Katz trat in den Hintergrund. Ich erhob mich über die Menge, ich zählte. Zwei, drei, vier volle Umdrehungen. Perle gestaltete die Bleiplatten in ihrem Heiligtum. Mein Körper wurder immer leichter. Ich spürte, wie der Druck der Binde nachließ. Ich stellte mir den Abdruck des Gewebes auf meiner Haut vor. Die Kugel kam zum Stillstand. Benommen senkte ich kurz die Augen. Pedro an der Bar verfolgte meine fortschreitende Nacktheit mit einem mitleidsvollen Blick.

Das Erscheinen meiner Brüste, kleiner schüchterner Dinger verglichen mit den vollen Busen der offiziellen Kandidatinnen, rief allgemeine Rührung hervor. Es gab keinen Schrei, keinen unangebrachten Kommentar, sondern eine Woge sehr sanften Beifalls. Jemand reichte mir ein Tuch. Ich stand da, das Viereck aus Seide an mich gedrückt wie einen Brief, auf den man schon lange wartet, und die Menge verharrte ebenfalls einen Augenblick regungslos. Der Diskothekbesitzer half mir, vom Tisch zu steigen. Die Zuschauer wichen zurück, um mich durchzulassen. Pedro Santino begleitete mich in die Garderobe.

Ich setzte mich in eine Ecke auf den Boden, unter die Haken, an denen die Sachen des Personals hingen. Ich zitterte.

Zu meiner großen Verblüffung wollte die Jury mir den ersten Preis zuerkennen, doch da den lokalen Büsten Genüge getan werden mußte und insbesondere denen der Stammgäste des Schwarzen Diamanten, regte Katz großmütig an, die platinblonden Zwillinge zu küren. Sie würden sich den Ibiza-Urlaub teilen.

Ich habe nie erfahren, was Katz zu beweisen versucht hatte, als er mich zwang, an dem Wettbewerb teilzunehmen. Dachte er wirklich, ich würde einen solchen Erfolg haben? Wollte er mich demütigen? Im Hotel brachte er, während ich ein Bad nahm, vage Entschuldigungen vor. Ich glaube, in jener Nacht betrachtete er zum erstenmal meinen Körper. Er liebte ihn.

Dieser Abend gab mir wieder Selbstvertrauen. Anstatt nach der Vorstellung in der Garderobe auf Katz zu warten, trieb ich mich, immer noch im Pagenkostüm, an der Bar herum. Ich war überrascht, wie selbstverständlich die Leute zu mir kamen. Sie stellten mir Fragen, die sie gern Katz gestellt hätten – aber Katz machte angst, und ich war da, ein bißchen allein, ein bißchen verloren. Ich flößte Vertrauen ein. Sie duzten mich sofort. Ihre Neugier in bezug auf mich war oft nur ein Vorwand, um das Gespräch auf Themen zu bringen, die sie tiefer berührten. Sie hatten gehört, daß man mit Hypnose Akne, Schlaflosigkeit oder vorzeitigen Samenerguß heilen könne. Es war komisch, angesprochen zu werden wie ein Junge. Ich wiegte den Kopf. Dieses Zeichen konnte genausogut als Zustimmung wie als Verneinung gelten. Mußte nicht jeder selbst wissen, worein er sein Vertrauen setzte. Diejenigen, die aus meiner Bewegung eine positive Antwort herauslasen, legten ihr Problem dar. «Weil ich, siehst du...»

Ja, ich sah. Die Hände öffneten sich, man drückte seine Zigarette aus, die Schultern sanken leicht ein. Ich redete so wenig wie möglich, um nicht entlarvt zu werden, aber ich sah meine Gesprächspartner aufmerksam an. Ohne daß sie es ahnen konnten, versetzte ich sie in einen Zustand leichter Erstarrung. Ich bewegte mich vor und zurück und fixierte dabei ihre Nasenwurzel. Sie gähnten oder strichen sich über den Nacken. Viele begannen damit, daß sie verkündeten, sie wollten aufhören zu rauchen (oder zwanghaft zu essen, zu trinken, Drogen zu nehmen). Sie hatten es mit Akupunktur, mit transzendentaler Meditation, mit Lakritzstangen, mit Sport und Vitaminkomplexen versucht, erfolglos. Manche hatten aus Angst zu scheitern gar nichts unternommen. Sie kannten die Rezepte besser als alle andern. Diese Geschichten waren nicht gerade aufregend, die Musik verschluckte die Hälfte der Sätze, ich antwortete ja, vielleicht, unter bestimmten Bedingungen. Wenn die Person nicht lockerließ, schlug ich vor, uns in eine ruhigere Ecke zu setzen. Ich hatte bemerkt, daß es genügte, wenn ich mich im Profil zeigte, mit übereinandergeschlagenen Beinen, die rechte Wange in die Hand gestützt, damit sie mir ihr Herz ausschütteten, als wollten sie meine nachlassende Aufmerksamkeit festhalten. Dann war nicht mehr die Rede von Entzug oder Kalorien. Die Berichte weckten einen Augenblick meine Neugier, doch was mich vor allem überraschte, war die Anzahl verzweifelter Personen, die ich an diesem Ort traf, wo man glaubt, die Leute amüsieren sich. Während sie redeten, sah ich mich wieder auf dem Tisch stehen mit ausgebreiteten Armen und leichtem Kopf, der sich drehte in dem Maße, wie die elastische Binde abgewickelt wurde. Dieses Bild half mir zuzuhören, wirklich zuzuhören, jenseits der Worte, das heißt mit ein bißchen Glück zu erraten, was die von M. A. Pearl so geschätzten Funken in ihnen hervorrufen könnten. Es ging nicht darum, Mitleid zu haben, das begriff ich sehr schnell, sondern Phantasie.

Viele Mädchen meines Alters sprachen mit mir. Sie wären hier, um auf andere Gedanken zu kommen, sagten sie mit eintöniger Stimme, und nun seien sie noch trauriger, von einer Gruppe zur andern getrieben, von den fröhlichen Ermahnungen des Ansagers verletzt. Schließlich verkrochen sie sich in einer Ecke, am liebsten in der Nähe der Lautsprecher. Sie weinten. Da zumindest konnten sie vorgeben, es sei wegen des Rauchs. Oder der Klimaanlage.

Manchmal erkannte ich mich wieder. Wir hatten alle Angst, große Angst. Der Gegenstand unseres Schreckens war verschieden, doch das Gefühl war identisch, es packte uns an der Kehle, ohne zu warnen, es lähmte uns. Manche nannten das aus Scham Müdigkeit, andere lehnten sich auf. Ich begann zu trinken. Später als Katz, gewiß, und viel weniger, aber genug, daß es mir half, die Nacht zu überstehen.

Wir waren seit neun Wochen unterwegs. Zu Beginn war die Wirkung des Alkohols so angenehm, daß ich mich fragte, warum ich nicht früher angefangen hatte. Ich glaube, die Flasche Wein, die ich heimlich ins Zimmer meines Onkels im Rehabilitationszentrum geschmuggelt hatte, die Flasche, die der Anlaß für meinen Rausschmiß und, indirekt, für den Durchbruch der Logopädin gewesen war, diese Flasche hatte mich von der Idee des Trinkens ferngehalten. Und dann hatte ich damals noch das Buch, ich war nicht so abhängig von den andern.

Nach drei oder vier Gläsern wurde ich beweglicher, ich ging die Hüften schwenken, wie Katz sagte, da zog ich einen anderen Typ von Geständnissen an. Die Freiheit, mit der diese Unbekannten mir ihre intimsten Obsessionen erzählten, jene, die sie noch nie jemand anvertraut hatten, machte mir Mut. Ich streute Bilder aus, die das Leben feierten. Wie M. A. Pearl spielte ich mit den Paradoxen und verkürzte sie, ohne mich allzusehr um den Zusammenhang meiner Worte zu kümmern. Ich sprach von Perle und Chouquette. Ich versuchte nicht mehr zu verbergen, daß ich eine Frau war. Man hörte mir zu, vielleicht noch besser als vorher, manchmal dankte man mir. Der Ansager kündigte die baldige Schließung der Diskothek an. Das war die Stunde der Schlägereien und der persönlichen Botschaften. Katz faßte mich am Arm. Er befahl mir, die Requisiten aufzuräumen. In Gedanken weckte ich rasch meinen Gesprächspartner. Erstaunt räkelte er sich, gähnte wieder, rieb sich die Augen. Ich hatte den Eindruck davonzulaufen, bevor das Spiel zu Ende war, ihn mitten in einer Szene im Stich zu lassen, und um mich nicht mit dem scheußlichen Gefühl des Verrats konfrontieren zu müssen, verdrückte ich mich, ohne ihm auch nur auf Wiedersehen, alles Gute, bis bald vielleicht zu sagen, all diese rituellen Dinge eben, die Trennungen mildern.

Verdiente ich das Vertrauen dieser Leute? Ich beruhigte mich recht und schlecht. Sie lieferten sich so aus, weil ich nur auf der Durchreise war. Mir gefiel der Gedanke nicht, nie mehr von ihnen zu hören. Ich dachte oft an den taktvollen jungen Mann, der nicht verstand, warum seine Freundin beim Orgasmus «John» gerufen hatte, während er doch Jean hieß. Ich hatte ihm geraten, taktvoll zu bleiben. War es nicht das Wichtigste, daß sie befriedigt war? Wenn die Sache sich wiederholte, brauchte er nur mit sanfter Stimme «Cora, Cora» zu antworten. Er hatte mir versprochen, es zu versuchen. Wer war John? Ein Nachbar, ein Bekannter? Es war Zeit zu verschwinden. Ich hoffte, meine Worte würden ihren Weg machen. Ich stellte mir vor, daß Jean mich umarmte. Blind ging ich vorwärts, hinter mir ließ ich mein sehendes Double.

Ein einziges Mal erfuhr ich, daß meine Worte Früchte getragen hatten. Es handelte sich um ein sehr hübsches Mädchen aus Quebec, eine dieser hellhäutigen jungen Damen, die einen richtigen Beruf wählen. Sie war eine glänzende Jurastudentin, ihre Eltern respektierten sie, ihr Verlobter erwartete sie in Montreal. Doch seit sie nach Frankreich gekommen war, verbrachte sie die Nächte an schmutzigen Orten und hatte ein diebisches Vergnügen daran, die häßlichsten Typen herauszufordern. Ich bedrängte sie mit Fragen. Dieses Mädchen hatte keine Ähnlichkeit mit den anderen.

«Siehst du diesen triefenden Kerl, der sich da drüben am Rand der Tanzfläche auf die Bank fläzt?» fragte sie und senkte die Stimme dabei, als würde allein die Tatsache, daß sie seine Existenz bemerkt, sie ins Unrecht setzen.

Ich machte das Individuum aus, das tatsächlich eine nicht sehr appetitliche Haltung einnahm. Er trug ein weit offenes Hemd, eine ovale Brille und eine enge Hose, ein bißchen wie die von Katz.

«Also, letzte Woche», fuhr das Mädchen aus Quebec fort, «haben wir mehrere Slowfox miteinander getanzt, und ich habe zu ihm gesagt: Ich mag Ihre Art, mich anzuschauen. Verstehst du das? Ich habe nicht nur seine Aufforderung angenommen, wobei schon der Gedanke, von seinen fetten Händen berührt zu werden, mir Übelkeit verursachte, ich habe ihm auch noch Komplimente über das gemacht, das mir an ihm am meisten mißfiel, nämlich die Art, über seine Gläser hinweg auf meinen Busen zu schielen. Er besprühte mir das Dekolleté, als er den Kopf schüttelte, mit seinem rechten Zeigefinger auf dem Brillengestell, als müßte er auf einen Zerstäuber drücken. Er ist mir die ganze Nacht gefolgt, ich wurde ihn nicht mehr los. Seien wir ehrlich, ich habe nicht versucht, ihn abzuhängen, im Gegenteil: Ich habe ihn gebeten, mich mit dem Auto nach Hause zu bringen. Er hat das Radio und die Heizung angestellt. Ich wohne ziemlich weit weg, als wir ankamen, war er fast trocken. Ich habe mich bedankt und ihm unter dem Vorwand einer Migräne die Tür vor der Nase zugemacht. Als er mich heute wiedergesehen hat, dachte ich, er würde sich auf mich stürzen.»

Sie war verstummt. «Als hätte ich nicht in ein anderes Lokal gehen oder brav im Bett bleiben können», murmelte sie. «Ich mußte ihn wiedersehen. Mich seinem Urteil aussetzen.»

Sollte ich ihr glauben? Der Mann sah oft in unsere Richtung. So konnte es nicht weitergehen, sagte sie, und doch überkam sie eine unvergleichliche Lust, als sie sich am Morgen, während sie in die flachen Schuhe schlüpfte und ihr langes Haar zu einem tadellosen Schwanz zusammenband, vorstellte, sie würde mit ihrem schäbigen Kavalier ins juristische Seminar kommen. Sie sah das Gesicht Jean-Charles' vor sich, das Gesicht Thierrys, eine glattrasierte, parfümierte Haut, und die großen Augen, die sie beim Erscheinen des unmöglichen Paars machen würden. Warum er, dieser alte Fisch, und nicht sie? Sie würde aufrecht gehen und sich zwingen, ihn vor ihren Freunden auf den Mund zu küssen. Sie würde sich schämen. «Zum Glück», fügte sie anmutig tänzelnd hinzu, «habe ich es nie wirklich getan. Das ist es übrigens, was mir Probleme macht, es nicht wirklich zu tun.»

Ich bat sie, ihren letzten Satz zu wiederholen. Sie errötete. Der Mann war näher gekommen. Ohne sich aus der Fassung bringen zu lassen, setzte er sich dicht neben das Mädchen. Sie warf mir ein maliziöses Lächeln zu, als wollte sie mir sagen, «siehst du, ich habe nicht gelogen, ein nasser Schwamm».

Ratlos spürte ich, wie sich meine Stirn runzelte, doch da ich auf keinen Fall ihren Freunden gleichen wollte, flüsterte ich ihr ins Ohr, daß sie konsequent sein solle, zumindest einmal im Leben, und warum nicht heute nacht.

«Heute nacht?» staunte sie.

Der Mann zog ein Päckchen Pfefferminzkaugummis hervor. Ich stand auf. Das Mädchen fragte mich, wo ich zu erreichen sei. Ich kritzelte meine Adresse in ihr Notizbuch, das heißt, die Adresse von Pedro Santino in Chevilly-Larue.

Zwei Monate später erhielt ich einen überraschenden Brief. Sie dankte mir, daß ich ihr diesen Rat gegeben hatte. «Ich weiß nicht, ob du dich an mich erinnerst», schrieb sie, «aber es war mir wichtig, Dir zu erzählen...»

Sie war sehr verliebt. In ihn. In den Schwamm.

Als ich diese Nachricht las, war ich nicht mehr in der Lage, mich zu freuen. Die letzten Wochen der Tournee waren ein Martyrium gewesen. Ich hatte die Unvorsichtigkeit besessen, Katz vom Inhalt dieser Gespräche nach der Vorstellung zu berichten. Er hatte mich reden lassen, mich fast dazu gedrängt und mich dann als Idiotin beschimpft. Die Veranstaltung sei keine Beratungsstunde und keine Wohltätigkeitseinrichtung, er bitte mich, von nun an auf meinem Platz zu bleiben.

Mein Platz, das begriff ich beim nächsten Auftritt, war entweder in der Garderobe oder bei Pedro Santino. Ich wählte Pedro Santino und verdoppelte meinen Alkoholkonsum. Ich war es müde, jeden Freitag und Samstag Hunderte verschiedener Personen zu sehen, ohne mit ihnen sprechen zu können; die Leute begannen sich alle zu gleichen, und ich fing an, sie zu hassen. Dieses Eintauchen in die Nachtwelt erschöpfte mich. Ich schlief schlecht. Ich konnte den Zigarettenrauch nicht mehr ertragen, der uns überall verfolgte. Von der rosa Gelatine wurde mir schlecht. Als er mich so müde sah, war Katz eher nett zu mir. Er pflegte mich gern. Er kaufte mir haufenweise Vitamine. Jede Woche verlegten wir beide die Stunde des ersten Glases vor. Eines Tages schlug Katz uns vor, zur Feier seines Geburtstags mittags in ein Fischrestaurant zu gehen. Er bestellte eine Flasche Graves, dann noch eine. Am Ende des Essens gab er eine Runde aus. Alle Gäste erhoben sich, um auf seine Gesundheit anzustoßen. Ich dachte an unsere erste gemeinsame Mahlzeit, den Abend mit den Froschschenkeln und der Birne Hélène. Was ich befürchtete, geschah, Katz begann sehr laut zu reden von sich, von der Veranstaltung, dann von mir, die er oben in der Rue Saint-Denis aufgegabelt haben wollte, kaum dreizehnjährig. Man musterte mich lächelnd. Man hätte gern nachträglich an der Rettung teilgenommen. Jetzt erging sich Katz in Lobreden über Pedro Santino. Er erfand eine ganz andere Geschichte als die, die er mir im Auto erzählt hatte: Diesmal kam der Radrennfahrer aus der Creuse, seine Eltern waren Metzger, von Jugend an hatte er mit dem Fahrrad die Bestellungen ausgefahren. Die Ware war nicht immer gleich frisch. Das Kind radelte mit aller Kraft, um so schnell wie möglich anzukommen, bevor die Schweinshaxe ihr Paniermehl verlor, und fuhr sofort wieder los, um den eventuellen Reklamationen der Kunden zu entgehen. So hatte sich Pedro ganz unbeabsichtigt den Körper eines Champion zugelegt. Seit er in Chevilly war, trainierte er täglich, «aber da gibt es dieses Ei» (neue Runde für alle, Katzens Redeweise veränderte sich mit dem Trinken), Pedro Santino wollte protestieren, «Ich bitte dich», begann er, doch Katz ließ ihn nicht ausreden. «Stört dich das Wort Ei?» gurrte er, «ich nehme es zurück. Nennen wir es einen Haken, wenn dir das lieber ist. Also was ist das für ein Haken, sagst du es uns, mein Häschen, sagst du es uns, hm?»

Katz trank in einem Zug sein Weinglas aus. Pedro blieb stumm. «Du wirst mich doch nicht zwingen, von den Lagerhallen in Rungis zu sprechen», beharrte er und tätschelte ihm den unteren Lendenbereich, «du wirst ihnen ganz lieb zeigen, warum du das nächste Rennen nicht gewinnst und auch nicht das übernächste...»

Ich erfuhr nie, was in den Lagerhallen vorgefallen war, doch ich sah, wie mein Pedro noch etwas mehr in sich zusammensank, auf seine Genitalien zeigte und die geheimnisvollen Worte sprach: «Ich habe einen zweiten Sack, das kommt von der Reibung des Sattels, wie bei den Knien der Fliesenleger.»

Das Geständnis wirkte ernüchternd. Die Gäste wußten nicht, wie sie sich verhalten sollten. Der Kellner kam ihnen zu Hilfe. «Einen zweiten Sack», gluckste er, «um das ganze Geld hineinzutun, das er bei der Tour de France verdienen wird!»

Katz verwies ihn an seine Arbeit. «Punktionen haben nichts genützt, Spritzen auch nichts», erklärte er mit gequälter Miene, «man wird schneiden müssen.»

Er tätschelte seinem Assistenten die Wange und lachte laut auf. Pedro tauchte unter den Tisch, holte sein Rad hervor und verließ das Lokal. Katz bat mich, ihm nachzugehen. Ich holte Pedro auf der Straße ein. Ich versuchte ihn zu trösten. Er brachte die Rede auf die Nacht, in der Katz mich genötigt hatte, meine Brüste zu zeigen. «Zuerst war ich eifersüchtig», sagte er, «aber ich war dir nicht böse, ich war auf Katz böse, er hatte dich überredet zu kommen, auf ihn habe ich im Rathaus gezielt, am Tag nach deiner Ankunft. Er hatte dir die absurde Geschichte vom Unfall meiner Eltern erzählt, von den Nachbarn, die mich adoptiert haben (natürlich ist nichts davon wahr). Ich saß hinten im Auto, ich habe alles gehört, ich haßte ihn, weil er dir von den Einbrüchen erzählt hat. Das ist schon so lange Vergangenheit, er hatte es mir versprochen... Ich habe versucht, ihm mit der Pistole Angst einzujagen, er hat nichts begriffen, und du hast es ausbaden müssen. Ich sag es dir jetzt: Ich mag dich, nie könnte ich dir weh tun.»

Ich wich zurück. Pedro versuchte mich auf den Mund zu küssen. Ich drückte mich an die Tür des Restaurants. Ich sah ihn vor mir, wie er mit dem Revolver in der Hand in der Nähe des Vorhangs stand. Wie hatte ich dieses Bild aus meinem Gedächtnis streichen können? Seit dem Beginn der Tournee war es mir aus dem Kopf entschwunden, Katz hatte es ausgelöscht, aber ich erinnerte mich jetzt an alles, den Fremden, der auf seinem Stuhl schlief, den aufgehenden Saum...

«Ich mag dich», wiederholte Pedro, seine Nase lief, «ich habe Angst vor der Operation, jemand muß mich ins Krankenhaus begleiten, ich habe keinen Freund, Katz hat es fertiggebracht, daß ich mich mit allen zerstreite. Ich habe nur noch dich, du kannst mich nicht im Stich lassen in so einem Augenblick. Du wirst mich begleiten, nicht wahr?»

Ich griff nach der Klinke. Selbstverständlich würde ich ihn besuchen. Wie hatte ich diesen Knall vergessen können, und woher kam dieser Mann, der da verlegen vor mir stand mit einem Fahrradrad, an dessen Ventil er herumfingerte, was war seine wirkliche Identität? «Auf Katz darf man nicht hören», erzählte Pedro Santino, «in Wirklichkeit sind meine Eltern beide in Chevilly geboren. Meine Großmutter mütterlicherseits war die Tochter von Schaustellern. Sie ist da hingezogen, weil es in der Ziegelei, bei Bohy, Arbeit gab. Sie hat die Ziegel aus der Form genommen, das kann man nicht erfinden, im Akkord!»

Ich versuchte zu gehen, dieser Flut von Worten zu entkommen, doch Pedro ließ sich nicht unterbrechen. Er wollte, daß ich alles erfuhr, ich sollte ihm vertrauen. «Mein Vater», sagte er, «kam aus einer Familie von Steinmetzen. Meine Eltern haben ihre Hochzeit gegenüber dem Friedhof gefeiert, in dem Schuppen, wo die Grabmale gelagert wurden. Sieben Monate später bin ich geboren worden. Nachts läutete oft das Telefon. Man rief meinen Vater zu Hilfe. Beeilen Sie sich, meine Frau ist im Badezimmer eingeschlossen! Bei ihm habe ich das Handwerk gelernt, mein Vater war Schlosser.»

Pedro schluchzte. «Ein Mann, dem man vertraute, er hat es nicht ertragen, seinen Sohn wegen Diebstahl angeklagt zu sehen, ein Haus, dessen Schlösser wir ausgewechselt hatten – ich hatte ein Doppel der Schlüssel behalten. Er ist umgezogen, während ich im Gefängnis war. Auch meine Mutter hat mir nie verziehen. Niemand hier weiß, wohin sie gegangen sind.»

Ich hatte zuviel getrunken, alles vermischte sich, die spanische Herkunft, die Schweinshaxe und der Radfahrerverein von Thiais, wo Pedro offenbar angefangen hatte, kleines Trikot, kleine Schuhe, alles wurde in verkleinertem Maßstab nachgebildet, und er, der groß war für sein Alter, gewann mit Leichtigkeit seine ersten Rennen, die Worte dröhnten in meinem Kopf, ich spürte meinen Rücken an der Tür abrutschen, Pedro beugte sich über mich...

Ich wurde von Reifenquietschen geweckt. «Er kann nicht auf dem Zebrastreifen gehen, dieser Trottel», brüllte Katz und fuhr weiter. Er drehte das Fenster herunter und beschimpfte die Person, die wir fast umgefahren hätten. Der Mann hielt sich das Herz. Anscheinend war ich vor dem Restaurant ohnmächtig geworden. Katz setzte mich im Hotel ab, bevor er Pedro in der Diskothek traf. Sie würden die Vorstellung ohne mich bestreiten.

Ich war noch keine zwanzig Jahre alt und verlor schon das Gedächtnis. Ich kämpfte gegen mich selbst und versuchte mich zu erinnern, doch manche Einzelheiten entzogen sich mir noch. Zum Beispiel verstand ich nicht, was wir von der Gare de l'Est bis zum Restaurant in Chevilly-Larue gemacht hatten. Ich sah deutlich den Ort vor mir, das Gesicht der Wirtin, die blauen Hummer mit den zusammengebundenen Scheren, die roten Tischtücher, aber worüber hatten wir während der Taxifahrt gesprochen? So hatte ich auch die Verbrennungen nicht vergessen, die Narben waren da, um mich daran zu hindern, aber ich war im Zweifel darüber, wie der Unfall sich ereignet hatte. Als ich Katz danach fragte, fing er an zu lachen. «Und dieser Suppentopf, dessen Stiel schlecht angeschraubt war, sagt dir das vielleicht nichts?»

Suppe, ja, in Tüten, ein Topf auf dem Feuer, das Wasser kochte, doch ich erinnerte mich an keinen Stiel, der sich drehte, an keinen.

Katz sah mich sonderbar an. «Du machst mir angst, Cora, manchmal machst du mir wirklich angst.»

In dieser Ungewißheit begann ich, jeden Tag zu notieren, was mir widerfuhr. Ich hatte dafür kleine, leicht zu versteckende Hefte gekauft und einen Drehbleistift, der sehr fein schrieb. Diese heimliche Tätigkeit gab mir den Spaß am Leben zurück. Wenn ich Zeit hatte, vermerkte ich in verschlüsselten Sätzen auch die wichtigen Ereignisse meiner Kindheit. Ich stellte zahlreiche Lücken fest, ganze Stücke, die seit der Vorstellung im Rathaus verschwunden zu sein schienen. Wie Halluzinationen kehrten immer die gleichen Dekors wieder, das Ferienhaus, das Rehabilitationszentrum, die Wohnung Josettes und Perles Bilder, intakt und für immer in mein Gedächtnis eingegraben.

Wir waren nach Chevilly-Larue zurückgekehrt. Vorbei die zusammengerollten Kleider, die ausgetrockneten Lippen, die kleinen Mahlzeiten und die großen Veranstaltungen – sich nicht zu trauen, vor Katz einzuschlafen, aus Angst, er könnte wieder aufstehen, jede Nacht wie die letzte Nacht zu erleben, um durchzuhalten, jeden Tag wie den letzten, um ihn noch in kürzere Abschnitte einzuteilen: vor dem Mittagessen, nach dem Kaffee, während des Schminkens, nach der Vorstellung. So zerstückelt schien die Zeit weniger lang und die Müdigkeit erträglich.

Ich atmete tief. Es gab keine Schuhe mehr zuzuschnüren, wir konnten in Pantoffeln bleiben und abends aus dem Fenster das Blau der Fernseher im Nebenhaus betrachten. Katz ließ mich morgens, während er schlief, allein ausgehen. Pedro hatte mir die Gittertür hinter der Bücherei gezeigt, durch die man leicht zum Markt von Rungis gelangen konnte. Er sprach von der verdeckten Senke, 1,8 km Richtung Fischhalle, das mußt du sehen, sagte er. Manchmal spazierte ich bis zur Kapelle im Park von Petit-Leroy, ein Beinhaus, so las man, errichtet zum Gedenken an die Missionare des Heiligen Geistes. Ich mochte diesen Ort. Ich entdeckte nicht gleich die tief eingegrabene Reifenspur auf einer Böschung, nicht weit vom Parkeingang. Sie erinnerte mich an die Maschinen, die in der Nähe meines Onkels den Raps einsammelten. Es war eine einzige Furche von etwa dreißig Meter Länge, ein gewaltiger Teppich mit geometrischen Figuren, ausgerollt unter der Schneise der Hochspannungsleitungen – und die kleinen Mädchen spielten dort, die Buben liefen ihnen nach, alles schien ihnen normal. Als sie gingen, stellte ich mich mit ausgebreiteten Armen in die Mitte der Spur. Nach und nach teilte sich die Welt: auf der einen Seite die Thujaallee, die Dächer des Seminars, auf der anderen die Kapelle. Ich wartete. Das bedeutete es vielleicht, die Kindheit zu verlassen: lernen, die Richtungen zu erkennen, verstehen, woher das

Licht kommt, sich in die Bewegung der Tage und der Jahreszeiten schicken wie die Sonnenblumen. Aufmerksam betrachtete ich die riesigen Masten. In diesen endlosen Reihen lag etwas Schmerzliches. Ich träumte, ich würde mich zu Perle flüchten. Ich fühlte mich sehr allein.

Pedros zweiter Sack stabilisierte sich – ich hatte erfahren, daß dieses störende Anhängsel Hygrom hieß, das war kein Scherz, weder die greifbare Spur der fortwährenden Demütigungen noch, wie Katz befürchtete, eine Invasion jener sogenannten goldenen Staphylokokken, sondern tatsächlich eine Art Zyste, die von der Reibung des Sattels hervorgerufen worden war. Sie mußte entfernt werden. Pedro hatte das Training unterbrechen müssen: nach der ärztlichen Untersuchung hatte man ihm die Lizenz entzogen. Katz forderte immer noch totalen Gehorsam von ihm. Es gab keine Rennen mehr, um diese unerhörte Macht zu rechtfertigen, die beiden Männer verstanden sich nicht mehr so gut wie zuvor. Das Gleichgewicht war gestört. Pedro fehlten seine Eskapaden mit dem Fahrrad, Eskapaden, für die er belohnt wurde wie ein Hund, der seinem Herrchen das in den Teich geworfene Holzstück wiederbringt, auch wenn es schlammig ist, und auch Katz war plötzlich ohne Aufgabe und Ambitionen. Er war nicht mehr unentbehrlich. Wir warteten auf die Operation.

XVIII

KATZ BESTAND DARAUF, DASS WIR die Ferien zum Proben nutzten. Der Busenwettbewerb war ihm in lebhafter Erinnerung geblieben, und er hatte sich in den Kopf gesetzt, daß ich mich auf der Bühne ausziehen sollte. «Ein klassischer Striptease», erklärte er mir, «Strumpfhalter usw., damit sie sich öffnen wie Tulpen, die Burschen – und pardauz!, wenn sie es am wenigsten erwarten, schieße ich los. Wenn die Nadeln in den Wangen stecken, die Hand abgetrennt ist, fangen wir sofort mit meiner neuen Fakirnummer an. Währenddessen wechselst du dein Kostüm (etwas Dunkles, ein kleines geschnürtes Trikot, vielleicht Leder). Wir dürfen nicht vergessen, mir das Fleisch von den Rippen zu schminken, falls ich bis dahin nicht abmagere. Dann fahren wir fort mit den Rasierklingen und dem Mord unter Hypnose. Für den zweiten Teil verkleide ich mich als Marquis de Sade, und Pedro mache ich zur Kammerzofe – mit seinen rasierten Beinen wird er Wunder wirken. Wenn wir im nächsten Jahr nicht im Olympia auftreten, verstehe ich gar nichts mehr. Was meinst du dazu?»

Katz frohlockte. Der Gedanke, die Vorstellung damit zu beginnen, daß ich meine Kleider auszog, war mir unerträglich. Ich versuchte mit allen Mitteln, ihm das auszureden; ohne Erfolg: Katz war zur Not einverstanden, seine Fakirnummer aufzugeben, aber er wollte mich unbedingt nackt vor sich auf der Tanzfläche haben. «Du mußt verstehen», beharrte er, «um der Liebe zur Kunst willen, auch wenn du dich am Anfang ein bißchen zwingen mußt...»

Eines Abends bat er mich inständig, mir die Szene vorzustellen. Sein Plan konnte nur mit meiner Billigung, besser:

mit meinem Einverständnis verwirklicht werden. In dieser Gewißheit widersetzte ich mich erst recht. Den Kopf in die Hände gestützt, als verlange das große Konzentration, blieb Katz einige Minuten in Schweigen versunken. Er suchte nach einer anderen Möglichkeit, die Nummer mit den Nadeln einzuführen. Endlich kehrte er aus seiner Ekstase zurück und sprach das Verdikt. «Ein Dreieck auf der Möse», proklamierte er mit betroffener Miene, «ich sehe nichts anderes. Die positiven Schwingungen deiner Haut im Licht der Scheinwerfer, ein Wunder, eine Erscheinung, die heilige Thérèse von Lisieux auf Knien neben ihrem Vater, dann stößt Pedro einen Schrei aus...»

Ich zuckte mit den Schultern. «Es handelt sich um eine Vision», erregte er sich, «du bist wirklich beschränkt!»

Katz begann auf und ab zu gehen. Ich setzte mich, die Beine übereinandergeschlagen, ich wagte mich nicht zu rühren, aus Angst, seinen Zorn zu schüren. Plötzlich beruhigte er sich. Er selbst könne nichts daran ändern, jammerte er, so sehr er der König der Hypnose sei, er müsse seiner Inspiration gehorchen. Er sprach von der Gefahr, die Musen zu verärgern. Da mir die Argumente ausgingen, willigte ich ein, die Szene im Wohnzimmer zu proben. «Das verpflichtet uns zu nichts», sagte Katz und schob das Sofa vors Bücherregal, «ein Versuch, unter uns.»

Unter uns, ein Tag, zwei Tage, Fehlstarts mit Tränen in den Augen, die Woche verging, dann machten wir uns auf die Suche nach meinem Kostüm. Katz schleppte mich von einem Laden zum andern, er ließ alles hervorholen, zwang mich, alles anzuprobieren – sein Blick, der über mich glitt, die komplizenhafte Miene der Verkäuferin, mein zehnmal reflektiertes Bild im Spiegel bei Jasmonde oder Eglantine, Soie câline, Rose du bois, um dann unverrichteter Dinge abzuziehen, Auto, Staus und wieder die gelben Seiten des Telefonbuchs...

Schließlich entschied sich Katz für eine schwarze Minimalausrüstung.

Zurück bei Pedro Santino, erschienen mir die Bücher noch dichter gedrängt als gewöhnlich. Katz wählte eine schmachtende Musik. Ich entkleidete mich zu schnell, um die Unterwäsche loszuwerden, die mich kratzte, ich glaube, ich war allergisch, Flecken von kleinen roten Bläschen tauchten auf und ersetzten bald die Spitze, sie folgten der Linie des Höschens und der Träger, wie um den geheimen Bereich abzugrenzen unter den Brüsten, auf dem Bauch und um die Schenkel herum. Wir wechselten die Wäsche (neue Tour von Fresnes nach Saint-Maur-des-Fossés, über das Einkaufszentrum mit den sechstausend Parkplätzen), es ging besser, der Ausschlag verschwand, aber es gelang mir immer noch nicht, mich in Katzens Vision einzufügen. Er hielt es für richtig, mich zu professionellen Stripteasevorführungen mitzunehmen, schau gut hin, sagte er, und du wirst meine Absichten verstehen. Er kam ganz angeregt aus diesen Shows. Brav folgte ich ihm von einem Nachtlokal ins nächste. Ich spielte die Unbeteiligte, die das nicht berührte, ich war auf Studienreise, ich machte Notizen. Ich dachte an all die Frauen auf der ganzen Welt, die sich im selben Augenblick öffentlich auszogen. Wie viele mochten es sein? Genau in diesem Moment, wie viele? Mehrere hundert, Tausende, alle verschieden, diejenigen, die ihre spitze Zunge zeigt, die, die mit den rosagelackten Fingern ihre Schamlippen spreizt, die, die ihre Strumpfbänder schnappen läßt auf dem straff angespannten Hintern – die Kunst, sich rechtzeitig umzudrehen, die Kunst zu zeigen, ohne sich zu zieren, Gewinn verpflichtet. Wie viele Körper, die entstellt werden für den Blick der anderen, Männchen oder Weibchen, was bedeutet das schon, die das Bein heben und den Hut lüpfen, dicke geschminkte Muschi, falscher Pelz, um den echten zu verbergen (kein menschliches Haar ragt hervor), kleine Margeriten auf die Brustspitzen geklebt, bukolische Ansichten für müde Paare, in einem Netz über deinem Kopf vögelt man, und diese Art zu saugen, indem man alles sehen läßt, nicht verschlingen, schneller, schneller, den Hintern bewegen, und die um die Taille befestigten rosaroten Fasern, sie wischen den Kunden in der ersten Reihe über die Nase oder streifen die Scheiben der Kabine, zwei Münzen in den Schlitz gesteckt (Katz ersparte mir nichts), Papiertaschentücher stehen der Kundschaft zur Verfügung, wie viele? Man vervollständigt seine Bildersammlung, heimlich bringt man sie nach Hause. Wir waren mitten in der Probe, und ich dachte wieder: wie viele, als könnte das etwas ändern. Katz bat mich zum x-tenmal, meinen Büstenhalter auf den Boden fallen zu lassen, bevor ich ihn in die Luft warf. Ich zielte absichtlich auf seinen Scheitel. «In die Kulissen», brüllte er, «nicht auf die Zuschauer, wir kaufen nicht für jede Veranstaltung einen neuen. EINS du hakst ihn auf, ZWEI du bückst dich, und erst bei DREI streckt du dich, das wirst du ja wohl schaffen!»

Wir versuchten alles, aber der Geist kam nicht über mich. Das Dreieck verrutschte, ich bewegte mich zur Unzeit, im entscheidenden Augenblick nieste ich. Als letzten Ausweg kam Katz auf die Idee mit der elastischen Binde zurück. «Zumindest», sagte er, «brauchst du dich dann nur gerade zu halten und die Arme auszubreiten, um das Mitleid des Publikums zu erregen.»

Ich protestierte. Er erwiderte, ich sei frei zu gehen. «Ich bin kein Tyrann», fügte er hinzu, «ich bin der König der Hypnose. Wenn du jetzt lieber Kassiererin oder Büroangestellte sein willst, bin ich dir nicht böse. Du bist Herr über dein Schicksal, jedem sein Schlamassel...»

Ich saß in der Falle, und ich hatte nicht einmal die Genugtuung zu glauben, ich würde gegen meinen Willen festgehalten.

Ich trank Whisky aus seinem Glas. Er war bitter, ich dachte an das Mädchen aus Quebec, ich zwang mich. Eines Abends sah ich im Haus gegenüber eine Frau, die Perle ähnelte. Die Vorhänge ihres Zimmers waren nicht zugezogen. Ein Säugling schlief in ihren Armen. Sie hatte ihn gerade gestillt. Das Licht ging aus. Da begriff ich, wie ich ohne Schaden Katzens Vision zunichte machen konnte: Ich brauchte nur schwanger zu werden.

So begann ich, seine Präservative zu durchlöchern. Bevor ich sie ihm überstreifte, stach ich in aller Eile mit einer Nadel hinein, die an der Kante des Nachttischs steckte, wo sie neben dem Wecker leicht hervorragte. Katz merkte nichts, weder die Löcher noch das Wiederaufleben seiner Zuneigung im Augenblick des Eisprungs. Merkwürdigerweise ließen mich seine Küsse um so gleichgültiger, je mehr Lust ich hatte, ein Kind zu bekommen. Wenn er mich streichelte, hatte ich den Eindruck, er wischte sich an meiner Haut die Hände ab.

Katz liebte mich mit Unterbrechungen. Tagsüber rührte er mich kaum an, körperlich, versteht sich. Oft nützte er meine Müdigkeit, um mich in den Zustand der Lethargie zu versetzen. Einer seiner Kollegen hatte ihn überredet, beim nächsten Treffen der Parapsychologen einen Vortrag zu halten. Katz wollte über die Einflüsse der Hypnose auf das Gedächtnis sprechen und trainierte auf meine Kosten. Nachdem er mich in Schlaf versetzt hatte, befahl er mir, in die Vergangenheit zurückzugehen. Ich sollte die Menschen meiner Umgebung beschreiben. Ich lieferte ihm offenbar die detaillierte Beschreibung eines sehr verführerischen Mannes, der dem Halbbruder meines Vaters glich. Paul küßte in meiner Erzählung jedoch meine Mutter. «Du hast das Buch deines Lebens vor dir», suggerierte Katz. «Die Seiten blättern sich zurück, meinen Anweisungen folgend. Du bist drei Jahre alt, dein Onkel nimmt dich auf den Arm, jetzt feiert man deinen Geburtstag, deinen zweiten Geburtstag.»

Ich konnte die Kerzen nicht ausblasen, und alle machten sich über mich lustig. Die Luft, die ich durch den Mund blies, kam mir durch die Nasenlöcher wieder herein. Ich saß auf dem Schoß meiner Mutter, mein Vater kam herein, mir war schlecht. Ich fiel zu Boden, der Film blieb stehen. Katz reichte mir sein Glas. Ich zwar zwei Jahre alt, und ich trank Whisky. Er bat mich fortzufahren. Was sollte ich noch sagen?

Katz hatte sich in den Kopf gesetzt, mich meine Geburt wiedererleben zu lassen, die neun Monate Schwangerschaft und die Begegnung von Sperma und Ei. Zuerst dachte ich, er scherze, doch nein, er wurde böse, als er sah, daß ich lachte. Er nötigte mich, den Bericht einer Lehrerin zu lesen, die sich in der Folge eines Traumas an eine entsetzliche Periode ihres vorgeburtlichen Lebens erinnert hatte. Ein riesiger Pfahl stocherte in der Höhle, die sie beherbergte, es war eine Stricknadel, man versuchte sie aufzuspießen. Ihre Mutter hatte bestätigt: sie wollte nichts von dem Kind wissen. Die Lehrerin bewahrte von dieser Erfahrung ein scharfes Bewußtsein dessen, was sie die Nebenwelt nannte. «Der Tod ist ein elastischer Übergang», schrieb sie, «die Grenze ist so dünn, es ist nicht einmal eine Mauer, eher eine Haut, danach kommt ein langer Gang, blendendes Licht, das ist der Tod – wenn es nicht noch das Leben ist.»

Soweit ich wußte, war ich immer noch nicht schwanger.

Katz erzählte mir gern solche Geschichten, ob ich schlief oder wachte, so daß sich am Ende alles vermischte, meine Kindheit und die der anderen, und ich bereit war, alles mögliche zu sagen. «Was die Einbildungskraft geschaffen hat», betonte Katz, «kann die Einbildungskraft auch wieder in Vergessenheit geraten lassen.» Das war eine der Hauptthesen seines Vortrags, und soviel er wußte, hatte noch niemand dieses Thema angeschnitten. Er war ziemlich stolz auf sich. Ich spürte, wie mein Körper allmählich zerfiel. Ich litt unter Migräne, ich war sehr abgemagert, und Katz merkte nichts: streng und hartnäckig setzte er seine Experimente fort. Er stürzte sich auf das, was er die Erschaffung von Erinnerungen nannte (eine Goldgrube, rief er aus, ein Beruf der Zukunft). Seiner Ansicht nach konnte man ins Gedächtnis einer willigen Person jedes maßgeschneiderte Ereignis injizieren, vorausgesetzt, es widersprach nicht ihrer Moral. So machte er mich glauben, ich sei mit meinem Onkel nach Ägypten gefahren, obwohl ich nie dort gewesen war, und dennoch ertappte ich mich allmählich dabei, die Spuren dieser Reise wiederzufinden. Ich erinnerte mich an die Menschenmenge, die Glasbläser, den Jasminduft, jene Kinder, die ohne Vorlage stickten, wir wohnten gegenüber von etwas Rundem, das dem Rundfunkhaus ähnlich sah, Feluken fuhren daran auf dem Nil vorbei, und Sandsäcke waren da zum Schutz der Vitrinen des Museums. Verwirrt sah ich Katz an, all das erschien mir unscharf genug, um wahr zu sein, mindestens so wahr wie meine Geschichten mit dem gefärbten Wellensittich oder dem Gemüseschnitzler.

Eines Morgens las ich mein Tagebuch durch. Ich entdeckte darin absurde, unverständliche Dinge, obwohl ich es eigenhändig geschrieben hatte. Von Panik ergriffen, raffte ich die paar Sachen zusammen, die mir gehörten und wollte fliehen. Pedro Santino holte mich auf der Türschwelle ein. Ich schrie in der Hoffnung, die Nachbarn in dem modernen Mietshaus kämen mir zu Hilfe. Kein Fenster wurde geöffnet. Pedro jammerte, du wirst mich doch nicht im Stich lassen, ich komme nächste Woche ins Krankenhaus, danach helfe ich dir, von uns wegzugehen. Ich gebe dir Geld, ich habe etwas gespart, du hast mir versprochen, mich zu besuchen...

Ich fragte ihn, was ihm fehle, warum man ihn operiere.

Auch das hatte ich vergessen. Pedro sah mich stirnrunzelnd an. Er behauptete, ich machte mich über ihn lustig. Katz kam zu uns. Er zog mich ins Haus. Er strich mir übers Haar. Ich habe dir eine Vergangenheit geschenkt, sagte er, es wäre so einfach für mich, sie zurückzunehmen. Du schläfst ein, ich lösche aus. Wer ist dein Vater, woher kommt deine Mutter, wie haben sie sich kennengelernt?

Ich stand mit offenem Mund da. Ein dicker Nebel hinderte mich nachzudenken. Katz wußte alles, besser als ich. EINS, ich sah Ausdünstungen von blauer Farbe, die seinen Augen entwichen, ZWEI, seine Pupillen weiteten sich, sie wurden riesig, und bei DREI spürte ich, wie seine Finger in mein Gehirn eintauchten, er knetete es, ein Brei, ich hatte so viele Bilder in mir, die man verdecken mußte, eine beachtliche Arbeit, doch es war nicht unangenehm, sich ins Nichts fallen zu spüren. «Wir erreichen vergrabene Zonen des Gedächtnisses», sprach Katz, «einen archaischen Zustand», wir waren am Rand eines Abgrunds, als das Telefon läutete. Katz unterbrach ungern seine Suggestionen. Ich hob mühsam die Lider, Perle stand gegenüber am Fenster. Ihr Baby schlief auf ihrem Arm. Es war ein kleines Mädchen. Sie hatte es Cora genannt, in Erinnerung an eins ihrer ersten Modelle.

Als das Telefongespräch zu Ende war, schüttelte mich Katz. Ich streckte die Hand aus, damit er mir sein Glas reiche, aber es gab kein Glas, da begriff ich, daß sich etwas veränderte.

«Du wirst die Experimente vergessen», befahl Katz, «wir gehen aus, alles wird wieder wie vorher.»

Er sah mich mit sonderbarem Gesichtsausdruck an, ich glaube, er schätzte den Umfang der Schäden ab. Ich fragte ihn, wer angerufen habe. «Unser Programm ist vom Komitee der französischen Diskotheken ausgewählt worden, am Wettbewerb der besten Veranstaltungen des Jahres teilzunehmen», sagte er, «wir sind fünf konkurrierende Gruppen. Dem Gewinner winkt eine Tournee durch die Nachtlokale der Pariser Region, gefolgt von einem Auftritt im Olympia. Die Endausscheidung findet in vierzehn Tagen öffentlich im Futurclub statt.»

Katz drückte mich an sich. «Wir haben zwei Wochen», schloß er, «um unsere Nummer auf Vordermann zu bringen.»

Katz ließ mir das Haar blond färben, als würde ich dadurch einen klaren Kopf bekommen, er dachte wohl an die platinblonden Zwillinge, aber an mir wirkte die Farbe anders. Er zwang mich, fertig zubereitete Gerichte zu essen, die er beim Metzger der Cité des Sorbiers kaufte. Von Striptease war nicht mehr die Rede. Die Show würde in zwei Teilen vor sich gehen: eine kollektive Vorführung, gefolgt von einem Mord unter Hypnose. Ich würde allein assistieren – Pedro wäre zu der Zeit im Krankenhaus. Meine Rolle veränderte sich, Katz stellte sich vor, mich zu dieser Gelegenheit in Schwesterntracht zu stecken. Bald erhielten wir das Programm des Abends. Wir waren an vierter Stelle. Zuerst gab es den Auftritt der Transformisten, dann eine Modeschau, gefolgt von einem weiblichen Catcher-Ringkampf zwischen Prinzessin Zenit (die schwarze Legende) und Daisy der Kannibalin (der Schrecken der Büffel), und nach uns die Leiden eines Bauchredners, der auf den Namen Bubus hörte, ein weltgewandter Spezialist, hieß es, für kollektive Ausbrüche. Dieser würde, Katz zufolge, ohne weiteres ausgeschaltet, ein Schmierenkomödiant, er bliebe keine fünf Minuten auf der Bühne.

«Ich werde sie lässig einwickeln», sagte er noch am Abend vor dem Wettkampf, doch als der Tag gekommen war, überfiel ihn ein maßloses Lampenfieber, das erst beim dritten Glas Whisky nachließ. Ich war in keinem besseren Zustand als er. Seit über einem Jahr hatte ich keinen Fuß nach Sagny gesetzt. Katz bestand darauf, durchs Zentrum zu fahren, er wollte im Hôtel des Voyageurs eine Suite reservieren, als gäbe es in einem solchen Etablissement Suiten, ich fröstelte bei dem Gedanken, mich dem Haus meiner Eltern gegenüber zu finden. Ich saß mit Kopfbedeckung hinten im Auto, als wir in die Stadt einfuhren, bereit, mich flach vor die Sitzbank zu legen, wenn ich von weitem jemand bemerkte, der mich erkennen konnte. Zum Glück sah mich niemand. Die Plakatierung war sehr gut, und die Lokalzeitung berichtete ausführlich über das Ereignis. Eine Großaufnahme von Katz zierte die Titelseite. Auf den Fluren des Futurclub trafen wir andere Artisten. Die Atmosphäre war gespannt, obwohl jeder ständig betonte, es sei ja nur ein Spiel, das Wichtige wäre, sich unter Kollegen zu treffen. Ich erkannte den einen der Rausschmeißer. Der Abend wurde von einer Aperitifmarke gesponsert, überall hing Reklame, an den Skulpturen, entlang dem Laufsteg, und auf jedem Tisch standen offene Flaschen. Die Motoren in ihren Kunstharzblöcken hatten sich nicht bewegt. Mir war nach Schlafen zumute.

Die schwungvolle Ankunft der von ihren Anhängern begleiteten Catcherinnen riß mich aus meiner Lethargie. Prinzessin Zenit sah nicht so aus, als wollte sie uns gewinnen lassen. Katz versuchte, sie für sich einzunehmen, indem er ihr den Streich spielte, wo er ein Fünffrancsstück verbog, doch die Prinzessin warf ihn auf die Tanzfläche, und ihre Partnerin, Daisy die Kannibalin, fing an ihn zu kitzeln. Katz befreite sich jäh. Ein paar präparierte Münzen rollten um ihn herum. Die Anhänger rissen sich darum unter allgemeinem Gelächter. Prinzessin Zenit entfernte sich händereibend.

Katz hatte schon viel getrunken, als die Show der Transformisten angekündigt wurde. Während der ersten drei Nummern war ich mit ihm in den Kulissen geblieben. Er war wütend, und trotz aller Anstrengung gelang es mir nicht, ihn zu beruhigen. Endlich waren wir an der Reihe. «Und nun», verkündete der Ansager, «möchte ich Ihnen einen Mann vorstellen, der übrigens schon zum zweitenmal in den Futurclub kommt: Katz, den König der Hypnose.»

Das Schwarzlicht begann zu blinken. Ich folgte Katz und stellte mich, wie vorgesehen, mit den Nadeln in der Hand auf die Vorderbühne. Ich sollte meinen transparentesten Blick einmal über die Tanzfläche schweifen lassen. Meine Augen glitten über die Menge, jeder fühlte sich persönlich beobachtet, jeder und vor allem jene Leute, die plötzlich aufstanden, sie saßen in einer dunklen Ecke, ich erkannte meinen Onkel an seiner Art zu gehen, Paul stieß sich an den Tischen, rempelte alle an, man protestierte, Léo schob ihn vorwärts, und Tante Josette sorgte, mit einem Regenschirm bewaffnet, für die Sicherheit des Paares. Sie stellte sich vor dem König der Hypnose auf. Als er, in seinem Schwung unterbrochen, stammelte, schrie Josy: «So, ich habe ihn.» Die verblüfften Veranstalter rührten sich nicht. Katz wehrte sich. Zwei Männer, die ich nicht kannte, packten ihn von hinten und schleiften ihn in die Kulissen. Paul warf sich auf mich. Er klammerte sich an meinen weißen Kittel wie an eine Rettungsboje. Ein modrig riechendes Tuch fiel über meinen Kopf. Die Luke ging plötzlich wieder zu. Ich spürte, wie ich hochgehoben wurde. Das Publikum lachte, es glaubte wahrscheinlich, diese Geiselnahme gehöre zur Vorstellung. Ich hörte die Stimmen der Catcherinnen. Man setzte mich in ein Auto. Als man den Sack, der meinen Kopf bedeckte, endlich wegzog, steckte Prinzessin Zenit, die schwarze Legende, ein Bündel Scheine ein.

XIX

ICH WOHNTE BEI LÉO. ER HATTE mir auf dem Sofa im Wohnzimmer ein Bett bereitet, aber ich schlief lieber bei ihm. Seit der Entführung lebte ich in der Angst, wieder von dem Verlangen nach Katz ergriffen zu werden, von dem Bedürfnis, diese Stimme zu hören, die mir sagte: «Tu das» – und ich tat es, denn die Worte ersetzten die Existenz, sein Wille diente als einziger Grund. Ich ließ mich erfinden, widerstandslos, verbiegen, manipulieren, was bedeutete das schon? Ich hatte den Glauben an die Wirklichkeit der Dinge verloren. Die Grenze war schmal zwischen der einen Seite und der andern. Ich ging mit ausgebreiteten Armen wie eine Seiltänzerin, ich sah Pedro Santino eine Schaufel suchen, er grub ein tiefes Loch hinter der Garage, ein Grab, war es wirklich, um sein Fahrrad zu beerdigen? Alles vermischte sich, falsche Erinnerungen und echte Versprechungen, Reiseberichte, aufgegebene Pläne und unbekümmerte Erfindungen, die Katz mir gern unter Hypnose einimpfte. Ich war in vollkommener Verwirrung. Nur Perle hatte im Lauf der Tage an Kohärenz gewonnen. Sie lebte anderswo, in einer Welt, die keine Widersprüche kannte, ein großer schwimmender Spiegel, zerbrechlich, gewiß, aber unsinkbar.

Nacht um Nacht, während Léos Körper an meinen geschmiegt war, gewann ich neue Zuversicht. Léo massierte mich oft. Seine Hände waren geschmeidig und kräftig. Katzens Befehle wurden immer schwächer, bis sie in der Masse der alltäglichen Töne verschwanden.

Meine Angehörigen lösten ihn ab, sie bedrängten mich mit Fragen. Wie hast du mich verlassen, mich anderthalb Jahre ohne Nachricht lassen können? fragte Paul. Er konnte es nicht fassen. Wieso du, ein so selbständiges Mädchen, sagte Léo, auch für ihn war es ein Geheimnis – und meine Eltern gingen noch weiter, mein Blick habe sich verändert, behaupteten sie, ich war sanfter als vorher, fast fügsam. Sie hätten sich darüber freuen müssen, doch nein: sie waren überzeugt, daß ich Drogen nahm oder vielmehr, daß man mich unter Drogen gesetzt hatte. Jetzt, da die Gefahr ferner rückte, wollten sie mir helfen, brauchst du Geld, du solltest ins Schwimmbad gehen, um auf andere Gedanken zu kommen, oder halbtags bei Crinoline arbeiten. Mein Vater ging wie auf Eiern. «Du sollst dich nicht verpflichtet fühlen, aber dein Zimmer ist bereit», brachte er eines Sonntags hervor. «Wir haben es perlweiß gestrichen, sonst ist noch alles gleich!»

Ein erschreckender Vorschlag, ich schüttelte freundlich den Kopf.

«Ich versichere dir, nichts hat sich verändert», wiederholte er stirnrunzelnd.

Er verursachte mir Pein, wie sollte ich es ihm erklären? Nichts hatte sich verändert, das glaubte ich gern, weder die Zubereitung des Kalbsbratens noch seine Garnitur aus jungem Gemüse. Sagny, die trostlose Stadt, es regnet immer noch genausoviel, die Sauce Aurore stockt auf dem Grund der Schüssel, das Gras wächst schnell um die Kirche herum, aber man mäht, man mäht so oft wie nötig. Mein Vater windet sich, die Eierschale bricht, ein bißchen glibbriges Eiweiß versickert zwischen seinen Zehen, welche Tristesse, ihn vor mir die Augen niederschlagen, sich hinter seiner Serviette verstecken zu sehen. Er wischt sein Messer am Rand des Bretts ab und nimmt sich noch einmal Käse. Der Brie läuft, der Roquefort krümelt, im Korb ist kein Brot mehr, und mein Vater steht auf, um welches abzuschneiden, um irgend etwas zu tun, bloß nicht zuzuhören, was ich ihm zu sagen habe. Ich lege meine Hand auf seinen Arm, um ihn zurückzuhalten, und er bleibt da, halb sitzend, den Hals verdreht, bereit zu entwischen, sobald der Druck meiner Finger nachließe. Ich versuchte, ihn zu trösten, er schulde mir keine Wiedergutmachung, ich trüge die volle Verantwortung für mein Handeln, aber das Ausmaß seiner Schuldgefühle machte es mir unmöglich, ihn zu überzeugen. Er schüttelte mich mit einer ungeschickten Armbewegung ab. Meine Hand rutschte über den Ärmel seines Nylonhemdes. Der Stoff rollte sich auf, es spannte an beiden Enden, an Schulter und Handgelenk, er schwitzte, ich begann zu zählen. Mein Vater warf sein Glas um, als er nach dem Korb griff. Rotblauer Fleck auf dem hellen Tischtuch, man leert den Salzstreuer, «Sets aus Plastik sind doch bequemer», sagte er, «einmal drübergewischt...»

Ich seufzte. Wie hätte ich ihm übelnehmen können, daß er war, was er war? Ich dachte an den Paul in der Zeit vor dem Unfall, das in der Brieftasche meiner Mutter versteckte Foto von ihm – und diese reihte unermüdlich hohle Sätze aneinander, während sie an ihrem trockenen Haar herumfummelte, sie klammerte sich an die Idee, mir ein Geschenk zu machen. Auch sie mußte geben, um ihre Unschuld zu beweisen, wie man einen Komplizen der Justiz ausliefert, aber die Unschuld woran? Eine Handtasche, schmeichelte sie, ein Dampftopf, überlege es dir gut: Schuhe, ein Morgenrock, ein Schminktäschchen? Diese Aufzählung von Gegenständen war erdrückend, mir schwirrte der Kopf – und ich hatte nicht den Mut, sie um das einzige zu bitten, was mir wirklich hätte Freude machen können: daß sie schwieg.

Wider Erwarten stellte Tante Josette mir keinerlei Diagnose. Wir verstanden uns eher besser als vorher. Sie war erleichtert, mich in guten Händen zu wissen, an einem Ort, wo niemand mich finden würde, weit genug von Paul entfernt, um ihre Beziehung nicht zu stören. Als Katz meinen Eltern schrieb und Geld von ihnen forderte, war sie es, die meiner Mutter riet, mir den Brief nicht zu zeigen. Der König der Hypnose hatte den Wettbewerb im Futurclub verloren. Er wies auf die finanzielle Einbuße hin, die mein Weggang bedeutete. Er sprach von der nächsten Vorstellung, von den Proben, die bald wiederaufgenommen werden müßten, von beruflicher Neigung – und wieder von entgangenem Gewinn. Der Zeitpunkt des Vortrags rückte näher, er brauchte jemand, der seine Demonstration stützte. Er gab mir noch eine Woche, und nach dieser Frist, so versicherte er, würde er leicht eine zuverlässige Assistentin ohne Familie finden, die entzückt wäre, mich zu ersetzen.

Dank Tante Josy also las ich diese bestürzende Mitteilung erst mehrere Monate, nachdem sie abgefaßt worden war. Es ist möglich, daß meine Eltern sich haben erpressen lassen. Wieviel haben sie Katz geschickt? Unwichtig. Sie hatten so sehr das Bedürfnis, mich loszukaufen, es wird sie erleichtert haben.

Léo versicherte, er wisse nichts darüber. Er hatte das Kommando vom Futurclub organisiert. Alles hatte mit einem Foto von Katz im Stadtanzeiger begonnen. Die Hypnosenummer und der weibliche Catcher-Ringkampf mit Prinzessin Zenit an der Spitze waren als Ereignisse beschrieben, die man unter keinen Umständen versäumen sollte. Léo erkannte mich im Hintergrund, eine lange Nadel durchbohrte mein Gesicht. Er erinnerte sich an Paul. Er befragte das Personal des Rotkreuzzentrums und fand so leicht seine Spur und die der Logopädin.

Léo hatte nichts vergessen, weder unsere Begegnung auf der Landstraße noch die Art, wie ich ihn nach unserer ersten gemeinsamen Nacht gemieden hatte. «Und diese Hustenanfälle, die nicht mehr aufhörten», sagte er, «ich hatte Lust, dir das Taschentuch aus der Hand zu reißen und dich zu küssen.»

Léo berichtete mir von Diskussionen, die wir im Schulhof gehabt hatten, ich sah ihn mit großen Augen an, ich versuchte, mich auf die Szene zu konzentrieren, ich stellte mir die asymmetrischen Holme vor, das Pferd, die Umkleideräume, doch von unseren Gesprächen wußte ich nichts mehr, keinen Satz, nichts. Sobald er mir den Rücken drehte, schrieb ich Léos Worte auf. Das gleiche machte ich mit Paul, dann, nicht ohne Furcht, mit meinen Eltern. Wenn ich ihnen Fragen stellte, kamen sie näher, schnüffelten an mir wie ein Polizeihund auf der Suche nach einem verlorenen Kind. Schließlich trieb ich mich im Laden herum, um die Aussagen der Kundinnen zu sammeln. Sie redeten mit mir in der dritten Person. «Da ist ja unsere Cora», riefen sie aus, «wer hätte gedacht, als ich sie zum letztenmal gesehen habe...»

Es war seltsam, von mir erzählen zu hören, als wäre ich tot. Was war von mir übrig? Ein dreieckiges Gesicht, ein paar Kinderwörter, immer die gleichen Anekdoten. Die Episode der Flucht nach Belgien hatte Eindruck gemacht. Wenn man die Leute hörte, glich ich weder meiner Mutter noch meinem Vater. Nicht böse, nein, sogar eher hilfsbereit, aber zu nachdenklich für mein Alter, abwesend, einschüchternd. Im Sommer lieber Knöpfe zu sortieren als an den Strand zu gehen, was war ich doch für ein komisches Mädchen! Meine ehemalige Französischlehrerin erinnerte sich noch an meine Aufsätze. Wie sollte man das benoten? Meine Ausführungen gehorchten einer Logik, die ihr fremd war.

Sorgfältig, mit kleinen Stichen, flickte ich mein Gedächtnis. So wurde meine Vergangenheit – die Vergangenheit, die die anderen als meine kannten – wieder zusammengesetzt.

Ich schrieb gern heimlich. Während Léo in weißen Shorts durch eine Turnhalle trippelte, zog ich die Vorhänge des Schlafzimmers zu und holte mein Heft heraus. Merkwürdige Verlockung, sich in einem dunklen Zimmer einzuschließen, wenn man gerade befreit worden ist! Ich wollte meinen Bericht mit der Entdeckung des Hypnoselehrbuchs beginnen. Ich fand alte Empfindungen wieder, jenes Gefühl, von den Wörtern gelesen zu werden, Zeile um Zeile, geleitet vom Weiß der Ränder. Das Buch beobachtete mich. Das Ferienhaus erhob sich vor mir, beeindruckend vor Langeweile, meine Eltern riefen mich zum Dominospielen. Wenn Léo an der Tür klingelte, gab ich vor zu schlafen. Er machte sich Sorgen.

Paul erfuhr als erster, was sich hinter diesen langen Perioden der Lethargie verbarg. Als ich ihm meinen Plan vorstellte, schenkte er mir zehn schwarze Stifte und einen Packen weißer Blätter. Der Gedanke, daß meine Geschichte in diesen Bleistiftminen enthalten oder ins Innere des Papiers eingeschrieben war, daß ich sie nur ans Licht zu holen brauchte, dieser Gedanke machte mir Mut. Ein Radiergummi, eine Schere und Klebstoff vervollständigten die Ausrüstung, dann wurde Léo informiert: ich sei nicht krank, ich schriebe. Er räumte den Küchentisch frei, damit ich mich zurückziehen könne, wenn es mir richtig erschiene. Wir würden im Wohnzimmer essen, nein, das mache ihm gar nichts aus. Mit Léo war gut auskommen. Ich fühlte mich wohl bei ihm.

Von da an setzte ich mich jeden Morgen zwischen Kühlschrank und Waschmaschine, in der alleinigen Absicht, meine Stifte zu benutzen. Am Anfang neigte ich dazu, alles vollzuschreiben. Ich zerknüllte viel. Dann wurden die Sätze flüssiger, ein Gedanke ergab den nächsten, ich war weit weg von Sagny und seinen ruhigen Straßen. Ich hatte nicht den Anspruch, ein Buch zu schreiben: Mir schien, ich antwortete nur M. A. Pearl, ich richtete einen langen, sehr langen Dankesbrief an ihn.

Allmählich schöpfte ich wieder Atem. Was würde ich später tun? Studieren, reisen, Kinder bekommen? Perle bereitete eine große Ausstellung vor, die ihre Arbeiten auf Bleiplatten und ältere Gemälde zusammenfaßte. Die Retrospektive sollte im Schloß der Marmouzets am Rand des Notre-Dame-Waldes stattfinden. Perle hatte ihre ersten Werke lange nicht mehr gesehen, jene Bilder, auf denen Cora posierte, ein nacktes Mädchen, das auf einer Wendeltreppe saß, und jene, auf denen die Figuren mit der durchsichtigen Haut zu sehen waren.

Ich blieb immer öfter in der Küche eingeschlossen. Auf den Kacheln nahmen noch andere Bilder Gestalt an. Léo wollte mich nicht stören, nicht einmal zu den Mahlzeiten, schließlich kaufte er sich eine kleine Kochplatte, die er im Wohnzimmer ans Fenster stellte. Mein Onkel machte sich auch Sorgen. Er, der mich als erster auf diesem Weg ermutigt hatte, setzte sich in den Kopf, eine Arbeit für mich zu finden – als genügte es nicht zu schreiben. Ich sah, daß er ganz genau das tat, was ich einige Jahre zuvor für ihn versucht hatte, nämlich ihn aus der Zurückgezogenheit herauszuholen, und wie er widersetzte ich mich. Wieder einmal hatten sich die Rollen verkehrt.

Eines Tages rief er mich an und versicherte mir, er habe endlich ein auf mich zugeschnittenes Angebot ausfindig gemacht. Eine Kommunikationsagentur, deren Namen er nicht lesen konnte (er stand auf der linken Seite der Anzeige), suchte eine Telefonistin. Er hatte mir die Seite ausgeschnitten, damit ich den ganzen Text zur Kenntnis nehmen könnte. Ich sollte ihm versprechen, mich zu bewerben.

Ich versprach es, entschlossen, mich nicht anstellen zu lassen, und kehrte an meinen Tisch zurück.

Am nächsten Tag erhielt ich, wie vorgesehen, die von meinem Onkel ausgesuchte Stellenanzeige. Was ich entdeckte, begeisterte mich. Der liebe Paul, wenn er gewußt hätte! Die betreffende Agentur hörte auf den Namen Lolita und befaßte sich mit einer sehr speziellen Art der Kommunikation. Die Telefonnummer gehörte zu einem Ort in der Nähe von Sagny. Mehr aus Neugier als um tatsächlich meine Einbildungskraft den erotischen Abschweifungen der Herren aus dieser Gegend zu widmen, vereinbarte ich einen Termin mit der Person, die beauftragt war, die zukünftige Hostess auszusuchen. Als Paul seinen Irrtum begriff, tat er das Menschenmögliche, mich davon abzubringen, dorthin zu gehen – doch das Menschenmögliche wog nicht sehr schwer angesichts des wirklich Möglichen: die Entscheidung war gefallen, ich war wieder zu Späßen aufgelegt und erschien unverzüglich am vereinbarten Ort.

Ein nervöser Mann mit offenem Kragen forderte mich auf, in sein Büro einzutreten. Eine schmale Krawatte aus schwarzem Leder ragte aus seiner Tasche. An seiner goldenen Kette hing nichts. Die Örtlichkeiten waren überheizt.

«Ich bin der Geschäftsführer», verkünderte er unumwunden, «Lolita wird von einem bedeutenden Pressekonzern getragen, dessen Namen ich verschweigen möchte, die Leute, die sich an uns wenden, suchen einen individuellen Kontakt, unser Team bietet alles auf, um sie zufriedenzustellen, damit will ich Ihnen sagen: es handelt sich hier um etwas Seriöses.»

Ich konnte nicht umhin zu lächeln. Er hatte mir nicht einmal einen Stuhl angeboten. Im Hintergrund des Zimmers öffneten sich vier dicke Glastüren, hinter denen schalldichte Kabinen eingerichtet waren. An jeder Klinke baumelte ein Schild, auf dem ein Vorname stand, von links nach rechts: Jennifer, Pénélope, Linda und Rose; die ersten drei wurden von Mädchen verkörpert, von denen ich nur sitzende Silhouetten unterscheiden konnte. Die namens Linda war schwanger, sie hatte Mühe, in dem engen Raum Platz zu finden und drehte sich oft herum, dabei zog sie an der Telefonschnur, wie man nachts die Decke an sich zieht, wenn der andere sich breit macht.

Das vierte Kabuff, das von Rose, war leer.

«Die Stammkunden müssen anrufen können und, wenn nicht dasselbe Mädchen, so zumindest dieselbe Atmosphäre wiederfinden können», erklärte mir der Geschäftsführer, «deshalb verwenden wir immer diese Pseudonyme.»

Er wies mit dem Zeigefinger über sich. Ein rotes Spruchband verkündete in goldenen Lettern die Devise der Agentur: «Bei Lolita wird über Geschmack nicht gestritten.»

«Trotz seines experimentellen Charakters – und der geringen Mittel, über die wir verfügen», sagte er weiter, «expandiert das Unternehmen. Das Stammhaus wartet die Bilanz der nächsten Monate ab, um sich massiv auf dem Markt der spezialisierten Kommunikation anzusiedeln. Dann werden Sie nicht mehr acht oder sechzehn sein, die sich abwechseln, sondern vierzig, fünfzig Angestellte und ebenso viele Anrufbeantworter, um die Nachfrage der Region zu befriedigen. Sie begreifen, um was es geht: Wir wünschen uns ein Mädchen, das viel Zeit mitbringt und bereit ist, alles zu tun, um die erwarteten Ergebnisse zu erzielen. Das Wachstum von Lolita, meine Zukunft, die Ihre, Mademoiselle, wird vom Umsatz in den Wochen, die Ihrer Einstellung folgen, abhängen. Legen Sie sich ins Zeug! Es geht um Reichtum und Sicherheit für uns beide.»

Wer uns beide, und warum suchte er mich zu überzeugen? Er redete noch von Konjunktur, Innovationen und Konkurrenz. Zerstreut hörte ich ihn schwadronieren. Ich hatte Lust, ihn da stehen zu lassen, unter seinem allzu straff gespannten, wie gevierteilten Spruchband. Perles weiße Kacheln warteten auf mich in der Küche bei Léo. Schließlich erklärte er mir, wie die Agentur funktionierte.

«Wir arbeiten hauptsächlich mit Abonnements», begann

er, «die Bewohner der Gegend sind nicht bereit, telematische Botschaften auszutauschen. Sie wollen etwas Solides. Lolita ist gezwungen, sich den örtlichen Mentalitäten zu beugen, und sie beugt sich, glauben Sie mir, das ist das Geheimnis ihres Erfolgs, sie beugt sich!»

Eine der Türen ging auf. Der Geschäftsführer drehte sich seufzend um. Die Kabinen waren mit einem feuerwehrroten Wandapparat und einem Klapptischchen ausgestattet, das mich an die auf den Fluren des Rehabilitationszentrums erinnerte. Die diensthabende Jennifer hielt den Hörer von ihrem Gesicht weg, streckte den Kopf aus ihrem schalldichten Schneckenhaus und nieste laut. Sie zog ihn genauso schnell wieder zurück, als fürchtete sie, man könnte ihn ihr abschneiden.

«Unsere Kunden suchen echte Bindungen. Telefonische zwar, aber dennoch Bindungen – ohne weitere Verpflichtung, verstehen Sie mich recht, unseren Angestellten ist es absolut verboten, den Teilnehmern ihre persönliche Telefonnummer zu geben. Wir sind keine Heiratsvermittlung, das sollte klarsein, und noch weniger ein verschleiertes Stundenhotel. Erzählen Sie mir mal etwas!»

Nach dieser Flut von Worten konnte ich nur stumm bleiben. Das Schweigen schloß sich über uns. Der Mann zog seine Krawatte aus der Tasche und wickelte sie um seine Hand. Er stellte sich vor mich. «Nun, mein Kleines», meinte er, «wir haben uns in der Adresse geirrt, wie mir scheint! Ich wette, Sie haben nie in diesem Bereich gearbeitet, und was stand in der Anzeige, können Sie wenigstens lesen?»

Er griff nach der Zeitung und schwenkte sie vor meinen Augen. Ich wich nicht zurück.

«*Berufserfahrung*, das steht groß und breit da. Also, ich warte, welche Erfahrungen haben Sie?»

Seine Arroganz machte mir wieder Mut. Ich erwiderte, ich sei nicht sein Kleines, und ich sei anderthalb Jahre durch die anspruchsvollsten Nachtlokale der Hauptstadt sowie die Provinz, Lyon, Marseille, Côte d'Azur, getingelt; ohne zu zögern nannte ich die Namen von einem Dutzend Diskotheken, wo ich mit Katz aufgetreten war. Er ließ mich nicht ausreden. «Und was haben Sie gemacht in den Nachtlokalen, waren Sie Garderobiere?» versetzte er und sah auf die Uhr.

«Striptease», sagte ich, «traditionelles Entblättern, zu zweit, zu dritt, Sapphismus, exotische Kämpfe, Routine eben. Meine Mutter war im Gewerbe, ich habe sehr jung angefangen. Diese Dinge lernt man nicht, es ist wie mit Krankheiten: das wird übertragen.»

Ich wandte mich dem Ausgang zu. Er hielt mich am Ärmel zurück, und diesmal bot er mir einen Sessel an. Ich begann ihn zu interessieren.

«Sie ist eben sinnlich», kommentierte er, während er aus der leeren Kabine eine Kartei holte. Bei der Gelegenheit schloß er Jennifers Tür. Ihr feuchtes Gezwitscher versank im Nebel der anderen Stimmen.

«Jeder Wunsch wird ganz rationell ins Repertoire aufgenommen», erklärte er mir, «die Spielregeln sind neben dem Hörer angeschlagen. Der Kunde hat die Wahl zwischen sieben Familien: Exhibitionismus, Voyeurismus, Inzest, Sodomie, Sadomasochismus, Zoophilie und Sonstiges, wobei letztere sich je nach den eingehenden Anfragen vergrößert. Das Stammhaus legt großen Wert auf die Weiterentwicklung unserer Kartei.»

Ich nickte. «Der Mann, der mehrere Frauen gleichzeitig besitzt, hält den ersten Platz auf der Hitliste der Phantasien», fügte er hinzu und reichte mir die sieben Grundkarteikarten. Ich warf einen Blick auf die letzte. Sie hatte mehrere Unterabteilungen und war mit kleinen Zeichnungen illustriert, die mir bezüglich der männlichen Sexualität neue Horizonte eröffneten.

«Sich ausziehen ist ja schön und gut», erklärte der Geschäftsführer, «aber Sie müssen zugeben, daß es am Telefon schlecht geht. Na los, Mademoiselle, ich mache die Augen zu, ziehen Sie auf gut Glück ein Thema, ich bin ganz Ohr.»

Ich geriet an Zoophilie. Das Bild von Bib erschien mir, dann das von Chouquette und der Concierge im Kremlin-Bicêtre, nichts besonders Mitreißendes eigentlich, daher begann ich meine Geschichte ziemlich vage, bis ich eine Familie gefunden hätte, die besser zu meiner Denkart paßte. Der Geschäftsführer rührte sich nicht. Unter der Rubrik Romantik, in der Abteilung Sonstiges zwischen Routine und Rollmops eingeordnet, glaubte ich, Inspiration finden zu können. Ich blieb so nah wie möglich an der Liste der vorgeschlagenen Begriffe und malte mir die Begegnung zwischen einem irischen Leuchtturmwärter und einer bezaubernden Krankenschwester aus. Ich dachte an Katz, an seine Art zu sprechen, gleichmäßig, verführerisch, ich hörte die Musik, die seinen Auftritt begleitete. Der Ire entflammte, das Licht leuchtete nicht rechtzeitig auf, die Schiffe zerschellten an den Felsen. Ich kam nicht über den Anfang hinaus und mußte doch zum Schluß kommen, aber ich schaffte es nicht, Körper und Worte zu verbinden. Die errötende Krankenschwester war schließlich einverstanden, auf den Turm zu steigen. Eine Treppe, sie zählte die Stufen, einundzwanzig, erster Absatz, eine zweite Treppe, der Leuchtturmwärter wartete auf sie, wie sollte ich es sagen?

«Eine dritte», sagte ich in letzter Verzweiflung, sie küßten sich, VIER, ihr Kleid rutschte, und bei der Zahl FÜNF gingen sie beide zu Boden und schliefen ein, von einer Macht überwältigt, der sie nicht gewachsen waren.

Der Kopf des Geschäftsführers fiel zur Seite. Ich glaube, er war schon seit einer Weile eingenickt, seine Atmung hatte sich verändert, die Krawatte lag auf seinem Schoß. Seine Gesichtsmuskeln zitterten: er träumte. Ich zählte weiter. Als ich nach der Zahl ACHT aufhörte, fuhr er aus dem Schlaf hoch und rief: «Großartig!», als hätte er dank mir den Höhepunkt der Lust erreicht.

Ich wurde eingestellt.

Ich würde von zwanzig Uhr bis Mitternacht Dienst tun, das war die Zeit, in der die Anrufe sich überschlugen. Ein bis zwei Tage würde ich meinen Kolleginnen zuhören, er war zuversichtlich, daß ich meine Technik an Ort und Stelle vervollkommnen würde. Mein Vertrag würde noch vor Ende des Monats aufgesetzt, wenn die Probewoche überzeugend wäre. Ich füllte einen Fragebogen aus, und der Geschäftsführer schrieb oben links ROSE darauf. Er nahm mich an der Hand und führte mich hinter die Kabinen. Ich sollte Puech kennenlernen. Als er mich vorstellte, begriff ich: Rose, das war ich.

Ich wußte vom ersten Blick an, daß Puech, der Telefonist von Lolita, mein Verbündeter sein würde. Er saß auf zwei an einem Stuhl befestigten Telefonbüchern und herrschte so über das Reich der Knöpfe und Karteikarten. Gewandt führte er seine kleine Welt. «Lolita zu Diensten», flötete er und strich sein ergrautes Haar glatt, «Lolita, bitte warten». Der Geschäftsführer mochte ihn nicht, er hätte lieber eine junge Frau eingestellt, aber das Stammhaus hatte ihm Puech aufgezwungen. Puech kümmerte sich um die Abrechnung der Gespräche und um ihre Verteilung auf die verschiedenen Hostessen. Er kannte seine Mädchen, wie er uns nannte, und konnte am Ton des Kunden hören, welche seinen Launen am besten entsprechen würde.

Am Anfang suchte Puech leichte Kunden für mich aus – «aus Höflichkeit», sagte er mir am Tag nach meiner Einstellung. Er erklärte mir, daß manche Kunden alles verwechselten, Erotik und Anatomie, Schmeichelei und Sinnlichkeit. Ich spürte, daß ihm dieses Thema am Herzen lag. «Wenn sie zumindest Phantasie hätten» – er erregte sich –, «man könnte ihnen verzeihen. Aber nein, sie sind fade und plump, Polenta ohne Salz, ich schwör's dir! Ihre Impotenz entsteht dort, im Hirn.»

Puech schlug sich mit der Handfläche auf die Stirn.

«Da oben ist es weich, unempfindlich für die Metapher, dann gärt es natürlich: sie werden grob. Ich sage nicht kühn, das wäre ja eine Abwechslung. Grob. Diese Leute wissen nichts von den Wundern des Ausschnitts.»

Pénélope legte ein braunes Papier neben die Vermittlungsanlage. Sie sah mich erstaunt an und ging wieder hinaus, ohne einen Satz zu sprechen.

«Ah, der Ausschnitt! Den Finger zwischen Haut und Stoff stecken, ein bißchen drücken... Dem äußeren Schein einen Augenblick entfliehen, die fleischliche Hülle vergessen; berührt werden von einer Stimme, in eine Welt versetzt, wo sich die geringste Modulation in eine Liebkosung verwandelt, gibt es etwas Wollüstigeres?»

Puech lächelte traurig. Als die Probewoche abgelaufen war, erklärte sich der Mann mit der herumliegenden Krawatte befriedigt über meine Leistungen. Die Anrufe, die ich annahm, dauerten länger als der Durchschnitt, und da die Gespräche nach Minuten berechnet wurden ohne abgestuften Tarif, rieb er sich die Hände. Gott weiß warum, aber die Teilnehmer, die an mich geraten waren, verlangten wieder nach mir. Doch meine Improvisationen waren nicht besser als die Jennifers oder Lindas, ich wußte oft nicht mehr weiter, besonders im entscheidenden Augenblick. Wenn ich alle Wörter der Liste verwendet hatte, schwieg ich. Meine Verehrer klammerten sich an mich. «Und Sie, Mademoiselle», sagten sie leutselig, «erzählen Sie mir ein wenig von sich...»

Ich sagte ihnen, daß ich nackt sei und sie mich nicht berühren könnten. Nicht einmal in der Phantasie.

Ich verbot ihnen, mich auf die Wangen, die Brust, den Bauch zu küssen, ich spreizte die Beine, aber sie waren gezwungen, die Augen zu schließen.

Und wenn sie nicht zufrieden wären, brauchten sie nur aufzulegen.

Oh, wie böse sie mir waren, die Herzchen, wie erregt sie wurden. Manche nahmen die Herausforderung an, aber ja doch, versicherten sie, ich streichle dich, du wirst schon sehen, meine Hübsche, wir werden beide unseren Spaß haben. Die meisten zogen es vor, mich anzuflehen. Wenn ich spürte, daß sie bereit waren, sich loszulassen, setzte ich um, was M. A. Pearl und dann Katz mich gelehrt hatten. Zählend führte ich ihre Bewegungen. Ab der Zahl SIEBEN beschleunigte sich der Rhythmus. Wenn sie kurzatmig, ihre Erregung schlecht verbergend, von mir abließen, geschah es gleichsam wider Willen.

«Rose küßt Sie», flüsterte ich dann, «und wünscht Ihnen eine gute Nacht.»

Ich glaube, wegen dieses Satzes riefen sie am nächsten Tag wieder an, wegen dieser kleinen Zärtlichkeit am Schluß. Rose küßt Sie, träumen Sie schön, und dann nichts mehr.

Der Geschäftsführer persönlich rief mich am freien Tag von zu Hause an. Meine Stimme fehlte ihm. Sie half ihm einzuschlafen. «Bald richten wir eine Leitung für Schlaflose ein», meinte er eines Abends, «die erste ihrer Art, und dich machen wir zur Leiterin der Agentur. Wir nennen sie Hallo Heia.»

Zuerst dachte ich, er mache Scherze, doch nein, zwei Stunden später, als ich Dienstschluß hatte, versuchte er es noch einmal. «Hallo Heia», sagte er, «das trägt als Name. Es klingt gut, es ist leicht zu behalten. Du kümmerst dich um alles, Ausbildung, Einstellungen, ich gebe dir Puech, ihr werdet ein tolles Gespann bilden.»

Er redete schnell, ich hörte, wie er mit seiner Kette spielte. Er wollte, daß ich ihm das Geheimnis meines Magnetismus offenbare. «Du übermittelst ihnen unterschwellige Botschaften», flüsterte er schließlich, mir kannst du es verraten, ich werde es niemand weitersagen.»

Ich antwortete nicht. Es war spät. Léo würde sich Sorgen machen. Der Geschäftsführer beharrte, winkte mit seinem Köder. «Wärst du glücklich als Leiterin von Hallo Heia?» gurrte er.

Ich legte einfach auf. Um sich zu rächen, nötigte er mich vom nächsten Tag an, bei offener Tür zu arbeiten, «und machen Sie die Tür bitte ganz auf» – vor den anderen Mädchen siezte mich der Geschäftsführer. Er versuchte mich zu beeindrucken, indem er mir in die Augen sah. Ich konzentrierte meine Energie auf seine Nasenwurzel, dann glitt ich langsam zwischen den Brauen nach oben. Er gähnte, ein Ausdruck der Verzückung zeichnete sich auf seinem Gesicht ab. Mein Gehalt verdoppelte sich innerhalb von drei Monaten. Er war eine gute Versuchsperson, auch wenn ich seine Allüren nicht mochte.

Zum erstenmal seit der Entführung wurde Léo krank. Er konnte es nicht ertragen, daß ich alle meine Abende fern von ihm verbrachte. Er lehnte sich mit der Stirn ans Fenster und wartete so, ohne etwas zu sagen. Diese Geste erschütterte mich. Als ich ihn rief, murmelte er in freundlichem Ton: «Ich komme, ich komme.» Ich stürzte in seine Arme, doch die Erinnerung an Pénélope, Linda oder Jennifer störte diese Aufwallung von Zärtlichkeit. Das Potpourri der in der Kartei vorgeschlagenen Wörter ergoß sich zwischen unsere Körper – Lippen, Hals, Busen, Muschi, Zunge –, und ich mußte Léo noch einmal verlassen, um sie auf einem weißen Blatt abzulegen, damit sie dort in der Küche blieben, eingequetscht unter dem Würfelzuckerpaket. Als ich ins Wohnzimmer zurückkam, fand ich Léo am Fenster, und alles begann wieder von vorn. Lolita nahm zuviel Platz ein: Ich beschloß zu kündigen.

Als ich meinem Onkel von diesem Entschluß erzählte, gratulierte er mir – und Léo war innerhalb von vierundzwanzig Stunden wiederhergestellt. Nur der Geschäftsführer der Agentur wurde wütend. «Sie haben kein Recht zu gehen nach allem, was wir in Sie investiert haben» – er stampfte mit dem Fuß auf –, «das wäre zu einfach ...»

Der Ton wurde scharf. «Wir haben einen Vertrag unterschrieben, Sie haben sich Lolita gegenüber verpflichtet, das ist klar: Sie schulden uns noch drei Monate. Ich warne Sie, wenn Sie darauf bestehen, geht die Sache vors Gericht usw. Ich werde es dem Stammhaus melden, die werden sich Ihr hübsches Gesicht vornehmen ...»

Roses Telefon läutete. «Genau, mein Junge, geh und sag's der Mama», rutschte es mir heraus, während ich eilte, um abzuheben. Drei Monate. Ich hörte einen Schmerzensschrei. Der Geschäftsführer hatte sich einen Reißnagel in die Hand getrieben, als er mit der Faust auf den Tisch schlug.

Drei Monate, noch drei Monate in dieser Kabine, wo man kaum Platz hatte, die Ellbogen abzuspreizen. Puech versuchte auch, mich zu überzeugen. «Du mußt den Chef verstehen», sagte er, «sie stehen Schlange, um mit Rose zu sprechen, und du willst uns fallenlassen ...»

Tapfer, bedrückt durch die verschobene Kündigung, machte ich mich wieder an die Arbeit. Ich sammelte die Geständnisse, ich erfand noch mehr, die Bilder türmten sich: Jennifers schmutzige Taschentücher, Lindas Bauch, Katzens Handschuhe, die Rapsfelder, die Reifenspur in der Erde, in Chevilly-Larue, die bei feuchtem Wetter knisternden Stromleitungen, die Knochen der Missionare und auf der anderen Straßenseite die Berge von Blumen und Kalbsköpfen, ich spürte, daß ich zurückfallen würde, die Spirale zog mich wieder in ihren Strudel, ich mußte fliehen, noch einmal davonlaufen, ohne eine Adresse zu hinterlassen, oder eine weniger lästige Weise finden, meinen neuen Beruf auszuüben. Die erste Lösung reizte mich, doch ich wählte die zweite, wegen Léo.

Der Geschäftsführer machte es sich zur Aufgabe, mich zu zähmen. «Ich habe immer ausgezeichnete Beziehungen zu meinen Hostessen unterhalten», wiederholte er jedesmal, wenn er mich sah, als könnte ihm das helfen. Er versuchte alles, Erpressung, Versprechungen, er trieb die Heuchelei so weit, daß er sich bei mir entschuldigte. Er versuchte es noch einmal mit seiner Geschichte einer unterschwelligen Botschaft. Jennifer war ganz seiner Meinung. «Hinter einem solchen Erfolg», sagte sie mit ihrer Unschuldsmiene, «da verbirgt sich etwas.» Hinter seinem Schreibtisch verschanzt, bespitzelte der Geschäftsführer meine Gespräche. Wie früher auf den Hotelfluren begannen die Mädchen mich sonderbar anzusehen. Nur Linda blieb unbeteiligt an der Verschwörung, wahrscheinlich war sie zu sehr mit ihrer Schwangerschaft beschäftigt – doch zwischen zwei Anrufen ging bei ihr das Fruchtwasser ab, zwei Monate vor dem Geburtstermin, und ihr Bruder brachte sie sofort ins Krankenhaus. «Rose küßt Sie», flüsterte ich zum zehntenmal an diesem Abend, «und wünscht Ihnen eine gute Nacht.» Ich begann zu verzweifeln, als mir die Entlassung der Logopädin in Erinnerung kam. Josy war wegen eines schweren Regelverstoßes ohne Vorankündigung aus dem Rotkreuzzentrum geworfen worden. Von einem Tag auf den anderen vom Dienst befreit.

Warum hatte ich nicht schon früher daran gedacht? Das war die Lösung. Anstatt mein Publikum zufriedenzustellen, würde ich mich bemühen, es zu enttäuschen. Noch besser: ich würde es ignorieren. Auf den Platz des Karteikastens würde ich mein Manuskript legen und die Zeit, die ich noch bei der Lolita arbeitete, ausnützen, indem ich anfing, es zu korrigieren. Meine Kunden wünschten, den Klang einer weiblichen Stimme zu hören? Ich würde ihnen vorlesen, und wenn sie nicht zufrieden waren, würden sie das nächste Mal Linda (die Neue, eine große Brünette mit müden Augen, die Kräuselkreppstrumpfhosen trug), Pénélope oder Jennifer verlangen.

Die meisten Verehrer von Rose beschwerten sich, wie vorgesehen, über diesen Kurswechsel. Sie ließen mich ein, zwei Minuten reden, bevor sie mich unterbrachen. Ich antwortete nicht auf ihre Fragen. Sie legten auf. Nur die Treuesten murrten nicht. Schliefen sie oder interessierten sie sich wirklich für meine Geschichten von Wellensittichen und geklauten Büchern? Der Geschäftsführer ertrug meine Extravaganzen, wie er es nannte, eine ganze Woche, bevor er explodierte. «Sie scheinen die kommerziellen Implikationen Ihrer Haltung nicht zu ermessen», schimpfte er, «Rose gehört Ihnen nicht, Sie haben nicht das Recht, ihr Image zu zerstören.»

Wider Erwarten warf er mich nicht hinaus. Die Kraftprobe hatte begonnen. Der Geschäftsführer wollte sich nicht geschlagen geben. Puech wurde aufgefordert, mir keinen Abonnenten mehr zu geben. Ich war auf die Kategorie der Gelegenheitskunden zurückgestuft. Mein Gehalt purzelte. So geriet ich an Gabriel Tournon.

Ich erfuhr seinen Namen erst am Ende unseres Gesprächs. «Tournon», sagte er, «wie die Stadt. Ich komme morgen nach Paris zurück, ich erwarte unbedingt Ihren Anruf.»

Am Anfang verteidigte er sich, er käme nach Sagny, um seinen Schwiegervater zu beerdigen, er sei im Hôtel des Voyageurs abgestiegen und fühle sich so schlecht, daß er die

Nummer gewählt habe. Ich ließ ihn seine Entschuldigungsworte vorbringen, als hätte er es nötig, sich vor mir zu rechtfertigen, und begann zu lesen. Es handelte sich um die Passage, in der ich die Krankheit meines Onkels beschrieb. Gabriel Tournon hörte mir aufmerksam zu. Manchmal ließ er mich einen Abschnitt wiederholen. Ich stellte ihn mir vor in seinem Hotelzimmer, gegenüber dem Haus meiner Eltern, ausgestreckt auf dem Bettüberwurf mit Blümchen. Hatte er die Fensterläden zugemacht? Ich mochte die Art, wie er mit mir sprach. Zum erstenmal, seit ich schrieb, hatte ich den Eindruck, daß der Text ohne mich bestehen konnte.

Eine halbe Stunde später war Gabriel Tournon immer noch da. Der Geschäftsführer, der hoffte, ich sei wieder besserer Laune, bat Puech, ihm die Leitung zu geben. Mein Gesprächspartner gratulierte mir. Er gab mir seine Nummer im Büro. Ich gab ihm die von Léo. In diesem Augenblick schaltete sich der Geschäftsführer ein. Er war außer sich.

«Sie wissen genau, daß das verboten ist», stieß er hervor, «Sie sind entlassen, Mademoiselle, immerhin gibt es Grenzen, die nicht überschritten werden dürfen...»

Er befahl Puech, das Gespräch zu unterbrechen. Ich verhehlte nicht meine Freude. Katastrophe bei Lolita: Rose bricht die Anonymität – hätte sie ihr Jungfernhäutchen verloren, der Geschäftsführer hätte nicht anders reagiert. Ich wurde verstoßen. Er nahm das Schild ab, das an der Klinke meiner Glastür hing, strich mit einem dicken schwarzen Filzstift mein Pseudonym aus und schrieb darüber: *Dahlia*.

«Rose existiert nicht mehr», rief er, «weg damit, Rose ist tot, die wären wir los.»

Gabriel Tournon war immer noch am Telefon. «Lassen Sie mich etwas sagen» stammelte er, «ich trage die volle Verantwortung für dieses Gespräch.» Ich versuchte, ihm zu erklären, daß es nicht schlimm sei, doch das Gezeter des Geschäftsführers übertönte meine Stimme. Die Mädchen öffneten einen Spalt weit die Türen, hinterhältig, nicht eine verteidigte mich. Als der Geschäftsführer sich auf mich stürzte, um mir den Hörer aus der Hand zu nehmen, machten sie sie wieder zu. «Gib mir sofort diese Blätter», fauchte er, «es wird dir leid tun, geben Sie mir diese Papiere.»

Er schwankte zwischen der zweiten Person Singular und der dritten Person Plural, schließlich gelang es ihm, mir ein paar Seiten der Notizen zu entreißen, die er zerknüllte, bevor er sie in den Papierkorb warf. Ab und zu schrie er an Puech gewandt «aus!», «stop!», gestikulierend wie ein Filmregisseur, doch der Film entglitt ihm, die Schauspieler gehorchten seinen Befehlen nicht mehr: Puech verschränkte die Arme. Der Geschäftsführer beschimpfte ihn als Kümmerling, der Telefonist stieg von seinem Stuhl herab und forderte ihn auf, es zu wiederholen. Der Geschäftsführer fügte hinzu, er könne auf diese vom Stammhaus hier untergebrachte Mücke verzichten und kam wieder auf mich zu. Puech beschimpfte ihn nach allen Regeln der Kunst. «Sie verdienen den aufrechten Gang nicht», schloß er. Ich applaudierte entzückt, der Hörer fiel mir aus der Hand. Er hing jetzt am Ende seiner Schnur, und aus den kleinen Löchern quollen Drohungen. «Wenn Sie ein Wort dieses Textes verändern», sagte Gabriel Tournon, «werden Sie es mit mir zu tun kriegen», und dann fragte er mich freundlicher, ob es eine Kopie von dem gäbe, was ich ihm vorgelesen hatte, antworten Sie, Rose, gibt es eine Kopie? Er mußte das Geräusch des Papierzerreißens hören, dann einen spitzen Schrei, ich hatte die Konzentration des Geschäftsführers, der einen Stapel Blätter zerfetzte, ausgenutzt, um ihm einen Fußtritt zu geben und aus der Kabine zu flüchten. Puech wünschte mir viel Glück. Die Mädchen waren endlich herausgekommen. Die neue Linda, die die näheren Umstände dieses barbarischen Benehmens nicht kannte, bewegte vorsichtig die Finger zum Abschied.

So erreichte ich dank Gabriel Tournon meine Entlassung, zwar ohne Abfindung, aber auch ohne Kündigungsfrist. Am nächsten Morgen rief ich ihn in seinem Büro an, um mich zu bedanken. Die angenehme Stimme einer Sekretärin antwortete mir, da erfuhr ich den Beruf meines Gesprächspartners: Gabriel Tournon arbeitete in einem Verlag. Er gab eine anspruchsvolle Reihe heraus und nahm mir das Versprechen ab, niemandem zu sagen, daß wir uns über Lolita kennengelernt hatten. «Das ist nicht die Art des Hauses», erklärte er, «Sie müssen sich vorstellen, ein Familienunternehmen...»

Ja, ich stellte es mir vor. Natürlich hatte ich eine Kopie, das Leben war so schon kompliziert genug. «Die Gerüchteküche», sagte er noch, «vor allem jetzt gerade», dann lud er mich nach Paris ein. Ich sagte zu. Er nannte mich immer noch Rose. Er sprach von «unserem Projekt», ich fand es lustig und nett, daß er sich meine Geschichte aneignete, obwohl er praktisch nichts darüber wußte. Ich beschloß, meine Aufzeichnungen ins reine zu schreiben, bevor ich mich auf die Reise machte.

Als ich ihm die Szene erzählte, lachte Léo wie ein Kind, das man mit kaltem Wasser bespritzt. «Ein Verlag», rief er aus, «das paßt zu dir, du mußtest an einen Verleger geraten...»

Er sprach ein bißchen zu laut.

XX

GABRIEL TOURNON WÜRDE MICH persönlich an der Gare de l'Est abholen. Ich hielt mein Manuskript an mich gedrückt, ich war zu früh gekommen, am Bahnsteig gegenüber fuhr ein Zug durch, ohne anzuhalten. Ich sah das Buch von M. A. Pearl vor mir, wie es sich unter den Rädern der Lokomotive krümmte. Nach drei Jahren Schwangerschaft, dachte ich, war etwas geboren worden, und doch blutete nichts. Weder ein grünlicher Strom noch eine rote Pfütze auf dem Küchenboden, nur ein bißchen Tinte an den Fingerspitzen. Paul und Léo hatten mich zum Bahnhof begleitet. Mein Onkel sah mich an, als würde ich nie mehr zurückkehren. Der Zug kam, Léo küßte mich ein letztes Mal, die Türen gingen auf. Ich fand mühelos einen nicht reservierten Platz in einem Abteil. Beim nächsten Halt setzte sich eine brünette Frau mir gegenüber ans Fenster. Sie holte ein Buch aus ihrer Tasche. Ich dachte an meine tote Freundin. Perle ging im Park von Petit-Leroy spazieren. Alles war fertig für die Eröffnung ihrer nächsten Ausstellung. Die in chronologischer Reihenfolge gehängten Werke bildeten ein zusammenhängendes Ganzes. Auf dem Plakat war das früheste Bild dieser Retrospektive wiedergegeben. Es hieß *Cora* und stellte ein nacktes kleines Mädchen dar, das auf den Stufen einer Wendeltreppe saß. Nur manche Partien des Körpers waren ausgemalt. Ein perfekt gezogener Scheitel in der Mitte teilte das Haar in zwei gleiche Teile. Es fiel ein wenig zu steif um ein dreieckiges Gesicht. Zärtlich und respektvoll hatte sich Perle bei gewissen Details aufgehalten: einem Grübchen in der Kniekehle, einer Falte am Armansatz, einem Leberfleck, den dünnen, fast unsichtbaren

Brauen. Cora schien auf etwas zu warten. Ihre Augen waren weit offen, sie wollte alles sehen, alles verstehen – ernste Augen, so leuchtend, daß man Lust hatte, das Mädchen an der Hand zu nehmen und zu entführen.

INHALT